세계의 신과 요괴 전승

여러 나라의 귀신과 요괴, 사람들이 실제로 접하며 살아온

건국대 서사와문학치료연구소
다문화 구비문학대계 19

세계의 신과 요괴 전승
여러 나라의 귀신과 요괴, 사람들이 실제로 접하며 살아온

2022년 5월 10일 초판 인쇄
2022년 5월 15일 초판 발행

지은이   신동흔 외
펴낸이   이찬규
펴낸곳   북코리아
등록번호   제03-01240호
전화   02-704-7840
팩스   02-704-7848
이메일   ibookorea@naver.com
홈페이지   www.북코리아.kr
주소   13209 경기도 성남시 중원구 사기막골로 45번길 14
             우림2차 A동 1007호
ISBN   978-89-6324-869-1 (94810)
             978-89-6324-850-9 (세트)

값 18,000원

건국대 서사와문학치료연구소
다문화 구비문학대계 19

세계의 신과 요괴 전승

여러 나라의 귀신과 요괴,
사람들이 실제로 접하며 살아온

신동흔 박현숙 김정은 오정미
조홍윤 김영순 황혜진 강새미
김민수 김자혜 김현희 엄희수
이승민 이원영 한상효 황승업

북코리아

머리말 : 현장에서 만난 1,364편의 생생한 이야기

캄보디아, 베트남, 필리핀, 중국, 일본, 인도, 카자흐스탄, 에스토니아, 브라질….

세계 여러 나라에서 온 이주민 화자들이 한국어로 구술하는 설화들을 들으면서 마치 꿈속의 한 장면에 들어와 있는 듯했다. 그들의 입에서 가지각색 설화들이 술술 흘러나오고 있는 광경이 거짓말 같았다. 책에서나 볼 수 있었던, 아니 책으로도 볼 수 없었던, 깊은 재미와 의미가 차락차락 우러나는 원형적 이야기들! 그 보물 같은 이야기들을 현장에서 만날 수 있다는 것은 최고의 축복이었다.

한국에 이주해서 생활하는 외국 출신 제보자들을 대상으로 한 설화 조사를 계획하면서 기대보다는 걱정이 컸다. 한국과 달리 설화 문화가 유지되고 있어서 구전설화를 기억하고 전해줄 수 있으리라는 기대가 있었지만, 30~50대가 주축을 이루는 제보자들이 설화를 오롯이 구연할 수 있을지 의문이었다. 모국어가 아닌 한국어로 구술해야 하는 상황이라서 더 그랬다. 한국생활이 쉽지 않을 이주민들이 선뜻 마음을 열어줄까 하는 걱정도 없지 않았다.

결과는 기대 이상이었다. 수많은 이주민 제보자들이 기꺼이 자국 설화 구연에 나서 주었다. 모국의 이야기와 문화를 알린다고 하는 책임감과 자부심이 주요 동기였지만, 그들은 곧 설화 구연이 매우 즐겁고 유익한 일이라는 사실을 깨달았다. 그들은 한 명의 문학적 주체가 되어서 자신이 아는 이야기들을 성심성의껏 들려주었다. 고향에 계신 어른들에게 연락해서 묻거나 숨은 자료를 찾아서 구연해 주기도 했다.

모든 이야기는 책이나 자료를 읽어주는 형태가 아니라 내용을 기억하고 새겨서 말로 구술하는 형태로 조사를 수행했다. 마음으로 기억해서 재현한 것이라야 화소(話素)와 스토리가 살아있는 진짜 구비문학 자료가 되는 것이기 때문이다. 제보자들이 구술로 전해준 이야기들 속에는 실제로 구비문학적 힘이 생생히 깃들어 있다. 재미있고 의미심장하며, 현장감이 넘친다. 그 언어는, 살아 있다.

조사 과정에서 이야기를 들으면서 놀란 적이 한두 번이 아니다. 이주민 제보자들은 평균적인 한국 사람들보다 훨씬 이야기를 잘했다. 한 사람이 수십 편의 설화를 유려하게 구술한 사례가 여럿이며, 한 편의 설화를 30분 이상 완벽하게 구연한 경우도 꽤 많았다. 캄보디아의 킴나이키 제보자 같은 경우는 한 편의 설화를 2시간에 걸쳐 생생하게 구연하기도 했다. 한국의 유력한 이야기꾼들에게서도 좀처럼 보기 어려운 모습이다.

10여 명으로 구성된 조사팀이 만 3년에 걸친 현지조사를 통해 만난 화자는 150명 이상이며, 수집한 자료는 약 2,000편에 이른다. 이 중 공개 동의를 얻지 못한 이야기와 완성도가 낮은 이야기들을 제외하고 가치 있는 것들을 선별한 결과 27개국 130여 명 제보자가 구술한 1,364편의 이야기 자료가 추려졌다. 자료마다 기본 구연정보와 줄거리(개요) 등을 갖추어서 정리하니 분량이 단행본 20권을 채우게 되었다. 양적·질적 측면에서 '한국구비문학대계'에 비견될 '다문화 구비문학대계'라고 해도 좋겠다고 생각해서 이를 총서명으로 삼았다. 『한국구비문학대계』(1980~1988; 전 82권)는 한국 구비문학 조사사업의 빛나는 성과이자 인류의 소중한 문화유산으로서, 갈수록 가치가 증대되고 있는 구술자료집이다. 우리의 『다문화 구비문학대계』도 그와 같은 역할을 하게 될 것으로 믿는다. 세계 각국의 설화를 생생한 한국어로 집대성했다는 점에서 전에 없던 새롭고 특별한 언어문화 자료집이다. 이와 같은 현지조사 성과는 세계적으로도 유례없는 일임을 강조하고 싶다.

다문화 구비문학대계는 20권의 자료집과 1권의 연구서로 구성되어 있다. 자료집 구성은 다음과 같다.

1~2권 : 캄보디아 설화 (64편)

3권 : 태국·미얀마 설화 (53편)

4~5권 : 베트남 설화 (114편)

6권 : 필리핀·인도네시아·대만·홍콩 설화 (72편)

7~9권 : 중국 설화 (186편)

10권 : 몽골 설화 (92편)

11~12권 : 일본 설화 (149편)

13권 : 인도·네팔 설화 (78편)

14권 : 카자흐스탄 설화 (61편)

15권 : 러시아·중앙아시아 설화 (55편)

16권 : 유럽·중동·중남미 설화 (57편)

17권 : 세계의 문화와 풍속 이야기 (93편)

18권 : 세계의 속신·금기와 속담 (160편)

19권 : 세계의 신과 요괴 전승 (91편)

20권 : 한국 이주 내력 및 생활담 (39편)

　1~16권까지 각국 설화를 나라별로 정리해 실었고, 17~20권에
는 세계 여러 나라 문화 이야기와 속담, 생애담 등의 구술담화를 모
아서 수록했다. 15권의 '중앙아시아'에는 우즈베키스탄, 키르기스스
탄, 타지키스탄이 포함되며, 16권에는 에스토니아, 스웨덴, 터키, 아
제르바이잔, 사우디아라비아, 도미니카공화국, 칠레, 브라질, 파라과
이 등 9개국 자료가 실려 있다. 다 합치면, 설화가 수록된 나라는 총
27개국에 이른다. 중국편 자료가 가장 많은데, 한족과 조선족 자료
를 포괄한 것이다. 7권에 한족 제보자의 구술자료를, 8~9권에 한국
계 중국인 제보자 구술자료를 수록했다. 설화는 각 나라마다 앞쪽에
신화와 전설에 해당하는 것들을 싣고 뒤쪽에 민담을 실었다. 같은
유형의 자료를 한데 모으고 서로 내용이 통하는 자료를 이어서 배치
함으로써 효과적으로 내용을 견줘볼 수 있게 했다.

　27개국 총 1,364편에 해당하는 설화 자료 가운데는 한국에 처
음 소개되는 것들이 매우 많다. 1, 2권에 해당하는 캄보디아 설화는

대부분 길고 흥미로운 것들인데, 모두가 한국어로 처음 출판되는 것들이다. 필리핀과 몽골, 인도, 카자흐스탄 등의 수많은 이야기들도 대부분 새로운 것들로 구성돼 있다. 베트남과 중국, 일본 설화 가운데는 한국에 알려진 유명한 이야기들도 포함돼 있지만, 새롭게 소개되는 것들도 많다. 각국의 대표 설화, 예컨대 베트남 설화 〈의붓자매 떰과 깜〉이나 일본 설화 〈복숭아 동자 모모타로〉 같은 경우는 제보자마다 이야기를 구술해서 최대 7~8편에 이르는 각편을 수록했는데, 세부 내용상 크고 작은 차이가 있다. 각편(各篇)마다 미묘한 차이가 있는 것은 구비설화의 본래적 특징으로, 이는 중요한 연구대상이 된다. 각국 주요 설화의 구술자료 각편들을 생생한 구어로 풍부하게 갖춘 것은 해당 국가에도 없던 일로서, 본 자료집의 가치를 더욱 높여주는 요소가 된다.

구비문학에 낯선 독자들로서는 구술을 녹취한 본문이 처음에 다소 어색하게 여겨질 수도 있을 것이다. 하지만 찬찬히 읽어나가다 보면 구술 담화의 맛과 가치를 생생히 느끼게 되리라고 믿는다. 구술자의 다양한 목소리가 귀에 쟁쟁 울려오는 듯한 경험을 할 것이다. 이주민 구술자들에 대하여, 이들은 오롯한 문화적·문학적 주체이자 구비문학 아티스트라고 말하고 싶다. 설화를 전공하는 한국인 연구자들에게 한국어 구술로 큰 감동과 깨우침을 안겼으니 특별한 아티스트가 아닐 수 없다. 현지조사 과정에서도 틈나는 대로 부탁했거니와, 이들이 앞으로도 적극적인 설화 구술로 21세기 한국어문화의 한 주역이 되어 주기를 기대한다.

본 자료집은 구비문학 연구와 언어문화 연구, 다문화 한국사회 연구를 위한 기초 자료로 널리 활용될 수 있다. 학술연구 외에 문화 콘텐츠와 교육용으로도 본 자료집은 큰 의의를 지닌다. 작가와 기획자들에게 새롭고 특별한 소재를 제공할 것이며, 각급 학교와 평생교육 기관 등에서 다문화 교육자료 등으로 활용될 것이다. 아울러 본 자료는 일반 독자들에게도 재미있고 소중한 문학적·문화적 경험을 전해줄 것이다. 한국인 독자들은 외국의 문학과 문화에 대한 이해를 넓히는 한편으로 이주민들에 대한 인식을 일신할 것이며, 이주민과 다문화가정 구성원들은 문화적 정체성과 자부심을 내면화할 것이다. 아무쪼록 이 책이 한국사회 구성원들이 열린 마음으로 서로를 이해하는 가운데 상생적 화합과 발전을 이루어나가는 데 기여하기를 바라는 마음이다.

3년간의 현지조사와 정리 작업은 한국학중앙연구원 한국학 토대연구 지원 사업에 힘입어 진행되었다. 꼭 필요한 지원이 이루어져서 좋은 자료들을 널리 수집할 수 있게 된 데 대해 감사의 뜻을 밝힌다. 자료의 출판은 연구지원과 별개로 이루어진 것으로, 출판사의 후의와 결단에 의해 이루어졌다. 자료집의 가치를 이해하고 기꺼이 출판을 맡아준 북코리아 이찬규 사장님과 편집부 김수진 과장님께 깊은 감사 인사를 드린다.

이 자료집이 나올 수 있었던 것은 현지조사와 자료정리의 실무를 맡아 수고한 전임연구원과 연구보조원들이 있었기 때문이다. 팀장을 맡아서 일련의 길고 힘든 작업을 훌륭히 감당해준 박현숙, 김정은, 오정미, 조홍윤 박사와 이원영, 황승업, 김자혜, 김현희, 한상효, 김민수, 이승민, 엄희수, 강새미 등 여러 연구원의 노고에 감사와 사랑의 마음을 전한다. 공동연구원으로서 현지조사와 연구작업을 적극 뒷받침해준 김영순, 황혜진 선생님께도 깊이 감사드린다.

이 책은 기꺼이 이야기를 들려준 여러 제보자들에 의해 이루어진 것이다. 낯선 조사자들을 반갑게 맞이하고 바쁜 시간을 쪼개어 열성껏 이야기를 풀어내 주신 130여 명 제보자들께 머리 숙여 인사드린다. 본 자료집이 특별하고 귀중한 문화유산으로 자리 잡아 오래도록 널리 활용됨으로써 제보자들의 열정과 노고가 빛을 발할 수 있기를 바라 마지않는다. 모두들 행복하게 씩씩하게 잘 지내면서 한국사회의 실질적 주역 구실을 해주시기를 기원하며, 다시 만나 많은 이야기들을 즐겁게 나눌 수 있기를 기대한다.

2022년 5월
저자를 대표하여
신동흔

목차

12

14

일러두기

    1. 본 자료집은 한국에 와 있는 세계 여러 나라 이주민이 한국어로 들려준 설화와 생애담, 문화 이야기 등을 화자가 구술한 대로 녹취하여 정리한 것이다. 현지조사는 구비문학 전공자들이 만 3년에 걸쳐서 진행했으며, 구비문학 조사 및 정리 방법에 따라 자료를 수집 정리했다. 27개국에서 온 130명 이상의 제보자를 직접 만나서 구술 자료를 녹음했다. 제보자의 주축은 결혼이주민이며, 유학생과 이주노동자도 포함돼 있다.

    2. 자료집은 총 20권으로 구성되어 있으며, 총 1,364편의 구술 이야기 자료가 수록되어 있다. 1~16권에는 각 나라별로 신화와 전설, 민담 등 설화자료를 실었고, 17~20권에는 여러 나라 문화 이야기와 속신·속담, 신과 요괴 전승, 생애담 등을 종합해서 실었다. 별권으로 연구서 『다문화 이주민 구술설화 연구』를 갖추어 조사사업의 성격과 의의를 밝히고, 자료 총목록을 제시했다.

    3. 모든 자료마다 조사일시와 장소, 제보자와 조사자 등 기본 구연정보를 제시하고, 이야기 줄거리(또는 개요)를 제시하여 이해의 편의를 도왔다. 그리고 모든 설화와 생애담 자료에 '구연상황'을 제시하여, 해당 이야기가 어떤 맥락에서 구술되었는지 알 수 있게 했다. 설화집에 해당하는 1~16권 말미에는 나라별 제보자에 대한 정보가 제시되어 있다. 제보자 인적사항과 특성은 조사 당시를 기준으로 삼은 것으로, 추후에 변동되었을 수도 있다.

4. 이야기 본문은 녹음된 내용을 그대로 받아 적었으며, 현장 상황을 생생히 전하기 위해 조사자와 청중의 반응 부분을 함께 담았다. 한국어 어법에 맞지 않는 구술도 그대로 반영하여 전사했으며, 오해의 소지가 큰 경우 괄호 속에 표준어 표기를 제시했다. 내용 이해를 위해 필요한 경우에는 각주를 달아서 보충 설명을 했다.

5. 이야기 본문에서 제보자의 구술 외에 조사자와 청자의 반응은 [　] 속에 넣어서 정리했으며, 기타 보충설명은 (　) 안에 제시했다. 여러 조사자가 발언한 경우 '조사자 1', '조사자 2' 등으로 표시했는데, 번호는 구연정보의 조사자 순서에 준한다. 본문은 이야기 전개 흐름에 따라 문단을 나누었으며, 대화에 해당하는 부분은 행을 바꾸어 표현했다. 대화에 부수되는 언술은 행을 달리하되, '고'나 '구'는 구어체 특성을 살려 대화문 뒤에 붙였다. 2인 이상의 제보자가 공동으로 구술한 자료는 각 제보자와 조사자의 발화를 단위로 삼아 단락을 나누는 방식으로 편집했다.

6. 본 자료집에 자료를 수록한 모든 제보자들에게는 사전에 자료공개 동의를 받았다. 다만, 생애담 등의 구술에서 사적 정보가 노출될 수 있는 부분은 내용을 일부 삭제하거나 **로 표시하기도 했다. 조사장소도 개인정보 보호를 위해 번지수와 같은 세부정보를 삭제했다.

인도

인도의 대표 신 브라마와 비슈누, 시바

● **구연정보**
조사일시 : 2017. 02. 20(월) 오후
조사장소 : 광주광역시 북구 금남동
제 보 자 : 바수무쿨 [인도, 남, 1964년생, 이주노동 25년차]
조 사 자 : 조홍윤, 황승업, 김자혜

● **개요**
인도의 신화 문화를 대표하는 세 주신이 있는데, 바로 브라마(Brahmā), 비슈누(Vishnu), 시바(Shiva)이다. 이들 세 신이 인도의 'GOD'이다. 창조신인 제너레이팅 갓(Generating God)은 브라마, 인간 삶을 운영하는 오퍼레이팅 갓(Operating God)은 비슈누, 세계를 정화하고 새롭게 시작하도록 하는 파괴신 디스트럭팅 갓(Destructing God)은 시바이다.

내가 볼 때는 한국 사람들이 가장 인도 문화라고 말하면, 좀 이해가 안 되는 이런 분야가 몇 개가 있어요. 예를 들어서,

"인도 사람들은 코끼리 있는 신은 하나 있는데, 왜 신으로 코끼리를 모시는 건가?"

이거에 대한 의문이나 또는,

"원숭이도 신으로 기도를 하더라. 원숭이 템플도 있고. 인도가 왜 그럴까?"

이런 거에 대한, 그래서 인도에 우리가 어렸을 때부터 다양한 우리 엄마나 할아버지나 할머니나 이렇게 전달해오는 이야기들이 우리에게 그것을 이해시켜주는 중요한 역할을 하는데, 그것이 어떻게 보면 동물 사랑, 환경, 생태학 그런 것들하고도 다 연결되는 내용들

이에요.

예를 들어서, 우리가 어렸을 때. 시골에 내가 갔었어요, 우리 할아버지 동네에. 그런데 막 들에서 살(쌀)들 뼈(벼)들 떼와 가지고 막 이렇게 해가지고 막 그것을 땄을 때, 그 주변에는 막 그, 쥐들이 많아가지고. 떼가는데도,

"절대로 쥐를 때리면 안 된다."

그랬어. 못 때리게 했어.

"죽이면 안 된다."고.

그 쥐도 안 죽이는 이유가 뭔지는 우리를 이해시키기 위해서 가네샤를 이야기 하는 거예요.

가네샤가 인도의 신인데, 가네샤 이제 얼굴, 코끼리 얼굴 있는 신이에요. 그래서,

"가네샤는 웰페어welfare, 모든 가정의 평화의 대표적인 신이다."

그래서,

"가네샤가 왜 대표적인 신이 될까요?"

라고 질문이 당연히 나오죠. 할아버지, 할머니들한테.

그러면서 제일 먼저 나온 이야기가 뭐였냐면, 인도의 신이 33억 신이 있다는 기록이 『베다veda』에 나와요. 그때 당시에 33억이면, 이제는 더 많아져야 되겠죠? 그래서 신의 개념은 인도는 틀려요. 아까 말했잖아요, 모든 사람 안에는 신이 있다는 거, 그래서 모든 사람이 자기 안에 신을 발견했을 때, 자기도 신의 뜻으로 사는 것을 알게 되면,

'신처럼 모든 사람을 사랑하고, 모든 사람과 함께 조화롭게 살아야 하는 의무 있다.'

라고 행동으로 나와야 한다는 거죠. 그렇게 살아가는, 끝까지 살아가는 사람은 죽을 때는 다 신이 돼, 인도가. 그렇게 해서 신이 많아요, 인도가.

그래서 이 인도의 신들의 가족들 중에 아주 대표적인 신이, 인도라고 말하면 대표적인 신은 세 개예요. 삼신. 아세요? 어떤, 어떤 신인지? [조사자: 비슈누, 비슈누] 비슈누하고. [조사자: 아, 알았었는데.] 첫번째는 브라마, 그다음에 비슈누, 그다음에 시와. [조사자: 시와?] 시

와 신. [조사자: 아, 한국에서는 시바라고 알려져 있는데.] 시와. 시와 신. 오케이?

원래는 산스크리트어로 '와' 소리가 나요. va로 쓰지만은, 소리는 '와'. 시와 신. 어쨌든. 시바라고도 하고, 시와라고도 하고 지역별로 발음이 조금씩 틀리는데.

그래서 인도 사람의 이 지오디GOD가 어떻게 대표하냐면, 지G는 제너레이팅 갓. 대표 갓god이 브라마고, 지 포 제너레이터G for Generator. 창조자의 신. 그다음에 오O는 오퍼레이터Operator. 운영자의 신. 그게 바로 비슈누예요. 그래서 비슈, 브라마는 모든 것을 만들어주고, 그것을 운영하는 책임 갓이 비슈누이고, 그다음에 사람이 그 착하게 못 살고, 모럴리티morality를 안 지키면, 이 지구를 다시 파괴하는 의무를 가진 신이 시바 신이에요. 그래서 디스트로잉Destroying, 디스트럭팅Destructing 갓.

그래서 지오디GOD가 제너레이팅 갓은 브라마, 오퍼레이팅 갓은 비슈누, 디스트럭팅 갓은 시바. 이렇게 대표적인 삼신(三神)에 대한 이야기가 제일 많이 나와요.

시바 신의 가계

● **구연정보**
조사일시 : 2017. 02. 20(월) 오후
조사장소 : 광주광역시 북구 금남동
제 보 자 : 바수무쿨 [인도, 남, 1964년생, 이주노동 25년차]
조 사 자 : 조홍윤, 황승업, 김자혜

● **개요**
파괴의 신 시바의 가족은 인도인들의 삶에 중요한 역할을 한다. 시바와 그
의 부인인 두르가(Durga)의 사이에는 네 자녀가 있는데, 첫째 아들인 가네샤
(Ganesha)는 가정의 행복을, 둘째 딸인 락츠미(Laksmi)는 재물을, 셋째 딸인
샤라수띠(사라스와띠, Saraswati)는 지식을, 막내인 까르띠까(Kartika)는 기술
을 관장하는 신이다.

그 시바 신의 가족이 아주 훌륭한 역할을 해요. 인도 사람들 삶
에. 그래서 내가 태어나는 지방의 가장 큰 축제가 '두르가 푸자Durga
Puja'예요. 두르가 푸자. D-U-R-G-A, 두르가. P-U-J-A, 푸자. 이 두르
가 푸자나, 두르가 푸자는 이 두르가가 시바의 와이프 이름이에요.
여보. 여자 신이죠. 여신이죠. 두르가는 손이 여덟, 열여섯 개지. 여
덟 개, 여덟 개, 열여섯 개.

그리고 이 두르가와 시바 이 두 신에서 내려오는 자녀들이, 첫
번째 나오는 아들이 가네샤고, 그다음에 나오는 딸이 락츠미, 재산의
신. 그다음에 나오는 여자 신, 여신이 샤라수띠, 지식의 신. [조사자:
샤락소띠?] 네 샤라수띠. 그다음에 마지막에 까르띠까라는 아들. 얘
는 엔지니어링 쪽. 뭐, 뭐 만드는 그쪽의 신.

그래서 막 전공들이 이렇게 틀려 서로. (웃음) 되게 재밌어요, 그래서. 어렸을 때 우리가 이런 이야기를 할아버지 할머니들한테서 들었던 이야기들이죠.

그래서 잘 살려고 하면은, 공부 잘하려고 하면은 잘 보여줘야 되는 게 샤라수띠 신에게, 돈을 잘 벌 것 같으면 라츠미 신한테 잘 보여주어야 되고. 자기가 뭐, 엔지니어하고 뭐 이런 거 되려고 하면은, 또 [조사자: 까르띠까?] 까르띠까한테 잘 해주야 하고. 가정의 행복을 위해서는 또 이 가네샤한테 또 잘 해주어야 하고. 이런 것들을 이제 계속 어렸을 때부터 우리한테 가르쳐주는 거고.

인도의 신 이야기가 담긴 책들

● **구연정보**
조사일시 : 2017. 05. 27(토) 오전
조사장소 : 광주광역시 동구 계림동
제 보 자 : 바수무쿨 [인도, 남, 1964년생, 이주노동 25년차]
조 사 자 : 조홍윤, 황승업, 김자혜

● **개요**
인도의 서사와 문화를 제대로 이해하기 위해서는 『우파니샤드(Upaniṣad)』를
이해할 수 있어야 하지만 일반인에게는 어려운 일이다. 이에 『우파니샤드』에
대한 해설이라 할 수 있는 〈바가밧기타(Bhagavad Gītā)〉를 이해할 필요가 있
는데, 이를 위해서는 그러한 이해의 기반이 되면서도 인도 서사 문학의 대표
격이라 할 수 있는 〈라마야나(Ramayana)〉와 〈마하바라타(Mahābhārata)〉를
알아야만 한다.

인도에 〈라마야나〉*는 알죠? 인도의 제일 큰 만화가 이 두 개가
나올 수 있어요. 〈라마야나〉와 〈마하바라타〉**. 이건 엄청나게 큰 책
이에요. 서사시, 인도의 서사. 인도의 문화를 제대로 이해하려면 제
일 먼저 『우파니샤드』를 읽어야 한다고 해요. 근데 『우파니샤드』***

● '라마 왕의 일대기'라는 뜻으로, 고대 인도의 산스크리트로 된 대서사시이다. 총 7편,
2만 4000시절(詩節)로 이루어져 있으며, 〈마하바라타〉와 더불어 세계 최장편의 서사시로
알려져 있다.

●● '바라타 왕조의 대서사시'라는 뜻으로 〈라마야나〉와 함께 산스크리트어로 된 고대
인도의 2대 서사시 중 하나이다. 총 18부에 10만여 수가 전한다.

●●● '우파니샤드'라는 이름으로 알려진 고대 인도의 철학 경전이다. 산스크리트어로

는 일반 사람들이 이해를 못해. 아주 고급 단계의 철학이지 일반 사람이 그걸 읽어봐야 10%도 이해를 못할 거예요.

　그런데 그 『우파니샤다』를 풀어주기 위해서 인도의 두 번째 만들어진 것이 〈바가밧기타〉*예요. 그래서 이 〈바가밧기타〉는 인도 사람들에게 누구나 아주 중요한 책이에요. 이 〈바가밧기타〉는 결국 뭐하고 연결되냐면 〈라마야나〉와 〈마하바라타〉. 〈바가밧기타〉를 제대로 이해하려고 하면 먼저 『마하바라타』를 읽어야 해요. 『마하바라타』를 먼저 읽지 못하면 〈바가밧기타〉를 제대로 이해할 수 없어요.

　그래서 이 두 개의 주인공. 〈라마야나〉의 주인공은 '라마Rāma'**, 그리고 마하바라타의 주인공은 '크리슈나Kṛṣṇa'.*** 그래서 이 두 인물에 대해서는 인도의 신화든지, 인도의 스토리든지, 인도의 삶이든지 어디서든지 빠질 수 없어요. 그래서 그 〈마하바라타〉의 스토리 일부가 〈바가밧기타〉예요. 〈바가밧기타〉는 그냥 가이드북. 패밀리 가이드북이고, 인도 사람들에게. 힌두 문화 사람들에게, 어떻게 되면 힌두 문화 사람들만 아니라 전 세계 도움이 될 수 있는 가이드북이라고 볼 수 있어요.

　전 세계의 모든 종교는 따지고 보면 똑같은 뿌리에서 나오고 비슷한 성격을 가지고 있는 거예요. 조로아스터교에서 나온 것이 유대교, 힌두교예요. 그리고 이 힌두교에서 나온 것이 불교, 시크교 다양한 종교들이 인도에서 발생하는 거고 역시 유태교에서 나온 것이 기

'(사제 간에) 가까이 앉음', '(스승의 발아래에) 가까이 앉아 스승에게 직접 전수받는 신비한 지식'이라고 해석되기도 한다.

　● '바가바드기타'라고도 한다. 산스크리트어로 '지고자(至高者)' 또는 '신의 노래'라는 뜻이며, BC 2세기에서 기원후 BC 5세기 사이에 성립된 것으로 추정된다. 『마하바라타』의 일부분으로서, 제6권인 『비스마파르바(Bhishma Parva)』 25장부터 42장까지, 총 18장 700편의 시로 이루어져 있다.

　●● 인도 신화에서 비슈누의 7번째 화신이며, 인도의 대서사시 〈라마야나〉의 주인공이다.

　●●● 비슈누의 대표적인 화신. 힌두교에서 최고신이자 비슈누 신의 여덟 번째 화신으로 숭배된다. 〈마하바라타〉에서는 무력에 뛰어나고 권모술수에 능한 주인공으로 등장하여 이윽고 신격화되었다.

독교 이슬람 모든 것이 다 거기에서 뿌리로 나왔어요.

　이 양쪽 뿌리에 비슷하다고 말하는 이유가 뭐냐면 사후세계를 인정하는 것, 양쪽에서 다.

　"사람은 죽는 게 다 아니야. 죽은 후에 무엇에든지 따로 있다."

　이런 차원에서 나온 것이, 힌두교는 '다시 태어난다'는 말하고 또는, '또 태어나지 않으려고 하면 깨닫게 된다', 이런 문화와 전통을 말하는 거고. 또 반대로 죽은 후에도 아주 편안하게 살 수 있는 지옥이 따로 있다는 거지. 천국과 지옥. 그리고 그 헬이라는 개념이나, 헬이라는 것은, '잘못하면 가서 고생한다.' 인도적인 부분에서 고생한다는 것은 '다시 태어난다'는 거야. 다시 태어나지 않고 완전히 끝날 것 같으면 깨닫게 된다는 거지.

　이런 개념으로 볼 때 똑같은 거예요. 근데 우리 사화를 딱 구해 주기 위해서 항상 하나님의 대표가 나타난다. 그게 기독교에서는 메시아. 유태교부터는 그것이 메시아 전통을 가지고 있는 거고 힌두교에서는 그걸 아바따라avataara라고 하는 거예요. 아바따라는 신의 대표. 그래서 그런 종교에도 예수가 나타나는 것처럼 마호메트도 다시 메시아로 나타났다고 하는 거잖아요.

　힌두교는 대표적인 신이 크리에이티브 갓creative god, 오퍼레이티브 갓operative god, 디스트럭티브 갓destructive god. 그래서 브라마와 비슈누, 시바. 비슈누는 운영을 해야 하기 때문에 시대별로 항상 인간으로 태어나요. 그게 이제 메시아의 개념하고 비슷한 개념으로 볼 수 있죠. 그래서 인도의, 계속 시대별로 아바따라 나오는데 그걸 이제 '환신(幻神)'이라고 하죠. '신이 다시 태어난다, 환신으로.'

　그래서 부처님을 일곱 번째 오신 환신이라고 하잖아요.● 그런 것처럼 부처님보다 훨씬 전에 있던 선배들이 바로 크리슈나와 라마예요. 이걸 풀어줘야 크리슈나와 라마의 위치가 뭔지 사람들 사이에서 이게 왜 꼭 자리 잡고 있는 건지. [조사자: 비슈누의 환신이었구나?]

────────────

● 힌두교에서 비슈누의 일곱 번째 환신은 라마이며, 석가는 아홉 번째 환신이라고 알려져 있다.

그렇죠. 비슈누의 환신이에요, 둘 다.

　그래서 이제 시대를 다양하게 나누는데, 인도는 제일 처음에 인간이 만들어지고 사회가 만들어졌을 때는 '사티아 유가Satya Yuga(황금시대)'라고 해요. 유가는 시대. 사티아 유가에는 사람이 거짓말하고 이런 나쁜 것들이 아무것도 없었어요. 모든 게 다 잘 살고 편하게 살고 사람이 오래오래 살았대요. 몇 백 살 동안 그때 당시에 사람들이 살았대요. 몇 백, 그냥 사백, 오백 이렇게 살았대요. 그때 당시에 오염도 없고 제대로 사람들이 스트레스 받는 것도 없고, 이런 걸로 판단을 해요.

　그러고 나서 '드와파르 유가Dwapara Yuga(청동시대)'. 그다음 시대가 라마의 시대로 넘어와요. 그래서 이 〈라마야나〉 스토리가 이건 아예 책을 찾거나 유튜브에서 여러분들이 볼 수 있는 거기 때문에 그냥 시리즈로 나와요.

　전 세계에서 도큐멘터리 중에서 가장 인기 있는 베스트 도큐멘터리는 〈라마야나〉와 〈마하마바타〉예요. 그냥 일요일 그 시간에 〈라마야나〉, 〈마하바라타〉는, 차고 뭐고 자동차고 뭐고 아무것도 없어. 그냥 다 보는 거야. 이슬람이고 뭐고 상관없이 다 봤어. 그 정도 인도의 인기 있는 〈라마야나〉와 〈마하바라타〉라는 TV 시리즈가 유투브에서 볼 수 있어요. 아마 영어 자막도 있을 거고.

얼굴이 앞에 있는 남자

● 구연정보

조사일시 : 2018. 12. 26(수) 오후
조사장소 : 서울시 광진구 화양동
제 보 자 : 파드마바티차크라바르티 [인도, 여, 1992년생 유학 2년차]
조 사 자 : 신동훈, 황혜진, 김정은, 김민수

● 개요

브라질의 비슈파쁘엉이나 어멩도사카처럼 아이들이 무서워하는 인물로 인
도에는 문다리무티가 있다. 문다리무티는 얼굴이 앞에 있는 사람이라는 뜻이
다. 아이들이 공부를 안 하거나 자기가 할 일을 하지 않으면 어른들이 문다리
무티가 너를 찾아가서 납치할 것이라고 겁을 준다.

우리는 '얼굴이 앞에 있는 사람'이라고 해요 근데 그게 아이들한
테 얘기하면 모르잖아요. 사람 다 얼굴이 앞에 있다고 그래서,

"얼굴이 앞에 있는 남자가 와서 찾아가."

이렇게 되면 무서워요. [청자(레오나르도): 얼굴이 앞에 있는 남자?]
어. 얼굴이 원래 눈코입이 앞에 있잖아. [청자: 아, 어.] 근데 어린아이
들한테 그렇게,

"앞에 있는 사람!"

그러면 무서워해. [청자: 아, 오케이, 오케이. 이해했어.] 다 앞에 있
는데.

[조사자 1: 근데 숙제 안 하면 나타나요? 할 일 안 하고?] 네, 그냥 뭐
공부 안 하거나 할 일 안 하면. 그러니까 할아버지도 지금까지 해요.
지금 제가 다 알잖아요. 그래도 아직까지 협박을 해요. [조사자 1: 이

렇게 나이가 많은데도?] 네.

"거기 보여. 문다리무티가, 앞에 얼굴이 있는 사람 그 앞에 문다
리무티가 있다. 너 찾아간다."

이러니까,

"할아버지 우리도 그런 거 아는데요."

그래요, 지금은. 똑같이 이렇게 납치당해요.

네팔

인간을 창조한 신

● **구연정보**

조사일시 : 2018. 02. 06(화) 오후
조사장소 : 경상남도 진주시 상대 2동 YWCA
제 보 자 : 스레스탄 졸티 [네팔, 여, 1987년생, 결혼이주 11년차]
조 사 자 : 신동훈, 한상효, 이승민

● **개요**

네팔에서 가장 큰 신인 브라흐마, 비슈누 신이 남자 하나 여자 하나를 창조했
다. 네팔은 부족에 따라 여러 신들을 모시는데, 브라흐마, 비슈누, 모엔솔이
가장 높은 세 명의 신이다.

[조사자 1: 신들이, 여러 신들이.] 여러 신들이 많아서, 신 이야기를
거의 많이. 남자나 여자 만들었고, 그다음부터는 또 같은 사람도
생기고 그렇게 있었어요. [조사자 1: 처음에는 남자 한 명, 여자 한 명 그
렇게 만들었어요?] 네.

(스레스탄 졸티 제보자가 동석한 카멜라 씨와 네팔어로 대화함.)

구체적으로 딱 이제 제일 큰 종교 쪽에서, 종교가 이제 여러, 종
교 자체가 여러 신들을 만드는 거니까 이 신 이야기를 하면, '이렇게
만들었다', 저 신 이야기를 '저렇게 만들었다', 이런 이야기는 많이
나오는데.

맨 처음에는 브르마(브라흐마), 비슈누 모였어요. 그래가지고 딱
세 신이 중요한 신을 얘기거든요. 네팔에서는 제일 큰 신이 브르마,
비슈누, 모엔솔 해가지고. 브르마라는 신이 맨 처음에 사람을 창조를
했다, 그런 이야기는 나온대요. 여자하고 남자, 먼저 창조를 해가지

고 거기서 이제, 이어져 가지고 이제 사람이 점점 더 많아지고, 이제
나라가 그렇게 하는 그런 이야기.

　[조사자 1: 맨 처음에 만든 남자 여자는 이렇게 때를 밀어서 만들었다
는?] 아니 그거는 이제 때를, 때에서 밀어가지고 저거는 아니고, 이
제 신(神).●

　여러 가지 있어요. 신을 여러 가지 믿다 보니까 여러 가지 이야
기가 있는 거예요. 흘러 듣는 사람이. [조사자 1: 그 여러 신들이 다 자
기 나름대로 사람을 막 만든 거예요?] 어 자기들은 어, 그런 거겠죠? 우
리나라, 우리나라 안에도 이제 다민족이거든요. 언어도 엄청 다양하
고, 문화도 엄청 다양하고 풍습도 엄청 다양한 거예요. 이제 음식도
우리도 한국이라면은 딱 전통 의상이 딱 하나 한복이라고 하지만 우
리나라에서는 전통 의상이 딱 하나다 하기에는 이제 카스트마다 자
기 전통 의상이 따로 있어요.

　네팔 전체적으로 하나 정해져 있는 게 있으나, 이제 자기 딱 카
스트끼리 자기 전통을 강조하는 하나 있어요. 문화나 음식이나 뭐
다 다르고 우리는 종교는 같은 힌두 종교지만, 믿는 신은 또 집집마
다 다른 신을 섬기라고, 어떤 신을 자기가 위주로, 구체적으로 신을
섬기는지에 따라서, 조금씩 달라지는 거예요.

　[조사자 2: 제일 높은, 제일 높게 믿는 신이 있을까요?] 그러니까 브
라흐마, 비슈누, 모엔솔 해가지고, 그래가지고 세 분 신을 제일 높게
해가지고. 제일 존중하는, 세 분.

● 때를 밀어서 만든 존재인 가네샤는 인간이 아니라 신에 해당한다는 뜻이다.

죽음의 신 에머라즈

● **구연정보**

조사일시 : 2018. 02. 06(화) 오후

조사장소 : 경상남도 진주시 상대 2동 YWCA

제 보 자 : 스레스탄 졸티 [네팔, 여, 1987년생, 결혼이주 11년차]

조 사 자 : 신동훈, 한상효, 이승민

● **개요**

네팔 사람들은 저승에서 심판을 받는다고 생각한다. 저승의 신인 에머라즈가
이승에서의 잘잘못을 따져 환생시킨다. 나쁜 짓을 하면 귀신이 돼서 돌아다
닌다. 원숭이나 개도 사람으로 다시 태어날 수도 있다.

[조사자: 그럼 죽은 다음에 영혼이 어디 가서 심판을 받거나 뭐 이런.] 그
런 이야기보다는 우리나라에 심판을 받는다, 그런 얘기도 있어요. 에
머라즈라고 하거든요. 우리는 에머라즈, 에머라즈. [조사자: 에머라즈.]

에머라즈라는 이제 신은, 에머라즈라는. 에머라즈 그냥 신이라
고 표현 안 하고, 에머라즈한테 가서 최종적인 심판을 받는다, 그 에
머라즈라는 사람이 우리가 살아생전에 뭘 했는지 쭉 살펴보고,

"니는 어디 가야 된다. 니는 어디 가야 된다."

그 에머라즈라는 분이 판단을 하신다, 뭐 이런 식으로.

[청자(걸퍼나): 좋은 일 하면.] 좋은 일을 하면, 좋은 데로 가고, 안
좋은 일 하면, 진짜로 나쁜 일을 하면 귀신이 돼가지고 돌아다닌다
고. [조사자: 아, 귀신이 되고.] 전 세계로 돌아다니게 되고.

그래서 자식들이 없는 사람이 제대로 제사를 안 해주고, 그렇게
안 해주면은 귀신이 돼서 돌아다닌다, 이래가지고 이제, 이제, 제를

크게 지내는 사람이 있어요. [청자(걸퍼나): 살아 있을 때 잘해 주면 잘할 수 있고, 아니면.]

[조사자: 동물로 태어나면 좋은 거예요, 아니면 나쁜 거예요?] 어, 동물로 태어나면은 좋은, 어떤 동물로 태어나냐에 따라서도 달라요. [조사자: 어떤 동물을 태어나면 좋은, 좋은 거라고 생각해요?] [청자(걸퍼나): 원숭이도.] [조사자: 아, 원숭이도, 태어나면 좋은 거예요?] [청자(걸퍼나): 원숭이나 개.] [조사자: 개.] 개도. [청자(걸퍼나): 나중에 죽으면 사람 될 수 있어요.]

그래서 개한테 우리가 막 발 치고 그러면은,

"개도 나중에 죽어서 사람이 될 건데 개를 발로 치거나 나쁘게 하면 안 된다."

이런 식으로 이야기가 있어요. 사람이 죽어서 개가 될 수도 있고, 개가 죽어서 사람이 될 수도 있다. 그런 얘기.

에머라즈 신과 관련된 인식과 의례

● **구연정보**

조사일시 : 2018. 02. 06(화) 오후

조사장소 : 경상남도 진주시 상대 2동 YWCA

제 보 자 : 스레스탄 졸티 [네팔, 여, 1987년생, 결혼이주 11년차]

조 사 자 : 신동훈, 한상효, 이승민

● **개요**

에머라즈는 죽음과 관련된 신이다. 네팔에서는 에머라즈를 쫓아내기 위해 문턱에서 호두를 깨기도 하고 꽃목걸이 같은 것도 걸어준다. 또 살아생전에 착한 일을 하면 좋은 곳에 가고 나쁜 일을 하면 안 좋은 곳에 간다는 사후세계에 관한 생각들을 가지고 있다. 또 제사를 받지 못하면 귀신이 되기도 한다.

　더사인하고 티하 같은 경우도 아시겠지만, 제일 큰 명절에 더사인하고 티하가 있는데 티하 같은 경우에는 일곱 개 색깔을 이마에 이렇게.

　(전화 통화를 위해 스레스탄 졸티 제보자가 잠시 나감.)

　[청자(카멜라): 티하는 형제들이 저기 한다고.] [청자(걸퍼나): 형제들이 동생이나 오빠한테 일곱 개 색깔 점 붙여가지고, 아 꽃에다가 실에다가 끼고, '말라'. '말라'라 그래요.] [조사자 2: 말라.] [청자(걸퍼나): 저기 해주는 거.] [조사자 1: 꽃목걸이.] [청자(걸퍼나): 네 꽃목걸이. 해주고.] [청자(카멜라): 나쁜 사람 형제 잡아가지 마라. 오래오래 살아라.] [조사자 2: 아, 오래 살라고.]

　[청자(걸퍼나): 그 앞에서 저기 이거 부처님 같은 거, 아니면 저기 불 켜가지고 여기 기름 같은 거 이게 귀에다가, 머리에다가 기름 같은 거 해가지

고, 에머라즈 전에 얘기했잖아요? 에머라즈 같은 거 다 델고 가라 하고.]

(스레스탄 졸티 제보자가 통화를 마치고 돌아옴.)

호두. 호두를 딱 문턱에 놓고 돌로 깨거든요. 문턱에 놓고 에머라즈라는 죽음의 심판하는 그 에머라즈 있잖아요. 그,

"에머라즈 우리 문턱 넘어오지 말라, 우리 동생들 델고 가지 말라."

해가지고,

"에머라즈!"

하면서 이제 (돌로 호두를 내려치는 시늉을 하며) 때리는 거예요.

[조사자 2: 호두? 호두?] 호두, 호두. 호두 있잖아요. 문턱에 놓고 탁 터뜨리는 거예요. 그거를.

"에머라즈, 우리 동생들 가까이 오지 마. 델고 가지 마!"

이런 식으로.

[조사자 1: 에머라즈가 놀라서 좀.] 네. 놀라서 도망가는 거보다는 저기 에머라즈가 안 온다 그런 풍습이 있어요. [조사자 2: 저승, 죽음, 이런 건 다 에머라즈하고 관련이 있는 거예요?] 예. 죽으면,

"에머라즈, 에머라즈 델고 온다. 우리를 데리러 온다. 에머라즈 데리고 와서 데리고 간다."

[청자(걸퍼나): 너무 오래 살면, "왜 에머라즈 안 와. 니 나 델고 가라."]

"에머라즈 어디로 갔어. 에머라즈 안 오네."

[청자(걸퍼나): "나 잊어버리는가 봐. 빨리 델고 가라."]

"에머라즈 잠들은가 봐. 아니면 어디로 예배중인가 봐."

아니면 어디 이런 식으로 에머라즈 안 온다, 이런 식으로 얘기를 하니까.

[조사자 1: 사람 죽으면 따로 이렇게 가는, 저승으로 가가지고 딴 세상으로 간다 이런 이야기도 있나요? 다시 태어나는 거 말고. 죽은 다음에.] 그러니까 다 좋은 데, 좋은 세계로 간다. 뭐 이런 얘기도 있어요. 그러니까 천국, 천국으로 가게 되거나 아니면 지옥, 지옥으로 가게 되거나 아니면 귀신 돼서 돌아다니거나. 그러니까 천국으로 지옥으로 가느냐. 에머라즈. 심판을 해서 천국으로 보내든.

[청자(카멜라): 어떤 일 하고 있었어요. 좋은 일 하면 좋은 데로 가고,

나쁜 일 하면.] 다 그런 건 살아생전에 어떤 일을 하느냐. 그렇게 돼가 지고. [조사자 1: 그 에머라즈가.]

그래서 우리나라에는 누구를 믿어서 천국 간다, 누구를 믿어서 지옥 간다, 이런 게 없고 살아생전에 그래서 우리나라는 뭐 힌두교 도 뭐, 템플에 가서도 기도하고, 교회에 가서도 기도하고 집에서 부 처님한테도 기도하고, 다 이렇게 여러 신을 존중을 해서 같이 동등 하게 믿고, 누구 맞고, 누구 틀리는 이거를 안 하거든요. 이것도 맞 고, 이것도 맞는 거예요.

동등하게 하는데 이제 어떤 살아생전에 어떤 일을 해라. 천국 가 고 지옥에 가거나 아니면 귀신이 돼서 돌아다니는 거는 가족들이 이 렇게 제사 같은 거를 안 해주거나, 아들이 없는 집에 안 해줘가지고, 인제 귀신이 돼서 이렇게 세계를 돌아다니니까 영혼이 너무 힘드니까.

아직까지 인제 이렇게 점 보는 거 그런 것도 있거든요. 우리나 라, 점 보는 그런 것도 있으면서,

"누구누구 죽었는데 이 사람이 어떻게 하고 있어."

이런 거 딱 얘기를 해주는 사람이 있어요. 그 딱 그 사람이 딱 들 어온대요. 몸에 그렇게 잘 모르겠는데, 나도 그 장면은 못 봤는데, 이 렇게 점 보면서 그 사람 죽은 사람이 딱 자기 몸에 들어와가지고,

"어떻게 죽었어. 어떤 이야기가 있었는데 어떤 이야기 전달 못 했다."

뭐 이런 이야기 싹 다 대신 해주는 뭐.

"어디 어디 옷을 숨겨, 옷이 있다. 어디 어디에 재산이 있다. 어 디 어디 뭐가 있다. 이거는 이 사람한테 줘라. 저건 저 사람한테 줘 라. 나는 아직 천국 못 갔다. 나한테 뭐뭐 해줘라."

이런 게 있어서 실제로 뭐,

"어디 어디 뭐 뭐 돈이 얼마나 숨겨놨는데 내가 이야기를 진짜 로 못했다. 누구한테 얼마 전달해 줘라."

뭐 이런 얘기들 해가지고,

"진짜 집에 찾아보면은 있더라."

아니 우리 엄마한테도 이야기를 해요.

"누구누구 돌아가시는데, 이제 너무 꿈 속에서 계속 나오고 불편
해서 이렇게 보러 갔는데 이렇게 되어서 천국 못 떠났다."

이런, 여기가 뭐, 뭐 있었는데,

"이렇게 전달해줘서 전달해주고 식사를 크게 해줘서, 이제 천국
갔다."

이런 얘기. 또 뭐가 있어. (웃음)

(네팔어로 서로 대화함.)

근데 제사 같은 거나 그런 거 있잖아요. 이제 월경. 여자들이, 월
경하는 여자들이 못 가게 해요. 깨끗하지 않다고 해가지고 아직까지
도 거기 참여하지를 못하거든요. [조사자 2: 아, 월경.]

그리고 사람 돌아가신 집안에는 일 년 동안 신에게 제사도 안 하
고 그런 특별히, 돌아가신 집안에는 한국말로 어떻게 표현해야 되
지? 그 모르겠는데 명절 같은 거를 안 지내요. 일 년 동안. [청자(걸퍼
나): 일 년 동안 뭐.] 결혼식도 잘 안 하고. 그 집안에 만약에 내일 결혼
식인데 오늘 집안에 큰 어르신이 돌아가셨다. 이 결혼이 인제, 결혼
식을 진행 안 되는 집안도 아직 있고. 일 년 뒤에. 일 년 동안 큰 행사
같은 거를 잘 안 하는 있어요. [청자(걸퍼나): 그냥 집에서만 저기 돌아가
는 부분에 대해서만 하고.] [청자(카멜라): 신에게 기도하는 거만.]

카스트를 정해주는 신

● 구연정보
조사일시 : 2018. 02. 06(화) 오후
조사장소 : 경상남도 진주시 상대 2동 YWCA
제 보 자 : 스레스탄 졸티 [네팔, 여, 1987년생, 결혼이주 11년차]
조 사 자 : 신동훈, 한상효, 이승민

● 개요
네팔에서는 브라흐마가 카스트를 정해준다. 금을 만지는 사람은 순나르, 장
사하는 사람은 네와르, 옷 만지는 사람은 버리아라고 한다.

브라흐마라는 신이 카스트를 정해줬다. 이렇게 얘기하거든요.
"너는 이거 일을 하는 카스트는 니네 이거 이 카스트를 해라."
니는 이거 일하는 사람은 이거 뭐 쉽게 말하자면은, 금을 만지는
사람은 '순나르', 뭐, 장사하는 사람은 '네와르', 뭐 이런 식으로. [조
사자 2: 순나?] 수나르. [조사자 2: 수나르.] 순, 순이라고 하거든요. 우
리 금을. 금을 순이라고 하는데, 순을 만지는 사람은 순나르, 장사하
는 사람은 '네와르'. 그리고 또 꽃 만지는 사람은 '버리아' [청자(카멜
라): 버리아.] 뭐 이런 식으로.
[조사자 1: 신이 그렇게.] 어, 신이 그렇게 이제 일에 따라서 인제 정
해, 인제 카스트를 정해주는 거예요. 계급을 정해 주시는 거예요.

이간질하는 신 나라인

● **구연정보**

조사일시 : 2018. 02. 06(화) 오후

조사장소 : 경상남도 진주시 상대 2동 YWCA

제 보 자 : 스레스탄 졸티 [네팔, 여, 1987년생, 결혼이주 11년차]

조 사 자 : 신동흔, 한상효, 이승민

● **개요**

나라인이라는 신이 이간질을 잘 한다. 그래서 네팔에서는 이간질 잘 하는 사람이나 말을 여기저기 전하는 사람을 나라인이라고 한다.

　[조사자 1: 신들끼리 사이가 다 좋진 않은 거죠? 싸우기도 하는 거죠?] 싸우기도 해요. 그거 때문에. [청자(걸퍼나): 아니 저기, 뭐 이렇게.] 이간질 해가지고 중간에 이간질하는 사람이 있잖아. 나라인, 나라인.

　이간질하는 사람이 있어가지고, 이거 놔두다가 나중에 화해를 하는 이야기도 있어요. 나라인이라는 이간질, 최고 나라인하는 나라인, 나라인이라고 하는 사람이, 신 중에서 최고로 이간질 많이 하는, 하면서도 너무 좋은 일도 하는 사람이 있어요. [청자(카멜라): 그 신, 제일 최고, 그다음에 나부터 오고, 너부터 최고 거기 신, 신 사원으로 그렇게.] 나라인이라고 하는 사람은 지금도 사람들 보면은,

　"니는 나라인이라."

　이래 하면은,

　"니는 나라인이라."고.

　하면은 이간질하는 사람, 이간질하는 사람이라고 해요.

　[조사자 1: 그 이야기 좀 자세히 해주세요.]

42

나라인 같은 자, 걸퍼나 같은 경우가 만약에 있자면은,

"니는 나라인이라."

이런 이야기를 하면은 인제 얘가 인제 이간질을 중간에 이간질을 시키는 거예요. 니한테 이 말 하다 저 사람한테 저 말 하다 이 사람한테 이 말하는 그런 이간질하는, 인제 사람인데, 이제 신에 따라서 자기가 대우를 받기 위해서 이 신한테 브라흐마라는 신한테 가서 뭐,

"비슈누가, 아니야 뭐라고 했다."

안 좋은 얘기도 하고.

또 좋은, 또 나라인 나오면 안 좋은 이야기만 하는 게 아니라 엄청 빨리 말을 전달을 해주는 거예요. 만약에 우리 둘이한테 무슨 얘기가 있으면 빨리 전달을 하는 사람도 또 나라인인 거예요. (웃음) 빨리 전달하는 사람에게도 또 나라인 같은 사람이라고 하고, 이간질하는 사람한테도 나라인 같은 사람이라고 하는 얘기가 있어요.

[조사자 3: 그럼 그 빨리 전달하는 거는 좋은 거잖아요.] 빨리 전달하는 거는 좋은데 이간질하는 건 안 좋잖아요. [조사자 1: 그럼 꼭 나쁜 표현은 아닌 거네요.] 얘가 그렇게 나쁜 표현은 아닌데 이제 '나라인 같은 놈'은 무조건 이게 나쁘다라고 표현하는 게 아니라, '나라인 같은 사람'. 이간질하면서도 이제 어떤 이야기는 우리끼리 비밀일 수도 있잖아요. 빨리 전달하면 이게 안 좋잖아요. 또, 우리끼리만 비밀 이야기를 쏙닥쏙닥 했는데, 비밀을 지켜줄 것 같으면서도 안 지켜주는 거예요. (웃음)

[조사자 1: 한국에서는 입이 가볍다라고, 입이 싸다. 이렇게 얘기를 해요.] 이제 손이 크다. 우리나라에 그런 것도 있거든요. 손이 크다 하면 많이 퍼주고, 손이 작다 하면 조금. [조사자 1: 아, 그건 한국하고 똑같은데요.] (웃음) 뭐 짠돌이, 뭐 그런 얘기도.

공부를 도와주는 스라소티 신

● **구연정보**

조사일시 : 2018. 02. 06(화) 오후
조사장소 : 경상남도 진주시 상대 2동 YWCA
제 보 자 : 스레스탄 졸티 [네팔, 여, 1987년생, 결혼이주 11년차]
조 사 자 : 신동훈, 한상효, 이승민

● **개요**

신들에 따라 다른 능력을 가지고 있다. 러츠미 신을 만나면 돈이 생긴다. 시바
신을 만나면 좋은 남편을 만나고 남자의 수명이 길어진다. 스라소티에게 제
사를 공부를 잘 하게 된다. 또한 신을 믿는 요일이 다르다. '스리번쩌미' 날에
는 특별히 귀를 뚫어주고, 돈을 주고받으면 좋다고 한다. 그리고 그날은 신에
게 기도를 하고 책을 읽으면, 책을 많이 읽게 된다.

[조사자 1: 학생들한테 문화 같은 거 이렇게 가르치고 할 때는 그때 제
일 그 많이 얘기하시는 거 어떤 부분이세요? 네팔의?] 네팔에 대한 거 어
떤 거 제일 많이 알리는 거는 저기 우리나라의 다민족, 여러 언어가
있고 인제 여러 인제 카스트가 있고, 여러 문화, 풍습, 전통의상도 여
러 가지. 그게 제일 많이 알리고, 여러 신 많아요. 신 이야기. [조사자
1: 신.]

예신(여신), 우리나라 예신 아시죠? 예신(여신)을 믿거든요. 네
팔 쪽서는 '구마리'. 구마리라는 예신. 그런 이야기도 있고, 또 인제
그 상황에 따라서.

[조사자 1: 그 신들이 가지는, 여신들이, 신들이 가지고 있는 특별한 능
력 같은 거 재밌는 거 좀.]

"러츠미라는 신을 믿게 되면은 돈이 생긴다, 집안에."

그런 이야기가 있고. 러츠미라는 예신(여신)이거든요. 러츠미 같은 신을 만나면, 그렇게 생기고.

뭐 시바 신을 만나게 되면 좋은 남편 만나게 되고. 만약에 남편 나이가 그게 길어지고. 뭐 그런 게 있고.

설소티. [청자(걸퍼나): 설스티.] 설스티라는 예신(여신)은 막, 예신에게 이제 믿는 게 첫 번째 믿는 거는 여러 신을 믿는데 그 신에게 특별히 기도드리고 제사 드리면 공부를 잘 하게 된다. [조사자 1: 공부를 잘 하게.]

그러니까 신을 믿는 날짜가 따로 있어요. 뭔, 화요일, 일요일. 월요일 같은 경우에는 주로 시바 신을 많이 믿고, 화요일의 신은 어떤 신, 일요일은 어떤 신. 하여튼 날짜에 따라서 믿는 신들도 달라요. 그러니까 해도 인제 열두 달 있잖아요? 열두 달.

"열두 달 중에 어느 달에 어떤 신을 믿어야 제일 효과가, 그 신에 대한 제일 많은 복을 받을 수 있다."

뭐 그런 것도 있고.

스라소티 신에게 드리는 기도는 '스리번쩌미'. [청자(걸퍼나): 일년에 한 번.] 딱 국가에 정해진 날짜가 있고. [청자(걸퍼나): 학생들이 가가지고.] 그때 학생들이 [청자(걸퍼나): 쩌미 날 많이 공부하면 나중에도 더 많이 하고 싶고.] 그래서 우리는 스라소티 스리번쩌미라는. [청자(걸퍼나): 그렇게 생각하니까 많이 하는 거 있어요.]

[청자(카멜라): 그때 처음 그게 아이들한테 거기 여기 귀에.] 아, 귀 뚫어주는 거. 그런 거 있어. [조사자 2: 귀를 뚫어줘요?] 스리번쩌미 날에.

스리번쩌미는 스라소티 신을 이제 기도드리는 날인데 일 년에 한 번 정해지는 게 있어요. 그날은 특별히 귀를, 자기들 귀 안 뚫은 아이들을 귀 뚫어주고. 그날 뚫어주면 좋다, 그런 것도 있고. 귀와 코 뚫는 풍습도 있잖아요, 우리나라. 귀도 처음으로 일부러 일 년 중에 그날을 기다려서 해주고. 그리고 그날은,

"또 돈을 받을 게 있거나 돈을 줄 게 있으면 그날을 하라. 그날을 하게 되면 좋다."

뭐 그런 얘기도 있고.

[조사자 2: 그날 이름이 뭐예요? 그날.] 스리번쩌미. [청자(걸퍼나): 스리번쩌미.] 그날은 그 신에게 공부해가지고 그날은 많은 책을 보면은 똑똑해가지고. 그날은 있는 없는 책을 읽잖아요. 엄청 이렇게 쌓아놓고. 책에게, 먼저 빨간 책한테 먼저 기도를 하고. 그 신한테 기도를 하고. 그날은 억지로 엄청 많이 보는 거예요. 어릴 때 이날은 책을 많이 보면 엄청 똑똑해진대요. 아주. 어른들이,

"이날은 앉아서 책 봐라."

다른 일 안 시켜요. 책을 엄청 보고 있어요.

(카멜라 씨가 네팔어로 하는 말을 듣고) 그 책 안에 인제 빨간, 우리는 빨간색을 많이 노란색하고 빨간색으로 이렇게 그 색깔 내가지고 이제 이 손으로 신에게 이제 하게 되면은 이 손가락, 이 손가락 뭐라 그래야 되는지 모르겠는데, [조사자 2: 약지.] 약지로, 약지를 사용해가지고 이렇게 찍어가지고, 이제 색깔 같은 게 있어가지고 요렇게 책에다가 이 색깔을 놓고, 꽃을 놓고 인제 꽃에게 제사를 (웃음) 스라소티 이름으로 기도를 드리는 거예요.

[청자(걸퍼나): 우리도 다 기도하고 나서 이마에 찍고 바늘로.] 이마에 그건 '티까'라고 하고 이마에 찍거나 티까를 찍고.

(네팔어로 서로 대화를 함.)

그날은 인제 특별히 책은 베개 밑에 놓고 자고. 너무 많이. [청자(카멜라): 자면 많이 똑똑한다고.] 그래서 베개 밑에 책을 놓고. [청자(카멜라): 다 머리 속에.] 내가 어려운 책 이런 거. [조사자 2: 저희도 시험 기간에 베개 밑에 책 놓고 자기도 했어요. 외워지라고.] (웃음)

대부분 신에게 인제 기도를 드릴 때 신에게 이렇게 그거 아마 사진 같은 거 보셨겠지만, 많이 얼굴에 다 떡칠 돼 있잖아요. 그렇게 하는 건 이 손가락으로 대부분. [조사자 2: 약지로?] 이 손가락으로 많이 해요.

[조사자 2: 빨간 물감 같은 거예요?] 어, 빨간 색깔. [청자(걸퍼나): 색깔 빨간, 가루가 있어요.] 가루가 있는데, [청자(카멜라): 있는데 물 조금 넣어서 써요.] 물을 조금 넣게 되면 이거 걸쭉하거든요. 그거를 (손가

락으로 튕겨 보이면서) 그거 살(쌀)에다 살(쌀). 먹는 살(쌀). [조사자
2: 쌀.] 쌀에다 넣고 빨간 색 만들고, 노란색 만들고. 뭐 색깔 여러 가
지 있어요.

말을 타고 오는 버이럽 귀신

● 구연정보

조사일시 : 2018. 02. 06(화) 오후

조사장소 : 경상남도 진주시 상대 2동 YWCA

제 보 자 : 스레스탄 졸티 [네팔, 여, 1987년생, 결혼이주 11년차]

조 사 자 : 신동흔, 한상효, 이승민

● 개요

버이럽 귀신은 밤 12시에 말을 타고 돌아다닌다. 하얀 옷에 하얀 말을 타고 와서 대문 앞에서 사람 이름을 세 번 부르는데 대답을 하면 죽는다. 절대 12시에 세 번 부를 때까지 대답하지 마라는 금기가 있다.

[청자(걸퍼나): 말 타고도.] 말 타고 인제, 귀신은 어떤 귀신에는 말, 다그닥 다그닥 말에 와 가지고. 우리 엄마가 들려주시는 이야긴데, 주무신데 밤에만 딱 12시, 12시를 엄청 무서워하거든요. 네팔은 밤에 12시를, 밤 12시 귀신이 돌아다닌다, 이렇게 하는데.

대부분 어떤 귀신도 이야기 있냐면은 말 타고, 다그닥다그닥, 돌아가는 거예요. 마당에다 대문집 마당이 있거든요. 마당에 가서 다그닥다그닥 이런 하얀 옷 입고 하얀 말 타고 와가지고, 누구누구면, 채빈이면, 이름 채빈이면,

"채빈아. 채빈아. 채빈아."

딱 세 번만 부른대요. 세 번 안에, 인제 딱 아는 사람 이야기를, 처럼 아는 사람처럼 만약에 내가 걸퍼난데, 가면,

"걸퍼나. 걸퍼나."

이렇게 물어보면 이제 걸퍼나 이제 내 목소리 안 울리는 거야.

그래서,

"네."

라고 대답을 하면 이 사람이 아프거나 죽는대요. 그런 이야기는 있거든요. 그래서,

"절대, 밤에 12시에 누가 불러도 세 번 부를 때까지 대답하지 말고, 세 번 이상 부르거든 대답을 하라."

이런 이야기도 있고.

실제 이제, 우리 엄마가 하시는 말이 우리 할아, 우리 엄마의 할아버지께서 이제, 주무셨는데,

"누구 누구야, 불러가지고 인제 딱 불렀는데 마주쳐서 아프셨다."

그다음에 아파가지고, 한참 동안 고생하시고 누워계시고, 돌아가시는 거예요. 대답을 하면.

누구 밤에 12시에 이제 말소리 나면서 누구누구 부르면은 세 번 딱 세 번만 부르고, 세 번 안 부르면, 아니 대답 안 하면 간대요. 그래서 밤에 누가 부르면, [청자(걸퍼나): "저기 나온다. 말 타고 나온다. 밖에 가지 마라."]

동물 형태로 또, 인제 많이 나와서 사람을 인제 아프게 하고 그래 한다고 해서. 인제 동물을 어떤 동물이냐면은 어, 돼지인데 멧돼지 같은 까만 동물, 그런 동물로 많이 나타난다 그래서.

[조사자 1: 말 타고 오는 귀신의 이름은 따로 없고요?] (걸퍼나 씨를 보며) 이름은 따로 있어요? [청자(걸퍼나): 버이럽. 버이럽.] 버이럽, 버이럽 귀신. [청자(걸퍼나): 버히럽 귀신.] 귀신이 인제 지역마다 부르는 이름이 따로 있는데 우리 지역은 버히럽 귀신 같은.

[조사자 2: 이름의 뜻이 있어요? 그냥?] 어, 버이럽이라는 게 우리나라에서 유명하긴 해요. 그 버이럽란 게, 버이럽이라는 게, 막 이렇게 카트만두나 포카라 쪽에 막 얼굴에 가면을 쓰고. [조사자 2: 가면?] 춤추는 거 보셨어요? 근데 춤추는 그런 신으로서도 보이는데 인제. 약간 또 귀신 이야기는 좀 다르고, 뭐 이런 신 이야기는 좀 달라요. [조사자 3: 이름이 같은데 그렇게 다르게?] 네. 버이럽이라는 인제 그 귀신으로 온다는 이야기는 이제.

　　[조사자 2: 말을 타고 오는 게 재밌네요.] [조사자 1: 하얀 말 타고.] 하얀 말 타고 마당에 또 마당에 딱 와가지고 인제,

　　"누구야."

　　[조사자 1: 할아버지는 직접 보셨대요?] 음 할아버지는 직접 보셨다 그런 얘기도 하셨어요. [청자(걸퍼나): 남자들이 보면 좀.] 남자들이 보면. [청자(걸퍼나): 다 지나가고 여자들.] 그러니까 대부분 인제 기운이 센 남자, 기운이 약한 뭐 남자, 기운이 센 여자 이런 이야기가 있잖아요? 그 귀신보다 내가 기운이 세면은 내가 인제 그렇게 아파도 살아나고, 기운이 좀 이제 낮으면은 그대로 아팠다가 인제 계속 돌아가시는 거고. 그렇게 알고 있어요.

발이 거꾸로인 처녀 귀신

● 구연정보

조사일시 : 2018. 02. 06(화) 오후

조사장소 : 경상남도 진주시 상대 2동 YWCA

제 보 자 : 스레스탄 졸티 [네팔, 여, 1987년생, 결혼이주 11년차]

조 사 자 : 신동흔, 한상효, 이승민

● 개요

네팔의 처녀 귀신은 하얀 옷을 입고 긴 머리에 발이 거꾸로 되어 있다. 남자 앞에만 나타난다. 처녀 귀신이 남자와 결혼했는데 밤에만 나타나는 것을 보고 남자가 이상하게 생각했고 결국 귀신은 사라졌다. 처녀 귀신은 밤중에 길에 나타나 차 사고를 일으키곤 한다. 이 귀신은 발이 거꾸로 돼있는 것이 특징이다.

그런 거 모르, 그런 거는 없는 여자 귀신이, 처녀 귀신이 인제 여자 귀신이 인제 하얀 옷 입고 머리카락이 대부분, 여자 귀신이 인제 어떤 우리 상식으로는 하얀 옷 입고, 긴 머리카락 얼굴에 눈도 없고, 발은 거꾸로 되는 거 이렇게 됐는데 이렇게 되죠, 우리 상식으로는 여자 귀신이 그렇거든요.

근데 이제 여자 귀신은 밤에만 나타나잖아요, 귀신은 낮에는 안 나타나는데, 인제 어떤 이 귀신이 남자를, 남자 앞에 나왔는데. 대부분 처녀 귀신이 남자 이제, 남자 앞에만 나타난다, 이런 이야기가 있는데. 이제 어떤 남자 앞에 나타났는데 그 남자가 너무 마음에 드는 거야. 그래가지고 밤에만 나타나는데, 근데 그 사람이랑 결혼하게 돼서 살다, 살고.

　낮에는 집에 없는데 밤에만 이상하게 있다 보니까, 남자가 인제 처음에는 너무 좋으니까 이상하게 생각 안 하다가 나중에는 인제, 인제 밤에만 있고 낮에 보니까 없고, 이상하게 생각하다가. 인제 여기에 대해서 인제 다시 안 나타났다. 뭐 그런 이야기도 있긴 있습니다. 남자랑 진짜 악귀로 해서 이렇게 같이 살았다. 그런 얘기도 있고.

　대부분. 차 사고가 많이 나거든요. 우리나라에 인제 차 사고 많이 나는 곳에 한 번 나는 곳에 두 번 세 번 네 번까지 나는 거예요. 항상 똑같은 곳에 그런 여기는 귀신이 거기서 죽은 사람이 많이 있을 거, 있을 거 아닙니까? 이제 귀신들이 많으니까, 같은 장소에 같은 시간에 이제 다시 또 다른 사람이 인제 운전자 앞에 이제 똑같이 귀신이, 딱 차를 우리 눈에는 안 보이는데 이제 차를 세운대요. 그런 이야기를 많이 하거든요. 차를 이제, 세우라고.

　인제 옷 입고 딱 인제, 다리만 보면 귀신인 줄 알 수 있는데 긴 옷을 입으니까 발을 모르는 거예요. 발이 거꾸로 되어 있으니까. 인제 차를 세워가지고, 똑같이 차를 타는 거예요. 타서 대부분은 운전자하고 같이 차를 타고 가다 사고가 많이 난다, 뭐 이런 얘기도 많이 하고. 많이 믿어요. 그래서 그곳에 인제 많이 제사도 드리고 신에게 뭐 이렇게, 해 하고 해요.

　[조사자 1: 차를 타고 가다 어떻게 사고가 나게 행동을 하는 건가요?] 어 귀신이 같이 몰고 인제 간다, 차를 사고 낸다, 뭐 이렇게 하는 얘기. [조사자 2: 귀신이 자동차를 몰아서.] 같이 인제. 운전자와 같이.

　[조사자 1: 운전사를 막 이렇게 해가지고 엉뚱한 곳에 그렇게 하는구나. 한국에도 비슷한 이야기 많이 있었어요. 으슥한 산길, 좀 진짜 사람이 가면 흰옷 입는 것도 한국이랑 비슷하네요.] 대부분 흰옷. 처녀 귀신, 여자 귀신인데 흰옷 입고 긴 머리카락. [청자(걸퍼나): 얼굴 안 보이고, 얼굴 안 보이고.] [조사자 1: 발이 거꾸로 있다는 거는 재밌고, 처음.]

　발이, 발이 이제,

　"발만 보면 우리가 귀신인 줄 알 수 있는데 발이 안 보이면 귀신인 줄 모른다."

　그런 얘기도 많이, 그래서 길에 밤에 다니다 보면은,

"너그들이 잘 보고, 발부터 잘 찾아봐라."
엄마들이 주의를 주거든요.

개의 소리를 멎게 하는 호랑이

● **구연정보**

조사일시 : 2017. 09. 24(일) 오후

조사장소 : 경기도 의정부시 민락동

제 보 자 : 기리라주 [네팔, 남, 1975년생, 이주노동 8년차]

조 사 자 : 박현숙, 김현희

● **개요**

네팔에서는 집을 지을 때 밤 12시에 다른 사람들에게 들키지 않고 어떤 물건을 가져와야 한다. 어느 날 물건을 가지러 가는데 아저씨가 사람들에게 들키지 않도록 도와주었다. 마을에 호랑이가 나타났는데 아저씨가 제보자에게 주의를 줘서 무사했다. 호랑이 발자국으로 호랑이가 왔다는 사실을 확인할 수 있다. 개도 호랑이가 무서워 짖지 않는다. 호랑이가 나타나면 개는 꼬리를 다리 사이로 말고 집으로 들어간다. 개가 짖지 않는 날은 호랑이가 온 날이다.

[청자(아내): 호랑이 왔다가는 증거가 있잖아.] 어떤 날 거기서 집 지을 때, 밤 12시쯤에 뭐를 가지러 가는데 어떤 아저씨가 보는 거야. 그 아저씨가 다른 사람이 보면 안 된다고. [청자(아내): 뭐를 해?] 아니, 우리는 몰래 먼 데에서 우리 집에 오는 거를 했었어. 했는데 아저씨가,

"다른 사람들이 일어나면은 나한테 알려준다."고.

"거기서 오지 말라."고.

올 때 볼 수 있잖아. 여기 가야 되는데 나는 여기 있는데 그 아저씨는 동네사람들이 왔다갔다 하면 이 사람이 보니까 [청자(아내): 뭘 훔쳐가지 말라고?] 아니, 훔쳐갈 때 사람들이 보면 안 된다고.

그런데 나는 여기 가는데 호랑이가 오는 거야. [조사자: 호랑이가?] 호랑이 여기 봤대, 아저씨가. 호랑이 여기 있을 때 이 사람이 오

면 안 되잖아.

　"오지 말라."고.

　해야 하는데,

　"오지 말라."고.

　할 수 없어. 그다음에 막 무섭다고 그러는데 호랑이는 우리 동네
에는 계속 와요.

　[조사자: 그래서 어떻게 됐어요? 호랑이 그냥 갔어요?] 지나갔어. [청
자(아내): 근데 호랑이가 왔다 갔다는 걸 어떻게 알아?] 그때 걸음이 있잖
아. 걸을 때. 우리가 봤어. 다른 사람은 못 봤잖아. 아침에 일어나서
딱 거기 보니까 발자국이 있으면 오늘 호랑이가 오는구나.

　[청자(아내): 근데 호랑이가 왔다 가면 뭐가 없어진다며?] 개. [조사자:
개를 물어가요?] [청자(아내): 개는 집에서 키우는 거 아니잖아. 왔다갔다하
는 개잖아.] 개 왔다가지 않지. 개인데 호랑이 오면 잡아가는 거야. 우
리 집에 개 있어. 키우고 있는데. [청자(아내): 개 키웠어?] 아니, 어떤
집에 키우고 있어. 키우는데 호랑이 오면 소리 안 질러. [조사자: 개가
안 짖어?] 응. 안 짖어. 고양이 보면 주인 있잖아. 주인은 이렇게 멈춘
거야. 도망 안 가 무서워서. 그거랑 똑같아요.

　개도 호랑이 냄새만 나오면 꼬리는 있잖아. 꼬리. 다리 밑에는
꼬리는 올라가야 되는데 그거 무서우면 안으로 들어가는 거야. 그날
은 개가 소리를 안 짖으면 그 동네에 호랑이 오고 있다고 알 수 있는
거야. 다음 날 보니까 그 집이 없고 거기도 개 없고. [청자(아내): 개가
없어?] 없어지는지는 거야. 몰랐어요. 사람이 딱 잡으면 때리면 소리
지르잖아, 개가. 근데 잡아도 소리를 안 지른대. 그래서 모르는 거야,
사람들이.

캄보디아

내장 귀신 압

● 구연정보

조사일시 : 2017. 01. 18(수) 오후

조사장소 : 경기도 화성시 향남읍 행정리

제 보 자 : 디다넬 [캄보디아, 여, 1988년생, 결혼이주 5년차]

　　　　　포유미네 [캄보디아, 여, 1988년생, 결혼이주 6년차]

조 사 자 : 오정미, 이원영, 이승민

● 개요

산모가 아기를 출산한 후 태반을 땅속에 잘 묻지 않으면 태반과 피를 좋아하는 압이라는 귀신이 찾아가 먹는다. 그러면 그 산모가 미치거나 죽기 때문에 태반을 땅에 잘 묻고 그 위를 가시가 많은 나뭇가지로 덮는다. 압은 사람처럼 생겼으나, 배가 고프면 밤에 머리가 내장이 달린 채 몸에서 빠져나와 사람의 피나 태반, 또는 닭이나 음식 쓰레기들을 찾아 먹는다. 압은 평소 사람 모습이지만 두 눈이 움푹 들어가 있고, 목에는 주름 선이 둘러 있어 수건으로 가리고 다닌다. 낮에는 햇빛을 피해 다니는데 몸에서는 비린내가 심하게 난다. 압을 잡을 때는 머리가 빠져나간 압의 몸 앞뒤를 바꿔놓고, 이후 머리와 몸의 앞뒤 위치가 바뀐 걸 물어봐서 도망가면 잡아 불에 태운다. 압은 그 딸에게로 옮아간다. 그래서 모든 압은 여성 괴물이다. 엄마가 압을 딸에게 계승할 때는 물컵에 자신의 침을 뱉어 마시게 하는데, 딸이 거부하면 엄마 압은 계속 뜨거운 열이 난 채로 아파한다. 이때 압의 딸이 검정개의 피를 물에 섞어 먼저 마시면 엄마 압의 침이 섞인 물을 먹어도 압으로 변하지 않는다. 캄보디아에서는 검정개가 부정한 것을 막는 힘이 있다고 믿어서 좋아한다.

포유미네 : 어, 옛날 옛날에 그 살았는데 그 사람 어떤 (병에) 걸렸는지 몰라요. 그래서 밤에 잘 때마다 목만.

디다넬 : 배고파요.

포유미네 : 빼고. 나가서 뭐 더러운 음식 먹고 그러는 거예요.

조사자 1 : 아, 밤마다 배가 고파서?

디다넬 : 밤마다 아니고 배고플 때마다. 밤에.

포유미네 : 밤에. 밤마다도 돼.

디다넬 : 아냐, 밤마다 안 가.

조사자 1 : 그건 안 중요해. 근데 어찌됐건 배고파서 나와, 밖에 나와.

포유미네 : 네. 그냥 사람 다 자고 그냥 머리만 빼고 몸은.

디다넬 : 내장.

포유미네 : 나가고, 아 놔두고.

디다넬 : 그리고

포유미네 : 나가서 더러운 음식도 먹고.

디다넬 : 몸속에 뭐, 뭐. 뭐 색깔이 몸속에 있잖아요, 내장 밑에.

포유미네 : 반짝반짝 불.

디다넬 : 잠깐만요, 내장 안에서 색깔이.

조사자 2 : 초록색?

디다넬 : 초록색 그거.

조사자 2 : 쓸개.

디다넬 : 응, 쓸개, 쓸개. 그거 나오면.

포유미네 : 반짝반짝해요. 깜박, 깜박, 깜박 그래서.

조사자 1 : 머리만 나오는 게 아니고 쓸개도 나와요?

디다넬 : 네, 다 나와요. 다. 머리하고 내장까지.

포유미네 : 다, 다. 머리, 내장까지 다 나와요.

조사자 2 : 팔다리는 그대로 두고 머리 따라서 내장이 훅 딸려 나오
       는 거예요?

포유미네 : 네네. 몸만 놔두고.

조사자 1 : 신기하네.

디다넬 : 그거 애기 낳잖아. 애기 낳아서 뭐 같이 와야 돼요?

포유미네 : 쑥(태반), 쑥(태반), 애기 쑥(태반).

디다넬 : 아니, 그거. 애기 나와, 낳아서 뭐 또 있잖아요.

포유미네 : 애기 쑥.

조사자 1 : 태반? 자궁?

디다넬 : 네, 자궁. (박수치며) 그거 좋아해. 그 뭐 어느 집에 애기 낳
    잖아요? 그 밤에 찾아서 그거 먹고 싶어 해요. 쑥이.

조사자 2 : 아, 애기 낳을 때 태반 나오는 걸 먹고 싶어 해.

디다넬 : 네, 그거, 그거 먹어.

조사자 2 : 애기랑 같이 나오는 거.

디다넬 : 네네. 그거 그래서 애기만 빼고 그게 우리나라는 애.

조사자 1 : 그 사람이, 그 사람이 그거를 먹어?

디다넬 : 네네.

조사자 2 : 좋아해서?

디다넬 : 네. 더러운 거 다 좋아해요. 우리나라는 애기 낳으면, 그거
    뭐 있어요. 거기.

    (디다넬이 캄보디아어로 포유미네에게 물어봄.)

포유미네 : 그 마늘.

조사자 1 : 마늘.

포유미네 : 마늘 아니면 뭐,

디다넬 : 나무에 많이 있는 거.

포유미네 : 나무, 나무에 많이 있는 거. 이거 가시 있는 거. 집, 집 앞
    에 달리는 거야. 아니면 그 애기 낳는 거 속에, 땅속에서.

디다넬 : 파서.

포유미네 : 덮어서 이거 위에 또 덮어야 돼. 안 그러면 그 사람, 그 압
    이 가서.

디다넬 : 먹어요.

포유미네 : 먹으면.

디다넬 : 정신.

포유미네 : 그 애기 낳는 여자.

디다넬 : 정신없어요.

포유미네 : 놀라서 깜, 그 죽어는 거예요. 바보 되는 거예요.

디다넬 : 안 죽어.

조사자 1 : 그게 그러니까, 그런 문화가 있는 거구나.

디다넬 : 네네.

조사자 1 : 옛날 전통문화, 옛날에. 그러니까 애기를 낳으면.

디다넬 : 집에서 애기 낳아요.

조사자 1 : 애기 낳으면 우리도 이제 그 뭐지 태반이 나오는.

디다넬 : 네네.

조사자 1 : 그 태반을 캄보디아에서는 반드시 땅에다가 묻어야 돼요?

디다넬 : 네네.

조사자 1 : 묻지 않으면 아까 이 나온, 앞이 돌아다니면서.

디다넬 : 네. 먹어요.

조사자 1 : 태반을 먹어. 그러면 태어난 아기가 잘못돼요?

디다넬 : 아니, 엄마가. 엄마가, 엄마가 놀라서 그 미쳤는(미친) 사람
또 되고. 죽어도 되고(죽기도 하고), 많이. 땅에 파서도 뭐 나무
에다가 이렇게 덮어둬야 돼요. 나무 가시 있는 거. 가시 있는 건.

조사자 2 : 가시나무나?

디다넬 : 네, 무서워요.

조사자 2 : 가시나무나 아니면 마늘?

디다넬 : 네, 마늘 아니고. 마늘 아니고, 가스(가시). 가스(가시)나. 가
시 많이 있는 나무 아까 뭐지?

조사자 2 : 탱자? 탱자나무?

조사자 1 : 하여간 가시가 많은 나무 아래 묻어야 돼요?

디다넬 : 네네. 안 그러면은.

조사자 1 : 안 그러면 안 돼.

디다넬 : 파서 먹어요. 예. 그러면 나중에 늙었잖아요. 할머니 되잖아
요. 그러면 자기 딸이나 아들, 아니 딸이나 저기 그 딸이 꼭 물려
받아야 돼. 그 압. 그거 물려받아야 돼. 그래 저 침을 흘려서 딸
보고 "야, 너 먹어라." 이렇게. 엄마, 안 먹으면 엄마.

포유미네 : 못 죽어요.

디다넬 : 안 죽어는데(죽지는 않고) 불편해 죽는데(많이 불편한데).

포유미네 : 안 죽어요.

디다넬 : 되게, 되게 많이 힘들어요.

포유미네 : 그 엄마는 압인데, 애기나 손자 있으면.

디다넬 : 여자들이 많이 받는 거예요.

포유미네 : 그 침 못 받으면 그 엄마는 못 죽은대요. 계속 힘들게 누
    워 있어요.

조사자 1 : 잠깐, 나 이 부분 이해를 못하겠네. 그니까 집에 애기 산
    모가 침을 흘려?

디다넬 : 아, 아니야, 침에다가 컵에다가 이렇게 '퉤' 털어서.

조사자 1 : 아, 애기 낳은 엄마가?

디다넬 : 아니야. (웃음) 그 압이. 압이.

    (포유미네가 디다넬에게 좀 길게 얘기하라 잠시 참견함.)

조사자 1 : 압이, 압이 침을 흘려? 그 침을 뱉어?

디다넬 : 퉤했고, 퉤했어. 압이.

포유미네 : 물컵 안에서 퉤했어. 그럼.

디다넬 : 딸보고.

포유미네 : 그리고 "그 물 먹어라. 엄마 편하게 죽을 수 있어." 그래
    서 그 압이 애기한테 가는 거예요.

조사자 2 : 그럼 압이.

포유미네 : 아니요. 선생님.

조사자 2 : 계속계속 이어지는 건가요?

디다넬 : 네, 계속계속, 계속. 네네, 네.

조사자 2 : 자식들한테?

디다넬 : 네, 자식에게 물려받아야 돼요. 맞아요.

조사자 2 : 그 자식이 아들이나 딸?

디다넬 : 아니, 아들 아니, 없어요. 딸만. 여자만. 딸만 받을 수 있어요.

조사자 2 : 그러면 압은 다 여자겠네요?

디다넬 : 예.

조사자 2 : 압 귀신은.

디다넬 : 네.

조사자 2 : 압 귀신은 다 여자.

디다넬 : 여자요.

조사자 1 : 그래야 엄마가 편하게 죽는다.

디다넬 : 네.

조사자 2 : 아, 죽을 수 있구나.

디다넬 : 네. 안 그러면은 계속 불 같애요, 몸에서.

조사자 2 : 계속 안 죽고 계속 그렇게 살아야.

디다넬 : 네, 계속. 아, 아파요. 몸에 불 날거 같아요.

조사자 2 : 열나고?

디다넬 : 네, 근데 그 만약에 다른 사람이 그분을 알면, 그분이 압이 알면, 그 사람들이 막 죽어 버려. 그 압이 싫어해요. 우리나라는, 네, 저는 (흥분하며) 본 적 한 번 있어요. 되게 무서웠어요.

조사자 2 : 압을 봤다고?

디다넬 : 네, 봤어요. 좀, 좀. (흥분하며) 옛날에, 옛날에.

포유미네 : 지금도 좀, 일거(있을 것) 같애요.

디다넬 : 저 어렸을 때.

포유미네 : 근데 지금은 막 머리 안 떼고 그냥 편하게 사람. 근데 그 눈이 좀 이상해요. 눈이. (눈동자 압에서 손가락을 돌리며) 이렇게 들(돌), 들(돌)어가요. (웃음)

조사자 1 : 눈이? 돌아가 이렇게?

포유미네 : 네네, 그럼 누구 집에 가서 뭐 좀 달래면 안 주면은, "오늘 밤에 너 배 아프게 해줄 거야." 저 이거 옛날에 저 엄마는 이렇게 했어요. 진짜 저 엄마는 진짜 그 아팠는데. 근데 그냥 모르겠는데 그럼 그 밤에 그 사람 머리 계속 떼고 나가요. (웃음) 저 아버지도 봤고.

디다넬 : 그 사람은 방법도 알아요. (입 압으로 두 손을 모아 대고) 이렇게 '즈즈' 하잖아요? "너 오늘 밤에 배 아플 거야." 아니면 "머리카락 뱃속에 들어갈 거야." 그런 거 있어요. 더 많이 있어요. (웃음)

조사자 1 : 그니까 평범한 사람의 모습이 아닌 거죠?

디다넬 : 뭐 사람의 모습을 했는데. 사람 모습이에요.

포유미네 : 눈이 똑같애. 몰라요. 근데 목이, 그 목이 (손으로 목에 줄

을 그으며) 이렇게

디다넬 : 선생님처럼. (조사자 2를 가리키며) 선생님처럼 이렇게 나
　　　와요. (웃음) 목에 있어요.

조사자 1 : 아, 줄이, 선이.

디다넬 : 네네. 줄이.

포유미네 : 네, 선이 있어요. 그럼 딱 보면 그 사람이 계속 뭐.

디다넬 : 변해.

포유미네 : 그 이거 같은 거. 수건, 손수건 같은 거. 목에 걸리는(거
　　　는) 거예요.

조사자 2 : 가려서.

포유미네 : 네. 다른 사람 못 보게. 모르게 다녀야 돼요.

조사자 1 : 낮에? 낮에 다닐 때?

포유미네 : 네. 근데.

디다넬 : 낮에 잘 안 가요. 낮에 나가도 그런 머리 좀 덮게, 눈이 그
　　　햇빛 안 맞게 나가야 돼요.

디다넬 : 햇빛. 그리고 또 옆에 가더니 우리, 우리는 향이 괜찮은데
　　　근데 압은 향이 좀 비린 냄새나요. 나쁜.

조사자 1 : 사람한테서.

디다넬 : 네. 옆에 가면은 엇, 냄새 이상하네요.

포유미네 : 지독해, 지독해요, 냄새.

디다넬 : 비린이 냄새, 생선처럼. 네, 그 피 먹고, 나쁜 거 먹고.

조사자 2 : 그러면 압은 사람들한테 이렇게 해코지 하는 게 이렇게
　　　사람을 잡아먹는 거예요?

디다넬 : 아, 사람 잡아먹는 거 아니라 그 냄새나는 거. 거기 흙 하는
　　　거 흙.

포유미네 : 닭 같은 거. 뭐 옛날에 그 캄보디아 집에서 주방. 집 옆에
　　　있는데. 그럼 그 물 다 쏟아서 음식 같은 거 밑에 다 더러워요.

디다넬 : 음식쓰레기 같은 거 좋아해요.

포유미네 : 다 밑에는.

디다넬 : 썩었어.

포유미네 : 이거, 이거 가서 먹는 거예요. 사람한테 아무 때나 안 하
　　　　는데, 그 사람 딱 보면 계속 "넌 죽어라. 죽어라." 근데 만약에 그
　　　　사람 나쁜 일 하고 싶으면. 가시, 가시. 나무가시 이거 덮고 그
　　　　압이 걸리면, 그럼 못 달르면(달아나면) 그 압이 다 줄 수 있어
　　　　요. 금 같은 거, 돈 같은 거 그 압이 많이 있어요. 그래서 어떤 사
　　　　람 부자 되고 싶으면 그 압이 이렇게 그 가시나무 덮어서 이거
　　　　잡혀면(잡히면) 그 압이, "내가 좀 풀어주고, 너 뭐 받고 싶으면
　　　　내가 다 너한테 줄게요." 그래서 그 사람 "천만 원 주는 거야?"
　　　　그럼 내가.
디다넬 : 약속 잘 지켜요.
포유미네 : "넌 그러면, 넌 내가 죽고 해주는 거 아니야?" "아니야.
　　　　정말 내가 풀어주면, 너 뭐 금 같은 거 돈 같은 거 받고 싶으면
　　　　내가 너한테 다 줄게." 근데 다른 (사람)한테, 사람한테 꼭 비밀
　　　　해줘야 돼요. 그래서 그 사람한테, "알았어. 그럼 너는 약속 잘
　　　　지켜야 돼. 안 그러면 넌, 넌 죽여 버릴 거야." 그래서 그 압이 따
　　　　라가서 이거 돈하고, 뭐 금 같은 거 많이 있어요. "너 가져가라.
　　　　근데 넌 또 약속 잘 지켜야 돼. 안 그러면 넌 또 압(으로) 만들거
　　　　야." 네. 그래서 그 사람, "알았어. 알았어." 그, 그, 돈 하고 금은
　　　　집에 갖고 가서 말 안 했어. 말 안 하고 그럼 다음에 그 압은 계
　　　　속 머리 떼고 밤에 나가서 동네 들어(들러). 들러서 뭐 먹는 거
　　　　있나. 먹는 거에 아니면, 먹는 거 없으면 닭 잡혀서(잡아서)
　　　　먹어요. 네, 닭 같은 거 먹어요. 아니면 돼지 죽으는(죽이는) 집
　　　　에 가서 뭐 더러운 거 있으면 찾아서 먹어요.
디다넬 : 근데 가장 좋아하는 거는 애기 낳아서 같이 난 거(태반) 그
　　　　거 가장 좋아하는 거예요.
포유미네 : 낮에는 동네 잘 다니고 어떤 집 언제 애기 나나.
디다넬 : 계속 물어봐요.
포유미네 : 계속 물어봐 봐요.
조사자 1 : 어 무서워.
포유미네 : 그래서 계속 그 집 찾아보는 거야. 그럼 그거 아기 다 낳

으면, 그 집 장모네 있는데 그 남편 그 애기 쑥(태반)에 땅 묻어
야 되잖아? 근데 빨리 갔다 와야 돼. 만약에 압, 집에 들어오면
그, 그 엄마는 놀라서 죽을 수 있어요. 그래서 계속 찾아보는 거
야 남편이. 근데 그 압은 그냥 그 여자 애기 낳는 거 이렇게 얼굴
보고, 그 여자는 놀랐어요. 그럼 미쳤는(미친) 사람(이 되어서),
계속. "그 압, 그 압 내가 봤어요. 그 압 내가 봤어요." 소리 질렀
어요. 그럼 남편은 빨리 들어왔는데 그 애기 쑥을 아직 땅에 안,
못 붙(묻)었어요. 그래서 여기 가서 먹는 거예요.

조사자 1 : 압이.

포유미네 : 네.

디다넬 : 피 같은 거.

포유미네 : 피 같은 거. 애기 쑥, 먹고, 먹고서 그럼 그 남자는 와서,
"넌 나쁜 일 하는 거야, 왜! 우리 아내 이렇게 놀라게 해!" 그런
소리 질러서, 동네 사람들이 다 나와서 같이 그 압 잡지, 같이 잡
자는 거야. 그, 그 얼굴 알아. 그래서 집에 가서 그 몸을 뒤집어.
뒤집어서.

조사자 1 : 압의 몸을 뒤집어.

포유미네 : 네네네. 뒤집어서 그럼 그 압이.

디다넬 : 몸에 못 들어가요.

포유미네 : 놀라서 깜짝 그 몸이 잘 안 받(맞)는데 그냥 들어가는 거야.

디다넬 : 못 들어가는데?

포유미네 : 그럼 그 사람, 아, 들어갈 수 있어. 근데 몰랐게(모르고) 들
어가는 거야. 몸 뒤집은 것도 몰라고(모르고). 그냥 들어갔어요.

디다넬 : 그때 죽었어요. 그럼 그 동네 (사람)들이 그 이름 '쫑' 불러.
"쫑 나와라. 쫑 나와라." 그럼 뭐 "할 일 좀 있어." "왜? 할 일 있
는데? 조금만 기다려." 그러니까 나와서 몰랐어요. 그럼 그 동네
사람들이 "어! 넌 왜 몸이 이렇게 뒤, 그 이상해졌어?"

조사자 1 : 아, 반대로.

디다넬 : 네네. 반대로. "왜 이렇게 이상해졌어?" "내가 몸 이상하는
거 아냐. 너가 압인 거 아냐?" "내가 압 아니야. 근데 넌 몸 좀 봐

봐." 그럼, 오! 그럼 도망가는 거야. 그 사람들이 잡혀서(잡아서) 죽어버렸어요. 그때, 근데 그을음이다가 집에서 다 (손을 들어 내려치며) 퍼서(패서), 불이, 불 옛날에 죽었어요(죽였어요). 그냥 경찰 안 들어가서. (웃음) 그 끈 묶어. 그 뭐 예수처럼 끈 묶어서 불에 타요(태워요).

포유미네 : "네가 나쁜 애니까 죽어 버려야 돼. 만약에 너 놔두면 다른 사람한테 또 압 만들을까 봐." 그래서 죽어야 돼요. 그럼 그 압이 먼저 알아보고 그리고 애기한테 또 들어가는 거야. 다음에, 네. 근데 그 애기, 만약에 그 애기, 애기나 없으면 다른 사람한테 해 줄 수 있어. 몰라게(모르게). 아니 물, 물통에 다가 침을 태고(뱉고), 너 그럼 그 사람 먹으면 그 압도 될 수 있어요.

디다넬 : 거짓말하는 거 아냐?

포유미네 : 거짓말하는 거 아니야. 그럴 수 있어요.

디다넬 : 아니. 그거 거짓말 같이 들어가요. 근데.

조사자 1 : 원래 그래요?

디다넬 : 네, 맞아요. 네.

조사자 1 : 옛날 이야기가 사람들의 상상, 상상이 덧붙이고 덧붙여서 이야기가.

디다넬 : 네, 재미있게 만들어요.

조사자 1 : 우린 그런 거 좋아해요. 이거 진짜냐 거짓말이냐 중요한 게 아니라.

디다넬 : 네, 진짜 하는 거 없어요.

조사자 1 : 어, 아니 괜찮아.

디다넬 : 네, 맞아요.

조사자 1 : 괜찮아요, 이런 거 좋아. 그러면 아까 일부러 몸을 압뒤를 바꿔 놔서 압이 그런 줄 모르고 들어갔다가. 낮에 이러고 다니면, 몸이 이렇게 됐으니까. '네가 압이구나!' 하고 사람들이 잡아서 불에 태워 죽였다는 거구나.

디다넬 : 네, 집이랑.

포유미네 : 네, 집도 태워주고.

조사자 1 : 여기서 질문. 압이 다른 사람을 어떻게 압으로 다시 만들
　　　　　어요? 그 부분만 다시. 압이 다른 사람을 압으로 만들어.

디다넬 : 아, 만약.

조사자 2 : '너 압으로 만들어 버릴 거야' 이럴 때 어떻게 만들어요?
　　　　　물어요?

디다넬 : 아니요. 침, 아니요

포유미네 : 그냥, 그냥 침하고, 뭐 기도 같은 거.

디다넬 : (포유미네를 향해) 아, 기도 안 돼! 침만. 안 돼.

조사자 1 : 침을 어떻게 다른 사람을 압으로?

조사자 2 : 침을 이렇게 퉤?

디다넬 : 몰라서(모르게), 몰라서 밤에 몰라서 물통에 '퉤' 해놨어요.

조사자 1 : 아, 아까 그 말이 그 말이구나.

포유미네 : 네네.

디다넬 : 아니 근데 저 봤는데 자식만 받을 수 있어요.

포유미네 : 아니 근데 이렇게 다른 사람한테 내주고 싶어도 변할 수
　　　　　있고, 변할 수도 있어요. 받을 수 있어요. 못 받는 것도 있어요.

조사자 2 : 두 분의 고향이 달라서 얘기가 다른 건가?

조사자 1 : 두 분은 참 고향은 어디예요?

포유미네 : 저 프놈펜이에요.

디다넬 : 달라요.

조사자 2 : 그리고 여기는 어디예요?

디다넬 : 저는 깡봉잠(깜퐁참)이요.

포유미네 : 근데 그 어떤 사람 다 얘기 다르잖아요. 할머니 그냥 재
　　　　　미있게 같이 들어가서.

조사자 1 : 우리나라 이야기도 똑같은 얘긴데 이 친구가 이 선생님
　　　　　얘기하는 거랑 쟤가 얘기하는 거랑 조금씩 다른.

포유미네 : 근데 똑같이 옛날인데 그 사람 어떤 말이 많이 붙여 들어
　　　　　가니까. 네, 많이 달라요.

조사자 1 : 그걸 우린 뭐라 그러면 포크로어folklore라고 하는데 그게
　　　　　재밌는 거지. 그게.

디다넬 : 네, 맞아요.

조사자 2 : 여기 뭐 화성 얘기 다르고 수원 얘기 다르고.

디다넬 : 예예. 예, 맞아요. 맞아요. 다 달라요.

조사자 1 : 그러면 아까 전에 보면 그 왜 엄마, 엄마가 빨리 편하게
　　　　　죽으려면 자식한테.

포유미네 : 네, 받아줘야 돼요.

조사자 1 : 압이 침.

디다넬 : 아니요. 컵에다가 이렇게 물에다가 같이 폭, "너 이거 좀 먹
　　　　어라."

포유미네 : 아니요, 만약에 애기가 싫어하면 엄마가 몰라게(모르게)
　　　　넣어요. 안 그러면 엄마 못 죽어요. 그냥, "넌 엄마 물 한 컵 갖다
　　　　주라. 엄마 물 먹고 싶어." 그래서 침, 애기 "좀 나가라. 엄마 조
　　　　금 씻게." 그럼 침이 컵에다가 넣고.

디다넬 : 아! (박수 치며) 생각났어. 저도 하나 생각났어. 근데 만약에
　　　　그, 그, 그 딸내미가. 어 침이, 엄마가 침을 주면 먹었는데, 압 안
　　　　돼 줄 수도 있어요. 근데 그 딸내미가 개, 그 개가 검은색 개. 검
　　　　은색 개 피에다가, 피에다가 검은 개 피 있으면은 물 같이 섞어
　　　　서 먼저 먹어야 돼요. 그다음에 엄마 주는 침이 먹으면 그거.

포유미네 : 안 변해요.

디다넬 : 응, 네, 압 안 돼요. 그럼 엄마 편하게 죽고 있어요. 네. 그러
　　　　는 그거 있어요. 우리나라는 개, 검은 개 되게.

포유미네 : 좋아요.

디다넬 : 좋아요. 예. 검은 개 그 뭐지? 고추? 고추는 그 뭐지? 마법
　　　　같은 것도 안 걸려요. 요거 좋아요.

조사자 1 : 검은 개 고추가 마법 같은 거예요?

디다넬 : 아니요, 나쁜 사람. 어떤 옛날에 그거.

디다넬 : 있으면, 있으면 저기 허리에다가.

포유미네 : 한국도 있을 거 같은데요? 그 옛날에 뭐 몸속에 뭐 실 같
　　　　은 거 들어가는 거 요거 나쁜 것도 있어요. 옛날에 남편 모르게
　　　　받았는데 좀 있어요. 근데 그 사람 다 죽고, 보고 그랬는데요.

조사자 2 : 그걸 가지고 있으면 다른 마법이나 저주에.

포유미네 : 안 걸려요. 네네.

디다넬 : 그 피도.

조사자 1 : 그 검은 개 고추를 먹는 거예요? 아니면 그냥 가지고 다녀?

디다넬 : 아니, 안 먹어. 그냥 가지고.

조사자 1 : 그냥 가지고 다녀.

디다넬 : 네. 근데 피.

조사자 2 : 검은 개 피를 먹어요?

디다넬 : 네.

포유미네 : 피 더 좋아. 피도 좋고 고추도 좋아요.

디다넬 : 피에다가 물 아니면 술에다가 담아다가 먹는 거예요. 근데 아까 압 이야기는 피에다가 물이랑 섞어서 먼저 먹고 그다음 날에, "엄마 이렇다. 너 이거 침이 좀 먹어라." 그다음에 먹어요. 먹었는데 바로 엄마 "어, 알았어. 고마워 우리 딸." 죽었어. 근데 딸 압 변, 안 해요(안 변해요).

조사자 1 : 근데 그 만약 검은 개의 피를 섞어서 미리 먹지 않으면 이 아이도 압이 되는 거예요?

디다넬 : 네, 압 되는 거예요.

포유미네 : 네네.

조사자 1 : 엄마는 편하게 죽을 수 있게 대신 맞바꾼 거네요.

포유미네 : 네네, 이거 만약에 받는 사람 없으면 엄마는 못 죽어요. 계속 불, 몸에 불나는 거처럼.

조사자 1 : 계속 불나고. 아프기만 하고.

포유미네 : 네, 계속 "어, 아파 못살 거 같애." 그러는 거예요. 맨날.

디다넬 : 아, 생각났네, 하나. 그래 검은 개.

포유미네 : 근데 검은 개는 조금 하얀색 있어도 안 돼요. 다 검정색.

디다넬 : 완전 그 닭처럼 벽(뼈)도 검은 색깔.

조사자 2 : 오골계처럼?

디다넬 : 네네. 하얀색이 조금만 있어도.

조사자 1 : 안 돼.

디다넬 : 잘 안 돼요.

조사자 2 : 그런 개가 있어요? 많이 없죠?

디다넬 : 네, 많이 없어요. 근데 다리는 하얀색, 몸 검정색 이렇게 해
　　도 안 돼요.

조사자 1 : 그렇지, 보통 그렇죠. 안 돼.

디다넬 : 조금만도, 이렇게 조금만 거 안 돼요.

조사자 1 : 안 돼. 완전 검은색.

디다넬 : 네. 그거 비싸요. 그게.

조사자 2 : 검은색을 좋아해요?

디다넬 : 검은색.

조사자 2 : 그 캄보디아에서 옛날부터 검은색을 좋아했어요?

디다넬 : 아니에요. 아니요. 다 좋아요. 근데 만약 검은색 개, 개라면.
　　근데 개는 되게 비싸요. 사람들이 많이 필요해. 고추처럼, 그 남
　　자, 여자 뭐지? 이쪽에 (웃음) 그거 나중에 죽어서 고추는 말려서
　　나눠. 자식들이 조금씩, 조금씩 나눠요. 그래서 여기다가 (허리 부
　　근에) 껴요.

조사자 2 : 주머니 같은 거에다가?

디다넬 : 아니요. 우리나라는 있어. 그거 뭐.

포유미네 : 허리띠 만드는 거처럼.

디다넬 : 이런 목도리처럼 이렇게 허리띠 만든 거예요. 그럼 무서운
　　것도 없고, 그래요. 잘, 잠도 잘 자요. (웃음)

포유미네 : 마법도 안 걸려요.

조사자 2 : 받아 봤어요? 그거? 달아봤어요?

디다넬 : 저는 네, 했어요.

포유미네 : 저는 안 했어요.

디다넬 : 우리 엄마가 줬어요.

조사자 2 : 아, 어렸을 때?

디다넬 : 네. 여기 한국 와서 뺐어요.

조사자 2 : 아, 그러면 꽤 클 때까지 하고 다닌 거네요.

디다넬 : 네네, 지금 선생님처럼 나이도 해요. 네. 우리나라 그거 믿

어요.

조사자 2 : 어린애들만 하는 게 아니라.

디다넬 : 네, 어린이들만 아니야 쭉 끝까지 하는 거예요. 지금까지도
  믿어요.

태반 먹는 내장 귀신이 사는 집

● **구연정보**

조사일시 : 2018. 01. 12(금) 오후

조사장소 : 강원도 인제군 인제읍 남북리 사회복지관 2층 교육실

제 보 자 : 킴나이키 [캄보디아, 여, 1991년생, 결혼이주 6년차]

조 사 자 : 박현숙, 김민수

● **개요**

제보자의 친정집 근처에 태반을 먹는 내장 귀신 할머니가 실제 살았다. 그 할머니 집은 윗세대 할머니들부터 제보자 친구인 그 집의 딸까지 대대로 모두 낮에는 사람으로 변하는 내장 귀신이다. 동네 사람들도 그렇게 믿었고 제보자의 오빠가 실제 보기도 했다. 내장 귀신은 똥이나 태반을 좋아한다. 그래서 산모가 출산하면 땅을 파서 태반을 깨끗하게 담아 흙을 덮은 뒤 그 위에 날카로운 가시나무를 덮는다. 사람으로 변한 내장 귀신의 침에 감염되면 안 좋은 일이 생긴다고 믿기 때문에 사람들은 내장 귀신 할머니와는 함께 차나 음식을 먹지 않는다.

그런데 어떻게 끔찍한 건 우리 동네도 이런 사람 있거든요? 근데 직접 본 사람도 있는데 [조사자: 직접 봤대요?] 네, 우리 오빠가. 저도 그런 거 안 믿어요. 왜냐면 어떻게 이 사람이 목만 있고 그래서 안에는 그 뭐 내장만 있는 거 깜빡 깜빡 이렇게. 그거 맞나요? 얘기하시는거? 그래서 어떻게 이런 거 세상에 이런 사람이 있을 수 있어요. [조사자: 그걸 직접 봤대요?] 오빠가 직접 봤어요.

그런데 그 이런 사람은 대개 더러운 거 잘 먹어요. [조사자: 더러운 거?] 네. 더러운 거 잘 먹고 돼지 똥? 돼지 똥? 그리고 그 여자 애기 낳을 때 [조사자: 태반.] 으으, 그거 잘 먹고. [조사자: 태반도 먹어

요?] 그래서 문화 있는데 그 여자들은 우리나라는 옛날에 병원 안 가요. 애기 낳으면 집에서 낳았거든요? 그래서 애기 낳으면 그 아까 말씀드린 거 태반? [조사자: 태반.] 태반, 그거는 잘 챙겨야 돼. 땅속에서 파고 해서 깨끗하게 넣고 그 위에는 그 날카로운 가시처럼 나무 [조사자: 뾰족뾰족 한 거.] 네, 뾰족뾰족한 그거 덮어 잘해야 돼. 아니면 그 거 이런 사람들 파서 먹는 거예요.

[조사자: 그럼 그런 귀신이 와서 그걸 파먹으면 어떻게 되는 거예요? 그 귀신은?] 그런 거 먹어도 괜찮은데 그 주지 않는 거예요. [조사자: 못 가져가게 이렇게 뾰족뾰족한 걸로 막아놔요?] 네, 끝에 막아야 돼요. [조사자: 근데 늘 그렇게 다녀요? 아니면 낮이랑 밤이랑 다르진 않고?] 늘 그렇게 다녀요. 밤에 가요. [조사자: 밤에 그렇게 움직여요?] 밤에 뭐 한 2시 정도? 움직여요.

그런데 적당한 사람에 직접 눈 맞춰 보는 거 없지만 그 믿어 정도는 좀 힘들지만 대부분이 아는 사람 저 그 동네가 그 옆집 두 집만 넘으면 그 집이에요. 근데 더 끔찍한 건 그 집에 예전에 할머니, 할머니, 할머니 다 그 동네 사람들 다 알았어요. 그 집이 그거예요. 그 귀신 같은 거. [조사자: 그 귀신이 사는 집이에요?] 네. 그거 어떻게 아냐면 한 명 끝나면 한 명, 끝나면 또 한 명 무서워요. [조사자: 근데 소문이 났어요, 그 집? 이제 그런 집이라고?] 네. 지금도 그래요. 그런데 지금은 할머니가 돌아가고 그 할머니가 들어가신 거거든요? 근데 그 의미, 우리 동네가 의미가 그 할머니 딸 한 명 있었거든요. 그 딸의 그 할머니가 전 저 친구예요.

근데 그 친구가 우리나라 그런 귀신은 이렇게 의미 있어요. 우리 커피 먹잖아요? 그런데 이런 사람이 같이 커피 먹어서 우리 입에 맞추면 우리 다음 사람이에요. [조사자: 아, 우리가 이제 다음 귀신에 씌이는 거예요?] 네, 이렇게 하는 거예요. 뭐 요즘은 믿는 사람도 있고 안 믿는 사람도 많지만 그런데 이런 것도 있어요. 그런데 되게 많이 사람 봤어요. 그 할머니 집에. 그 할머니 우리 되게 많은 사람 봤어요. 저 생각하면 되게 가슴이 (리듬감을 넣으며) 두근두근해요, 무서워서. 이게 무서워요. 그래서 아유.

　　[조사자: 그럼 그 할머니 직접 봤을 거 아니에요?] 저? 할머니는 그냥 우리 사람 같은 거예요. 우리 집에 와서 놀러 오고도 또 인사하고 잘 하지만 할머니 가면 그그, 이렇게 먹으는 거 다 없애버리는 거예요, 되게 무서워서. 그래서 동네 집에는 되게 무서워하잖아요. 만약 그 할머니 어느 집 싫어하면 그 침만 먹는 몰래 뱉으면 그 집에 되게 안 좋은 일 생길 수도 있고 그래서 우리 동네는 집에 뭘 먹는 걸 되게 깨끗하게 뚜껑도 잘 덮이고 [조사자: 잘 덮어놓고.] 응. 근데 요즘은 대부분 잘 안 믿어요.

　　[조사자: 그 집에 가면 있다는 거죠?] 네, 오빠가 얘기했는데 옛날에 새 말과 애기 낳았는데 그 할머니가 갔어요. 그거 먹으니까 [조사자: 태반.] 갔는데 그 오빠 어머님과 와서 직접 봤는데 그래서 얘기했어요. 너 나이 많으니까 그 뭐지 무섭지 않으니까 얘기했어요.

　　"야! 여기 있지 마! 니가 있을 자리 아냐. 얼른 나가."

　　그래서 갔어. 어떻게 가면 우리 집 옆에 길 가는 길도, 우리 집 앞에 가는 길도 가는 거예요. 그래서 제가 얼마나 무섭던지. 어휴 그러는 거예요. 보통이 아냐.

이웃에 사는 내장 귀신

● **구연정보**

조사일시 : 2018. 06. 09(토) 오전

조사장소 : 강원도 인제군 인제읍 상동리 제보자 자택

제 보 자 : 킴나이키 [캄보디아, 여, 1991년생, 결혼이주 6년차]

조 사 자 : 박현숙

● **개요**

내장 귀신이 이웃에 살았다. 말이 망아지를 낳을 때 바나나 나무와 망고 나무 사이에 반짝이는 불이 있었는데 그 불빛이 내장 귀신이다. 내장 귀신 할머니가 친할머니와 친해서 집에 자주 방문했다. 내장 귀신 할머니는 햇빛을 싫어해서 늘 수건을 머리에 얹고 다녔다. 한 청년이 그 할머니가 몸에 내장만 달고 다니는 것을 본 목격담을 말하기도 했다. 내장 귀신은 동물의 똥처럼 더러운 것들을 잘 먹으며 태반을 좋아한다. 그러므로 반드시 태반은 땅을 파서 넣고 위에 가시나무를 올려놓아야 내장 귀신이 태반을 파먹는 행위를 막을 수 있다.

　　그 언니가 오빠랑 같이 사는 집이 우리집 앞에 있거든요? 그런데 그 말이 애기 낳는 거 밤 중에 아, 한 두시 쯤 새벽에 [조사자: 그러니까 그 언니가 임신을 해서] 아니아니, 말. [조사자: 말이? 사람 말고 말이?] 그래서 애기 낳는데 갑자기 깜빡깜빡하는 불 봤어요. 그 옆 말 옆에는 옆에 집에는 바나나 나무랑 망고 나무랑 있거든요. 근데 바나나 나무 사이에 무슨 불빛이 있어요. 그래서 그 언니는 조금 무서워요. 그거 의미는,

　　'그런 내장 귀신이다.'

　　그래서 옆집 자기 엄마가 친엄마를 불러왔대요. 그런데 그 엄마는 되게 스님처럼 이렇게 절 하는 사람이라 그런 거는 무섭지 않았

어요. 그래서 되게 얼굴은 못 보는데 밤중에 보름달도 아니고 그래
서 얘기해서 그 귀신한테,

"너 여기 오면 위험해. 빨리 가."

그렇게 얘기한 거예요. 그래서 간대요. 쑥 하는 거예요.

그래서 우리 집 옆에가 쑥 뛰어 들어가는 거예요. 그렇게 얘기
들었어요.

그래서 얼만큼 무서웠어요, 우리는. 저는 그런 거 너무 무서워서
그래서 그전에 또 대학생 큰 도시 와서 우리 집 옆에 사는 대학생이
에요. 놀러 왔는데 밤중에 술 마셨다가 쉬 하고 싶어서 집 뒤에 갔대
요, 쉬 하러. 가는데 그 내장 귀신을 봤어요. 그 돼지똥을 먹고 있어
요. 그렇게 하는 거예요. 얘기하는 거 그래서 그 얼굴 누구든지 또 아
는 거예요. 그 우리 옆집 우리집 있잖아요? 한 집 건너가면 그 집이
에요. 근데 그 할머니가 자꾸 우리집 놀러 오는 거예요.

그런데 이상한 거 있어요. 그 할머니가 절대 햇빛 받는 거 안 돼
요. [조사자: 뭐가 안 돼요?] 햇빛, 햇빛. [조사자: 햇빛.] 햇빛 받으면 되
게 약해. 그래서 어디 가면 수건 있잖아요. 머리 위에 놓고 걸어가는
거예요. [조사자: 아, 수건 색깔은 상관이 없고?] 응, 상관 없고.

그래서 걸어가는데 그래서 어떤 대개 사람이 많이 봤어, 그 할머
니가. 근데 우리집은 못 봤어요. 그래서 그 학생이,

"그 할머니 봤어요. 몸이 없어, 내장만 있어."

그렇게 얘기하는 거예요.

근데 그 할머니는 우리 친할머니가 되게 친한 거예요. 그래서 저
할머니 우리 할머니한테 물어봤는데,

"할머니 그 옆집 할머니는 그런 거 있어?"

"어. 예전에 그런 거 많이 봤어."

그 할머니 엄마 할머니 그렇게 있는 거예요. 그래서 이제 그 할
머니 돌아가시거든요? 그래서 우리 동네에는 그렇게 의미 있어요.

'그 딸 아니면 손주 같은 여자 그런 거 대신일 것 같다.'

그렇게 생각해요.

[조사자: 그러면 이렇게 열심히 절에 다니고 그런 분들을 무서워해요?]

안 무서워요. 나이 많은 사람 대부분 안 무서워해요. [조사자: 그러니까 그분들은 안 무서워 하는데 내장 귀신은 무서워서 도망가요?] 응, 우리한텐 무섭죠. 자기는 누구든지 그래서 내장 귀신은 되게 약해. 만약 우리 공격하면 뭐 흔들면 금방 죽는 거예요.

[조사자: 그러면 그 내장 귀신이 지금 얘기한 거 보면 말, 돼지 똥 그런 거에 나타나잖아요?] 저는 정확히 모르는데, 그런데 사람들은 이렇게 생각해요. 내장 귀신은 더러운 거 잘 먹어요. 똥이나 뭐 더러운 거 잘 먹어요. 그렇게 생각했어요. [조사자: 그럼, 사람 이렇게 임신한 사람한테?] 응! 그런 거, 그런 거 되게 사람들은 임신하잖아요? 애기 낳잖아요. 뭐 나오잖아요? 그거. [조사자: 태반.] 네. 태반 그거 되게 조심스럽게 보관해야 돼요. 만약 땅에 파고 넣잖아? 그 땅 위에는 내장 귀신이 파서 먹을까 봐. 그래서 그 땅 위에는 뭐 까칠한 나무를 위에 넣어 놓는 거예요. 뾰족한 나무. [조사자: 가시나무?] 응, 가시 찔리는 나무. 그 위에 놓으면 내장 귀신 그거 보고 무섭고 안 들어간대요. [조사자: 태반 묻은 자리에?] 네.

그런데 캄보디아에서는 되게 불교 너무 믿어서 귀신 같은 거 너무 잘 믿어요. 저 애기 때는 되게 귀신 이야기도 많이 듣고 애기들도 무서워요. 혼자서 못 자요. 아직도. 아직도 자는 중에도 뭐 화장실 가고 싶으면 남편 깨우고 가요.

귀신에 빙의된 사람

● 구연정보

조사일시 : 2018. 06. 09(토) 오전
조사장소 : 강원도 인제군 인제읍 상동리 제보자 자택
제 보 자 : 킴나이키 [캄보디아, 여, 1991년생, 결혼이주 6년차]
조 사 자 : 박현숙

● 개요

이웃에 귀신이 빙의된 사람이 있었다. 그 사람은 갑자기 온몸이 아프고 병원에 가도 낫지 않고 햇빛이 싫고 날고기만 먹었다. 어느 날 그 사람이 자취를 감추었다. 비가 많이 내리는 날에 제보자 부친과 마을 사람들이 그 사람을 찾았는데 그 사람이 순식간에 큰 나무 위에 올라갔다. 그 사람은 스님의 퇴마의식에도 무서워하지 않았다. 그러나 스님이 결국 퇴마의식으로 귀신을 쫓아냈다.

[조사자: 그러면 내장 귀신 말고도 무서운 귀신이 많아요?] 무서운 사람들 그런 거 있어요.

우리 동네였는데 저 그때는 열두 살 정도? 그 어떤 아줌마가 되게 이상하게 변해졌어요. 이렇게 온몸이 어디 아픈지는 모르는데 병원 약 먹어도 낫지 않고 되게 사람이 햇빛 싫고 밥 안 먹고 고기는 생 거만 먹어요. 그런 거 있어요.

그래서 어느 날에 되게 딸이 금목걸이나 팔찌 반지 이렇게 끼잖아요? 그래서,

"너는 그런 거 끼우지 마. 나한테 줘."

그렇게 한 거야. 되게 자기 예쁘게 하고 싶어서 금목걸이 뭐 그렇게 여러 가지 했는데, 그런데 사람 오면 되게 무섭게 행동하는 눈

을 반짝하게 이렇게 눈치 보는 거예요. 그래서 그 어느 날 딸이 엄마 왜 그렇게 했는지 절에 있는 스님한테 물어보는데 이렇게 보더니 그 엄마가 귀신 [조사자: 씌인 거야?] 네, 신 들어오는 거예요. 그렇게 귀신 들어가는 거 몸에 그래서 자기의 정신 없는 거예요.

그래서 그 얘기 알고 그 밤에 엄마 없어졌어요. 엄마 없어졌는데 근데 그 우리 동네는 그때는 홍수였거든요. [조사자: 홍수?] 그렇게 물 들어가는 강물 들어가는 강물 들어가는 동네가 홍수잖아요. 들어오는데 그 엄마가 없어졌어요. 원래는 밤중에는 자지 않고 뒤에 가서, 집 뒤에는 나무 밑에서 자는 거예요, 혼자. 근데 딸들은 몰랐어요. 근데 밤중에 엄마 없어져서 그거 많이 보는데, 그런데 어느 날 밥 안 먹고 사라졌어. 없어졌어요.

그래서 우리나라는 그런 거 있잖아요? 오래 시간 되면 되게 죽어버려 만들어 놓는 거예요. 그 귀신가 의미 있거든요?

그래서 어느 날 그 동네 사람들 모아서 찾자는 거예요, 밤중에. 우리 아빠도 갔는데요, 저희 아빠는 용감해요. (웃음) 용감한 사람 좀 있어요, 동네에서. 그래서 아버지 이렇게 좀 도와주고 그렇게 했는데 아저씨 할아버지 앞에서 그래서 잡자는데, 걸어가는데 그래서 스님 얘기해서 그 사람이 저희 이모거든요? 그 이모가,

"열시 밤 지나면 죽을 거야."

스님 얘기는 그렇게 그러니까,

"열시 밤 지나면 죽는 거야."

그러더니 찾아다가 그 큰 나무. 나무 열매 먹거든요? 큰 나무 지나가는데 무슨 소리 들었어요. 뭐 나뭇가지 떨어지는 소리. 그래서 물 홍수 있으니까 물 떨어지는 소리 들었는데 갑자기 아빠가 그 불빛 보더니 이모가 나무 위에 있는 거예요. 그런데 그 나무가 보통 나무가 아니에요. 뭐 자작나무 숲 있잖아. 뭐 그런 나무예요. 올라가기 힘든 나무인 거예요. 그런데 어떻게 쉽게 올라가서 밤중인데.

그래서 그 나무 그 이모 몸에는 수건, 긴 수건 있었거든요? 우리나라는 그 긴 수건 들어가서 그 수건이 이렇게 묶어서 목 댕기고 죽어버린 거예요. 그런 일 있어요. [조사자: 헉, 목매서?] 응, 목매서 이렇

게 죽어버리는 거예요.

그래서 세 명 남자들. 아빠 한 명, 아빠 친구 두 명 올라갔어요. 그 이모 데려오는 거예요. 근데 되게 팔을 꽉 잡는 거예요, 나무가.

그래서 아빠가,

"왜 안 일어나는 거야. 너 죽어서 그러니? 나는 죽어버려도 너 관심 없을 거야."

그렇게 얘기하는 거예요.

근데 그 이모가 아빠한테 너무 침착하게 이러거든? 그런데,

"비켜!"

이렇게 되는 거예요. 그래서 아빠가,

"얘는 제정신 아니구나."

그래서 잡고 당겼는데, 근데 힘 남자보다 더 세요. 아빠 얘기는 되게 온몸이 힘 땡기는데 그 남자보다 힘 더 세. 그래서 세 명을 팔 묶고 그리고 데려온대요. 그래서 데려와서 그 스님이 또 왔어요. 또 와서 뭐, 뭐지? 얘기하는 거. 그래서 물 뿌리고 이렇게 하거든요, 우리나라가. 그런데,

"너 여러 가지 나한테 해도 나 안 갈 거야."

이렇게 얘기하는 거예요, 되게 귀신처럼. 뭐 요즘은 그런 거 안 믿잖아요? 그런데 그때는 되게 사람들 너무 믿어요. 저도 믿었어요. (웃음) 저도 그거 가서 직접 봤어요. 되게 엄청 낯가려요. 되게 스님 마주하면 우리처럼 앉아있는 것도 아니고 그냥 누워서 귀신처럼 이렇게 몸이 이렇게 그렇게 하는 거예요. 그래서,

"너만큼만 강해도 나는 무섭지 않을 거야."

그렇게 하는 거예요. 그래서 귀신 너무 심해서 스님 얘기는 그래서 그 이모가 아침하면 그 큰 농사, 농장에 가서 그 중이 일곱 번 섰대요. 일곱 번 서면 여기 사람 서는 거 아니고 소리 크게 만들어주는 거예요. 그래서 귀신 무서워서 나가는 거거든요? 그래서 그 농사는 가서, 그 농장에 가서 중 있었잖아요? 일곱 번 해서 어떻게 웃기는 거예요.

"나는 너 중 몇 번 해도 무섭지 않아. 나는 그전에, 죽이기 전에

내가 더 크게 더 무서운 중 많이 봤어. 그런 거는 별로야."

　이렇게 얘기하는 거예요, 되게 뻔뻔하게. 무섭지 않았어요. 그래서 되게 사람들 많이 가서 봤는데. 그래서 데려와서 집에 오더니 그 큰 스님이 그 도시 큰 도시 프놈펜 도시거든? 그래서 데려와서 그 스님이 이렇게 동네 스님보다 더 강하거든요? 그래서 뭐 어떻게 뭐 때리고 뭐 여러 가지 하잖아요. 그래서 지나갔어.

　지나가서 그다음 날 그런데 처음 보는 사람이 되게,

　"안녕하세요."

　이렇게 인사하고 밥도 같이 먹고 잘 지냈어요. 어유, 그때는 얼마나 무서웠는지, 밥도 못 먹었어.

태국

여자 내장 귀신 크라스

● **구연정보**

조사일시 : 2017. 01. 04(수) 오후

조사장소 : 서울특별시 광진구 화양동

제 보 자 : 와닛차 [태국, 여, 1990년생, 유학 6년차]

조 사 자 : 박현숙, 김민수, 엄희수

● **개요**

친구의 할머니가 밤에 화장실을 가다가 멀리 떠 있는 녹색 불을 목격했다. 할머니는 사육하는 소가 자주 죽는 이유가 크라스 때문이라고 했다. 빨래를 널어 두면 빨래에 피가 묻어 있기도 한다. 크라스는 머리카락이 긴 여자 얼굴이고 머리에 내장을 매달고 둥둥 떠다니는데 멀리서는 녹색 불로 보인다. 낮에는 사람 모습이었다가 밤이 되면 내장 귀신으로 변한다.

　　귀신이 '크라스'라는 귀신인데 그 할머니가 밤에 이렇게 화장실에 가려고 해가지고 그러는데 화장실에 가려고 했는데, 그 멀리 이렇게 녹색 불이 보이는데요. 근데 그거는 원래 우리가 녹색 불이 이렇게 떠 있으면 크라스라고 생각하는 그런 믿음이 있어요.

　　근데 그 할머니가 이렇게 소를 키웠는데 그 소가 막 죽고 막 그러는데 그 귀신이 먹는다고 했어요. [조사자 1: 그 소를 귀신이 잡아먹는 거야?] 네. 잡아먹는데 근데 보통 이 귀신이 먹을 때는 내장을 먹어요. 내장 먹고 이렇게 빨래, 그 빨래, 해놓은 빨래가 있는데 이렇게 내장을 먹으니까 피가 묻었잖아요. 그래서 그 빨래를 이렇게 (웃음) 이렇게 뭐지? [조사자 1: 입을 닦는 것처럼?] 네. 입을 닦는 거 가지고 아침에 보면 이렇게 빨래에다가 [조사자 1: 피가 묻어있어?] 피가 묻었어요. 입 모양으로. 이런 거라서.

[조사자 1: 그럼 크라스라는 이 귀신이 어떻게 생겼다는 게 있어?] 네. 우리는 그 머리만 있어요. 머리, 여자 귀신인데 머리 길고 머리만 있는데 근데 내장이 다 막 이렇게 걸려있어요. 그 머리에다가. 내장 막 그 뭐지 심장 뭐 다 나와요. 이렇게. [조사자 1: 형체는 이제 얼굴만, 머리, 얼굴만 있고 나머지는 이렇게 내장 이렇게 달려서 같이 있는 거예요?] [조사자 2: 주렁주렁.] 네. 주렁주렁 막 이렇게 떠다니는 거. 근데 멀리 보면 막 초록빛이 [조사자 1: 초록 불처럼 보인다는 거죠?] 네.

[조사자 1: 근데 흔히 볼 수 있는 귀신인 거예요?] 네. 그 되게 이거는 태국에서 되게 많이 알려진 귀신이에요. 근데 제가 얼마 전에 친구랑 얘기했는데 그 친구가 할머니가 직접 봤다고 그래가지고. (웃으며) 전 안 믿는데. 사실 그런 믿음도 있어요. 이거는 귀신이 아닌데 밤에만 그 뭐지? 원래 인간인데 밤에만 이렇게 머리만 이렇게 벗어나서 (웃음) [조사자 1: 그런 귀신이 있다고?] 네. 그리고 아침이 되면 다시 인간 몸으로 돌아온다고.

[조사자 1: 그 귀신 이름이 뭐야?] 아니 얘가. [조사자 2: 귀신이 아니고 그렇다는 얘기도 있다고.] [조사자 1: 그러니까 평상시에는 사람 모습으로 되어 있다가 밤에만 되면 내장이랑 머리만 쏙 빠져가지고 돌아다니다가 다시, 아침에 다시 돌아온다는 거지? 그럼 바로 옆에 사람이 그 귀신일 수도 있겠네.] 네. 그래서 막 이렇게 아마 옛날에 이렇게 어떤 마을에서 막 이렇게 이 여자가 크라스라고, 막 이런 것도 약간 마법 사냥처럼 이렇게 하는 것 같아요. [조사자 2: 마녀사냥?] 네. (웃음) 마녀 사냥.

내장 귀신 가스와 뻑

● **구연정보**

조사일시 : 2017. 10. 29(일) 오후

조사장소 : 전라남도 순천시 해룡면 순천 기적의 도서관

제 보 자 : 나우봉 [태국, 여, 1975년생, 결혼이주 17년차]

　　　　　 누자리 [태국, 여, 1975년생, 결혼이주 10년차]

조 사 자 : 박현숙, 김현희

● **개요**

태국에는 가스와 뻑이라는 귀신이 있다. 가스는 내장 달린 머리로 날아다니고 가축을 잡아먹는다. 그리고 뻑은 밤에 다닐 때 그림자가 비치지 않으며 사람 내장을 먹는다. 그래서 뻑이 해친 시신에는 내장이 없다. 태국에서 나쁜 사람을 뻑 같다고 표현하지만, 어른들은 뻑이라는 표현을 함부로 쓰지 못하게 한다. 뻑이나 가스가 집안에 들어오지 못하게 하는 방비책은 흰 실로 집안을 두루는 방법과 스님이 남문에 깨끗한 물을 뿌리는 방법이 있다.

조사자 : 그 태국에 무서운 귀신 있지 않아요? 귀신? 낮에는 사람이랑 똑같이 되어 있다가 밤에 머리만 있는 귀신?

나우봉 : 아!

　　　(두 제보자가 잠시 태국어로 대화를 나눔.)

누자리 : 아! 가스.

나우봉 : 가스, 가스.

누자리 : 태국은 불교잖아요. 불교는 그 좀 천사나 귀신이나 믿어요, 그런 거. 그렇게 이야기 많이 해요.

조사자 : 그 귀신이 어떤 모습으로 나타나요?

나우봉 : 그 머리 있잖아요. 머리만 밤이 되면, 자기 머리하고 내장

있잖아요, 변신하고. 불빛처럼 우리는 본 적은 없지만, 드라마 이야기에서 뭔가. (기침하다가) 그런 거 봐서. 그 닭 잡아먹고 그런 거 있잖아요.

조사자 : 뭘 잡아먹어요?

나우봉 : 닭.

조사자 : 닭을 잡아먹어요?

나우봉 : 네. 우리가 키우는 거 있잖아요.

조사자 : 가축들을? 집에서 키우는 동물들?

나우봉 : 네. 동물들 잡아먹고, 소도 잡아먹고 그런 거 있어요.

조사자 : 그 귀신 이름이 뭐라고?

나우봉 : 가스.

누자리 : (나우봉과 태국어로 대화하다가) 뺙.

나우봉 : 마찬가지야, 뺙, 가스.

누자리 : 아니, 뺙, 벽

조사자 : 뺙? 이라고 부르기도 해요? 생긴 건 똑같아?

나우봉 : 네.

누자리 : 똑같이 아니고. 가스는 그냥 몸이 어디 있는지 집에 놔뒀는지. 그 머리하고 내장만 밤에 나가서,

나우봉 : 밤에 나가서 뽕 이렇게 날아다니잖아요.

누자리 : (가스는) 동물 잡아먹고, 뺙은 사람을 먹어요.

조사자 : 사람을?

누자리 : 사람 몸 안에서 내장이나 그런 거 먹어요.

조사자 : 그럼, 사람 몸 안에 들어가서 그걸 먹어요?

나우봉 : 아니, 사람 죽게 하고.

조사자 : 아, 사람을 죽이고.

나우봉 : 내장 간을 파먹고.

누자리 : 아직 안 죽이고, 우리 동네 있어요, 거기는. 몸이 약한 사람 병이 생기는데.

조사자 : 몸이 약한 사람이 생기는 병이에요?

누자리 : 그래서 좀 자주 가서 그 낮에, 밤에도 어떻게 들어갔는지

모르지만.

나우봉 : 나쁜 귀신이 와서 내가 몸 약하면, 나쁜 게 다 들어오잖아
요. 들어와서 자기가 표현하는 거 자기가 바보처럼 그런 거 있잖
아요.

조사자 : 그러면 사람 내장이나 간 이런 걸 먹어요?

누자리 : 네. 먹고 나오면 그 사람 죽었잖아요. 그 안에 아무도 없잖
아요. 그래서 병원 가서 그 수술해보고 안에 없어서.

조사자 : 없으면, 그 뻑 귀신이 와서 죽였다고 알고 있는 거예요?

누자리 : 네.

조사자 : 근데 이 가스는 그 낮에는?

누자리 : 가스는 그냥 나갈 때는 우리 눈으로 보잖아요. 머리하고 내
장. 그냥 가고 뻑은 아무도 안 보여.

조사자 : 아예 보이지도 않아요?

누자리 : 네. 그냥 사람 똑같은데.

조사자 : 나중에 보면 사람이 죽어있고, 내장이 없어요?

누자리 : 그 할머니 할아버지 이야기 들으면 그 뭐지? 그림자 없잖
아요.

조사자 : 아, 여기 서로보고 있으면 그림자가 상대방이 안 보인다고?
눈에? 그걸로 확인하는 거야?

누자리 : 네. 그렇게도 보면 돼요. 저는 무서워서. 우리 동네 있는데
엄마 아빠 할머니 할아버지 알려주는데. 그래서 그 집에는 좀 여
섯 시 밤 여섯 시부터 거기 집에 안 지나가요, 무서워서.

나우봉 : 그 사람이 만약에 다른 사람이 이야기하잖아요. "이 사람
뻑이다. 이 사람 뻑입니다. 가지 마라, 그 집에." 그렇게 이야기
하잖아요.

조사자 : 뻑 집이다.

나우봉 : 네. 뻑 집이라고 지나가지 말라고 우리가 무서워서 안 지나
가요. 아마 제가 이거는 진심 아닌데 이야기하는 거 맞는데. 만
약에 나쁜 사람 되면 잔소리 많은 사람이나 사람이 잡아먹고 뭐
화가 나고 그런 사람 있잖아요, 선생님. 그런 이야기면 뻑을 비

교해서도 쓸 수 있고.

조사자 : 어떻게 표현해요? 비유할 때는?

나우봉 : 그냥 이 사람이 무서워하잖아요. 어떤 집에는 넌 누구 와서
도 잔소리하고 뭐하고 이렇게 하잖아. 누구 오면 다 나쁘잖아요.
우리가 비교하면서, "뻑 같다."

조사자 : "너 뻑 같아!" 이렇게 이야기를 하는 거야?

나우봉 : "이 집에 뻑, 뻑 하지 마. 뻑, 뻑 하지 마!"

누자리 : 나쁜 말이니까.

나우봉 : 나쁜 말이 아니니까. "뻑, 뻑이 하지 마." 엄마 아빠가 어떻
게 이야기 나쁜 사람이라고 그냥 뻑 이야기해. 우리도 무섭잖아.

조사자 : 그러니까 딱 뻑만 이야기하면 저 나쁜 사람, 아까 그 으아
열매라고 하면 못생긴 사람으로 딱 아는 것처럼?

나우봉 : 네.

조사자 : 그러면 이 가스나 뻑이 집 안에 들어오지 못하게 하거나 우
리 집 사람들을 해치지 못하게 하기 위해서 못 들어오게 하는 그
런 방법이 있어요?

누자리 : 실, 하얀 실.

조사자 : 실? 하얀 명주실?

나우봉 : 이렇게 집에다가 이렇게.

조사자 : 집 안을 둘러요? 실 엄청 많이 필요할 텐데?

누자리 : 네, 많이.

조사자 : 그러면은 못 들어온대요?

나우봉 : 네. 그런 믿음이 있어요. 아니면 물고기 잡았잖아요. 대나무
처럼 만든 긴 쪽에 있잖아요. 실 많이 묶어서 집 앞에 계단이나
문, 대문에서 앞에 걸면 귀신 안 들어오게 그런 믿음이 있어요.

조사자 : 그러면 귀신들이 그걸 무서워서 못 들어오는 거예요?

나우봉 : 아니면, 믿음이기 때문에 그렇죠, 생각하면서. 옛날에는 믿
음이 의사 선생님도 없고, 우리는 뭐 그 문으로 안 좋은 귀신 나
가라 뭐 물 뿌리잖아요. 우리 이야기는 남문에 물을 뿌리면 귀신
이 나가요. 안 좋은 거. 만약에 요즘에는 병원 가잖아요. 약 먹고.

병이 나면.

조사자 : 뿌리는 게 뭔데요? 뭘 뿌리는데요?

나우봉 : 물.

조사자 : 근데 물이 아무 물이나 상관없어요?

나우봉 : 아니. 스님이 기도해 주는 거요. 아니면 그 뭐지? 우리가 한
국에서 믿음이 있잖아.

조사자 : 정화수. 새벽에 깨끗한 물?

나우봉 : 아니요. (누자리와 태국어로 대화하다가) 아까 선생님 이야
기는 앞으로 보이는 사람.

조사자 : 점술가?

나우봉 : 네. 점술가나 그런 거를 해주고 아니면 스님 믿는 사람은
스님한테 드리고.

조사자 : 성수 같은 거구나? 천주교에서.

나우봉 : 네네. 집에서 갖고 와서 뿌리고 그런 것도 있고. 아니면 마
시는 것도 있고.

조사자 : 어쨌거나 물이 되게 중요하구나.

나우봉 : 네.

누자리 : 믿는 사람도 있고 안 믿는 사람도 있어요.

나우봉 : 옛날에는 대부분 믿었어요. 보면 이런 식으로 다음에는 좋
은 나무 한약재 한약도 끓여 먹고 약도 끓여먹고 그런 식도 하
고, 나으니까 믿었잖아요. 눈 보니까, "효과가 있구나." 믿어져.
안 그래요?

조사자 : 맞아요.

나우봉 : 옛날에 의사도 없으니까 누가 안 믿겠어요. 일단은 자기 마
음 편하니까. 마음 편하면 뭐든지 다 좋으니까. 내가 생각하는
대로 좋아지니까 좋아하는 거죠. 내가 안 아픈데 아픈 척하면 또
진짜 아플 수도 있잖아요.

조사자 : 맞아요.

나우봉 : 그런 식으로.

베트남

뭇할아버지

● 구연정보

조사일시 : 2017. 12. 07(목) 오전

조사장소 : 인천광역시 미추홀구 용현동

제 보 자 : 융티탄프엉 [베트남, 여, 1988년생, 유학 3년차]

조 사 자 : 오정미, 한상효, 엄희수

● 개요

베트남의 민간신앙에는 뭇할아버지라는 존재가 있다. 항상 하얀 옷을 입고, 하얀 수염을 기르고, 지팡이를 들고 다니는 이미지로 묘사된다. 뭇할아버지는 억울하거나 힘든 상황에 있는 서민들을 도와준다. 뭇할아버지를 기리기 위한 사당이나 제사 같은 것은 없다.

[조사자 1: 그, 뭇할아버지.] 음음. [조사자 1: 베트남에는 뭇할아버지가, 모든 걸 해결해주는] 그니까 그가 베트남의 민간신앙이라고 부를 수 있는 그런 건데.

뭇할아버지는 이미지가 항상 하얀 옷을 입고, 머리도 하얗고, 수염도 하얗고 길고. 아, 그런 이미지예요. 항상 방망이, 뭐죠? [조사자 2: 작대기?] 음. [조사자 2: 지팡이?] 아, 지팡이. 할아버지들이 들고 다니는 것. 그거를 가지고 항상 그, 서민들이 억울하거나 힘들거나 그럴 때 나타나는 인물이에요. 그 '떰 깜'에서도 나타나고, 이 얘기도. 되게 많이 나타나요.

[조사자 2: 그 할아버지는 주로 어디 살아요? 산에 있다던지.] 신이에요. 그런 건 없어요. 그냥 아무 데나. 그냥 무조건 나타나요. [조사자 1: 신 같은 존재.] 네, 신이에요. [조사자 1: 흰옷을 입고, 흰 수염을 하

고, 흰 머리에.] 지팡이. [조사자 1: 지팡이를 들고. 아.] [조사자 2: 한국에
도] 그렇게 묘사되더라구요. [조사자 2: 산신령이라고 하는, 뭇이랑 비슷
한데.] 네. [조사자 2: 저희는 산에 가면 산신이 있어서 이렇게 나오신다고.]
우리는 무조건 뭇할아버지예요.

그니까 이 뭇할아버지는 그 모습은 그렇게 묘사돼있고, 아, 출신
은 모르겠어요. 어디에서 나타나는지. 그니까 '떰 깜'같은 경우에는
산, 강 옆에서 나타나잖아요? 근데 이 얘기는 산에서 나타나고 그런
거 보니까 그런 거 정해져 있지는 않은 것 같아요.

[조사자 1: 혹시 베트남에 뭇할아버지에 관련된 뭐 축제나, 아니면 장
소나.] 아니요, 없어요. [조사자 2: 제사 같은 것도 없어요?] 제가 알기에
는. [조사자 1: 상상 속에.] 상상 속. 그니까. 어어. 상상 속. [조사자 1:
진짜 민간신앙 같은 거네요.] 네. 네. [조사자 2: 사당이나 묘 같은 것도 없
어요?] 음, 제가 알기에는 베트남 사람이 그 민간신앙이라고 하면 그
조상숭배 있잖아요? 그니까 조상숭배, 집에서는 그 조상을 모시고
제사를 지내고. 그 마을에서는 마을신이 있어요. 마을신을 위한 차
례, 제사 같은 거 많이 지내는데 뭇할아버지를 위한 사당이나 그런
거는 저는 못 들었어요. [조사자 1: 그냥 보통 사람들의 마음속.] 그냥 마
음속에 존재하는 그런 존재인 거 같아요. 뭇할아버지는. 네네.

[조사자 1: 그래도 어떤 생김에 대한 그 형태가 그래도 똑같은 거네요?
흰 머리에.] 이름도 똑같고. [조사자 1: 뭇할아버지는.] 네. [조사자 1: 뭇
이 혹시 뜻이 있어요?] 아니요, 없어요. [조사자 1: 뜻 없어요?] 그냥, 네.

[조사자 2: 그럼 뭇할아버지가 하느님이랑 비슷한 건 아니에요?] 아니
에요, 하늘하고는 아니고. 되게 뭔가 서민들하고 가깝고 그런 느낌이
에요. [조사자 1: 말하자면 산타할아버지처럼 그냥 서민들 옆에서.] 네. 권
력은 없는데 그 하느님 그래도 권력이 있잖아요. 근데 뭇할아버지는
권력이 없는, 하지만 만능한 그런 신. [조사자 2: 인간세계 담당.] 아마도.

전쟁에 죽은 여인의 원귀

● **구연정보**

조사일시 : 2017. 12. 11(월) 오전

조사장소 : 충청북도 청주시 서원구 모충동

제 보 자 : 팜티루엔(김민주) [베트남, 여, 1987년생, 결혼이주 11년차]

조 사 자 : 신동흔, 오정미, 한상효

● **개요**

동네에 미군 전쟁이 남기고 간 벙커가 있는데, 그곳에서 미군이 한 여인을 강간하려고 하자 여인이 저항하며 혀를 깨물고 자결했다. 여자의 영혼이 벙커에 있어, 늦은 밤에 남자가 그 주변을 돌아다니면 안 된다. 그 소문을 믿지 않던 한 똑똑한 남자가 밤에 벙커 주변을 다니다가 결국 바보가 되었다.

그 저희 동네에 이야기 있는데 근데 진짜이나 아니면 사람이 그냥 그런 식으로 상상한지 모르겠는데. [조사자 1: 괜찮아요.] 저희, 저희 가는, 저희 동네에 근처에 있는 그 옛날에 미국이랑 전쟁할 때, 그 뭐라고 암튼 이렇게, 이렇게 모양이 생겼는데 사람 안에는 그냥 총만 이렇게 나왔잖아요. 사람이 안에 보호하는 거 있잖아요. [조사자 3: 벙커.] [조사자 2: 뭔지 알아. 벙커?] 거기에서 거기에 되게 많았거든요. 저희 동네 이쪽에 되게 많았는데. 거기에서 귀신 있다고.

옛날에는 거기 암튼 저희가, 저희 동네 사람 아니고 거기에는 많은 미국군들은 저기 예쁜 아가씨 거기 강, [조사자 2: 강제로.] 그거 했잖아요. 그래서 그 여자가 끝까지 저기 뭐 허락 안 하고 혀가 깨물어 죽었어요. 억울해서 죽었잖아요. 근데 거기에 그때부터 그래서,

"그 아가씨 영혼은 아직 여기 있다. 그래서 늦은 밤에는 어떤 남

자 거기 돌아다니면은 그 남자의 자기 남편이 만나러 나오고."

그렇게 얘기했어요.

그런데 그때는 왜냐하면 저희 동네에 대학교 나오는 총각. 잘생겼고, 착하고, 똑똑해. 암튼 남자가 갖고 있는 장점이 다… 그 남자 그랬었어요. 근데 이 남자는 그 말 안 들어, 안 믿어요. 어느 날에, 아 우리는 그냥 가족으로는 공부 많으니까 스트레스 병, 우울증이나 그런 병에 걸렸잖아요. 근데 저희 동네야. 이 남자가 말 안 들으니까 그 여자가 영혼 잡았다고. 이제는 귀신의 남편이라고. 그래서 씩씩한 남자는 이렇게 멍한 남자가 되고 아무 영혼 없는 남자처럼 그냥. 뭐든 뭐 먹게, 먹게 되는 것도 못 먹게 되는 것도 다 주워 먹어요. [조사자 3: 귀신이 씌었구나.] 네. (웃음)

그래서 저희가, 제가 그때 초등학교 삼학년 땐가 그때였어요. 기억나긴 한데. 근데도 사람이 그랬어요. 그때 거기. 이제는 저쪽에는, 저쪽에는, 저쪽에는 그 군인, 군인. 거기 지금 군인 거기 있어요. [조사자 1: 부대?] 그 암튼 그 지역에 군인이 사는 집하고 훈련하고 그거 만들었어요. [조사자 2: 군부대가 있구나.] 그래 그거는 공사할 때는 사람이 [조사자 3: 시신? 시체?] 뼈, 뼈가 남았더라고. 그래, 그때는 뭐 제사하고 그때는 시끄러웠어요. 사람이 맞는지 안 맞는지.

그, 그 사람이 그거 있잖아. 이렇게 하고 땔랑대는 그런 사람 있잖아요. (일동 웃음) [조사자 3: 무당, 무당.] 한 사람이 한 사람이 하다가 알고, 또 포기했어요. 너무 세. 이 귀신이 너무 세. 그래서 가서 암튼 저희 동네는 한동안 시끄러웠어요. 그 나중에 어떻게 되는지 저는 기억 안 나고.

근데 귀신은 있긴 있는 거예요? (조사자 웃음) [조사자 2: 있지 않을까요.]

[조사자 2: 그래서 똑똑한 그 남자는 바보가 됐어요? 밤에 그 앞을 자꾸 지나다니다가?]

자기가 그랬어요.

"세상에 귀신 있다고 그런 거 믿지 않거든요. 그런 거 없다."고.

그랬어요. 저도 귀신 안 만났으니까. 근데 저는 베트남에서 귀신 되게 무서워요. 며칠 밤을 혼자 못 돌아다녀요. 한국에서는 귀신? 그런 거는 그런 개념 존재 없어요. 그 왜냐면 한국에서는 귀신 뭐 텔레비전 나올 때 있는데 저는 그렇게 아직.

[조사자 2: 베트남에서 사람들이 가장 잘 알고 있는 무서운 귀신이 뭐예요? 누구예요?] 여자. 여자 귀신. [조사자 1: 여자 귀신.] 하얀색 옷을 입고 머리에. [조사자 2: 베트남도 하얀색 옷 입어요?] 귀신이라 하얀색. 있어요. 어떤 아저씨가 귀신 만났다고. 예쁜 아가씨라고, 말하고드는, 이렇게 봤어요. 되게 예쁘고.

근데 그 아저씨가 처음에 귀신인 거 몰랐죠. 근데 가다가,

'음? 이런 사람 우리 동네 사람 아닌데.'

다시 돌아봤는데 없었어요. 진짜 귀신 있나 봐. (일동 웃음)

근데 그런 이야기는 좀, 조금 이런 데 사람이 붙여놓고, 붙여놓고. [청자(띵티름): 맞아요.] 이런 식으로. [청자: 조금 더 변경해서 이야기하는 것 같아요.] 그런 사람, 이야기는 진짜 이야기 아닌 것 같고.

[조사자 1: 저희는 그런 이야기 재밌게 들어요.] [청자: 듣기는 재밌는데, 나중에 무서워요. 저희 그 어렸을 때는 시골에서 살았는데 집하고 화장실이 따로 있어요. 듣고 나면 무서워서 못 갔어요.] 맞아요. 가면은 언니랑 같이 가던지. [청자: 저는 큰언니니까 강아지 한 마리 데리고 가요.] (웃음) 맞아요.

해골과 닮은 벌집

● 구연정보
조사일시 : 2017. 12. 11(월) 오전
조사장소 : 충청북도 청주시 서원구 모충동
제 보 자 : 띵티름(이지우) [베트남, 여, 1983년생, 결혼이주 9년차]
조 사 자 : 신동흔, 오정미, 한상효

● 개요
제보자가 어릴 적, 할머니는 항상 벌집이 사람의 해골이니 그 주변으로 가지
말라고 했다. 무서운 마음에, 벌집 주변에 가지 않았다.

[조사자 2: 혹시 다른 베트남 사람들은 모를 만한 그런 이야기 고향에
있는 전설이나 이런 거는 혹시 있어요?] 저희가 고향이 그런 거 없어. 고
향 전설이. 저희가 다 베트남이 다 어른이, 저기 아랫사람에게 하는
이야기들은 이야기라서 다 똑같아요.

[조사자 2: 그래도 어렸을 때 할머니한테 들었거나 우리 동네에만 있는
어 뭐, 불쌍한 여자에 관련된 이야기라던가 아름다운 사람이나 그런 건 없
었어요?] 저 어릴 때는 외할머니가 저한테 많이 겁을 많이 주셨어요.
[조사자 1: 그런 이야기.] 왜냐면 저는 돌아다니는 걸 좋아하니까. 저기.

"몇 시, 몇 시까지는 그 집은 가지 마라. 다리 밑에서 그 누가 누
가 무서운 사람 있다."

그런 겁을 많이 줘요. 근데 겁을 주신 것 같아요.

[조사자 1: 겁준 그 무서운 귀신 이야기. 혹시 쪼끔 길게 해줄 수 있어
요? 그 귀신이 어떻게 생겼고, 어떻게 무서운 건지.] 저는 벌. 꿀벌 있잖아
요. 그 벌. [조사자 1: 아, 벌.] 벌집은 이렇게 뚱그렇게 생겼어요. 사람

머리처럼 생겼어요. 구멍은 눈처럼 생겼고 입처럼 생겼잖아요. 그거
우리가 뭐라고 해야 하죠? 널러우$^{Đầu\ lâu}$. 한국어로 뭐라고 하죠? [청
자(팜티루엔): 널러우$^{Đầu\ lâu}$. 사람이 죽고 나서 뼈만, 머리에 뼈만 남았잖아
요.] [조사자들: 해골. 해골.] 해골!

저희 외할머니가 저보고 그건 진짜 사람 해골이라고. [조사자 1:
벌이?] 벌집. 가까이 가지 말란 말이죠. [청자: 그 벌집이 해골하고.] 저는
돌아다니는 거 좋아해서 그건 벌이 물리면은 안 되잖아요. 그래서,

"가까이 가지 말라."고.

"그거는 사람은 진짜 머리다."

겁을 주셨죠.

[조사자 1: 그래서 벌집 주변으로 가지 마라.] 그래서 무서웠어요, 제
가. 진짜 사람 머린 줄 알았어요.

베트남과 필리핀의 내장 귀신 말라이와 마라낭갈

● 구연정보

조사일시 : 2017. 06. 03(토) 오후

조사장소 : 전라남도 진도군 진도읍 성내리 공공도서관

제 보 자 : 엔티터번(이연아) [베트남, 여, 1984년생, 결혼이주 11년차]

　　　　　 메리안 [필리핀, 여, 1970년생, 결혼이주 5년차]

조 사 자 : 박현숙, 김현희

● 개요

필리핀과 베트남에는 마라낭갈과 말라이로 불리는 머리와 내장으로만 이루어진 귀신이 있다. 귀신의 특징은 낮에는 사람이고, 밤에 귀신의 모습이고, 목에 세 개의 칼자국이 있다. 이 귀신들은 임산부 뱃속에 들어가 태반을 먹는다. 귀신의 방비책은 저녁 일곱 시 이후에는 외출을 자제하고, 외출 시 검은색으로 온몸을 가리거나 소금과 마늘을 가지고 다녀야 한다. 그리고 귀신이 들어오지 못하게 베트남에서는 불상, 필리핀에서는 십자가를 집에 둔다.

메리안 : 그거는 우리 하는 말 있는데, 필리핀 하는 우리 그 사람들 이는 뭐지?

엔티터번 : 그건 사람. 죽은 사람 아니고, 우리 사람이에요.

메리안 : 우리 사람. 사람.

엔티터번 : 사람이에요.

메리안 : 낮에는, 낮에는 사람.

엔티터번 : 언니, 여기 목, 그 칼자국 세 개 있잖아요. 이거 하나, 둘, 세 개.

조사자 : 뭐가 있다구요?

엔티터번 : 칼자국이 세 개. (손가락으로 목에 가로 선 세 개를 그으

며) 이렇게 칼처럼 잘랐잖아요. 이렇게 있어요.

메리안 : 있어? 너 그 나라도?

엔티터번 : 예.

조사자 : 목에 칼자국이 세 개가 있다고?

엔티터번 : 네. 세 개 있어요, 그거. 그거 있어요.

메리안 : 아, 비슷, 비슷해.

조사자 : 그럼 베트남이랑 필리핀의 이 귀신 얘기를 한 번 해요. 그 베트남에 얘기는 어떤 거예요?

메리안 : 그거 사실이에요.

엔티터번 : 그거 사진 있어요.

조사자 : 사진이 있다구?

메리안 : 사실. 사진에는 지금은 사진 보면 그냥 하얀 옷이만 하고 그, 뭐야? 하늘 밑에서 인제 막 이렇게 날라.

조사자 : 하늘을 날아 다녀요?

메리안 : 응.

조사자 : 밤에?

메리안 : 밤에. 밤에만. 밤에 하고, 그 딱, 그 큰.

엔티터번 : 언니, 그 밤에 머리하고 내장 뺐잖아요.

메리안 : 응, 응.

엔티터번 : 내장 와서 병원 있잖아요, 병원.

조사자 : 병원?

엔티터번 : 예, 애기 낳은데 여자 있잖아요. 그 버리는 거 있잖아요. 피든지, 이렇게 애기 낳았잖아요.

조사자 : 태반?

엔티터번 : 예. 그거 빼잖아요. 그거 가서 그거 먹어요.

조사자 : 그걸 먹는다구요?

엔티터번 : 네, 그거 먹어요.

조사자 : 그러니까 산부인과 병원에 가서, 태반 버려놓은 거 그걸 먹어요?

메리안 : 예.

엔티터번 : 네네, 또 있어요. 그거 밤에 있는 사람들, 하는 사람. 하얀
        색 옷 입었잖아요.

메리안 : 응. 그거.

엔티터번 : 안에 내장 다 보여요. 그 안에. 그럼 그거도 먹어요. 그 사
        람 거.

메리안 : 야! 너네 나라도 있다.

엔티터번 : 하얀색이고 밤에 그거 환하면 죽어요. 그 안에 내장 있잖
        아요, 다 보여요. 자기 먹어 보고 싶어요. 그거도 먹어요.

메리안 : 그것도 인제, 팔이 없어요.

엔티터번 : 그냥 내장하고 머리만 날아요.

메리안 : 그냥 날라져.

조사자 : (메리안 제보자를 쳐다보며) 근데 필리핀도 이렇게 목에?

메리안 : 응. 그래요, 세 개.

엔티터번 : 예. 이렇게 세 개 있어요.

조사자 : 자국이 세 개가 있어요, 목에? 아, 그런데 낮에는 누군지 몰
        라요?

엔티터번 : 낮에 사람처럼.

메리안 : 우리처럼.

엔티터번 : 우리처럼.

메리안 : 그랬더니 인제 우리처럼 있는데, 인제 임신 사람만 보고. 낮
        에는 임신 사람 보고. 그 시간이가 있었어요. 항상, 항상 밤에 하
        는 일 말고. 인제 만약에 인제 보름달에요. 보름달이면 가끔은
        이제 그 달이 뭐야? 그 안개나 그 벗으면은 그때부터 막 나와가
        지고 임신 사람들이 이 우리 나무, 그 코코넛 나무 우리 지붕 있
        었어요. 거기는 지붕, 코코넛 나무 지붕 쬐끄만 구멍에 저기서
        뭐가 들어가고 임신 사람들이 이제 직접 애기 배 안에서 먹어
        줘요.

엔티터번 : 으아. 그건 못 들어.

메리안 : (필리핀) 우리나라.

엔티터번 : 아, 그래요? 근데 방법 있어요. 죽이는 방법 있어요. 몸

있잖아요, 자기 몸. 이거 옆으로 누우잖아요. 엎어 놓으면 머리 못
넣어요. 그 내장하고 자기 못 넣어요. 그럼 죽어요.

조사자 : 그러면 이제 이 귀신이 못 들어오게 하려면 엎어져서 자면
　　　돼요?

엔티터번 : 엎으면 자기 몸 엎어져요, 자기 몸이. 못 들어가요. 죽어요.

조사자 : 그럼 얘네가 들어올 때는 어디로 들어와요? 사람 몸에 들어
　　　올 때?

엔티터번 : (정면으로 눕는 시늉을 하며) 이렇게 누워 있잖아요, 이
　　　렇게 누워요.

조사자 : 정면으로 누워있으면?

엔티터번 : 엎어 놓으면 그 내장, 그 머리 못 넣어요. 죽어요. 그 여자
　　　있어요. 옛날이야기 있는데요, 신랑 있어요. 밤에 그 머리하고
　　　내장 빼잖아요. 그 신랑 밤에 나온 음식 찾으러 가요. 먹어요. 신
　　　랑가 자기(내장 귀신) 몸, 그 다시 엎어 놔요. 자기 집에 왔는데
　　　내장하고 머리 못 넣잖아요. 울어요. 신랑한테, "뒤집어 줘요. 자
　　　기 몸 들었는데." 그 신랑 싫어요. 그래서 그 여자 죽었어요. 살
　　　수 없어요. 못 넣으니깐 낮에는 사람이잖아요. 밤에 뺐잖아요.
　　　그럼 못 넣으니까 낮에 죽어요. 그럼.

메리안 : 우리나라도 그래. 못 살았어.

조사자 : 낮에 사람 몸으로 되어 있어야 되는데, 못 들어가니까.

엔티터번 : 못 들어오니까 죽어요.

조사자 : 죽어요?

엔티터번 : 네.

조사자 : 낮이 되면? 해가 뜨면?

엔티터번 : 네. 못 넣으니까 내장하고 머리. 죽어요. 그거 진짜 사실
　　　이야기 있어요.

메리안 : 사실이에요.

엔티터번 : 사실이에요. 옛날 많이 있어요.

조사자 : 그러면 그 남편은 알았어요? 그 여자가 귀신이라는 거를?

엔티터번 : 그거는 잘 몰라요, 몰라요.

메리안 : 왜냐면 인제 귀신 사람들이 특별히 그 뭐가? 그 약 있었어
　　　요. 약 있으면은 남편 앞에, 남편 아니면 애들들이 잘 때 그 약
　　　혼자 다 마셔요. 인제 언제든지 그 여자 인제 새벽에, 만약에 다
　　　먹었으니까, 밤에 날라다녀 먹고. 인제 그 세 시 안 돼. 그러면
　　　한 열두 시, 열두 시 아직 안 돼 갖고 꼭 집에 와야 돼요.

조사자 : 아, 열두 시 전에.

메리안 : 응. 전에. 집에 와서 인제 바로 아까 그 약 갖고 가 바로 또
　　　다시 신랑이 하고 애기 인제 정신이 또 다시 돌아와요.

엔티터번 : 사람으로 돌아오는 거예요.

조사자 : 사람처럼.

메리안 : 응.

조사자 : 바로 옆에 있는 사람이 귀신일 수도 있겠네?

엔티터번 : 응. 바로 귀신 몰라요. 모르겠어요.

메리안 : 응. 몰라요. 우리 동네에도 몰라줘요.

조사자 : 그럼 그 귀신을 부르는 이름이 있어요?

엔티터번 : 우리 베트남 말로는 '말라이'요.

조사자 : 말라이?

엔티터번 : 예.

메리안 : 우리나라는 뭐가 있을까? 좀 잊어버렸네. '마라낭갈'? '마
　　　라낭갈' 그 뜻이는 몸이 하고, 몸 놔두고, 그 내장하고 같이 날아
　　　다녀요.

조사자 : 내장만 있다?

메리안 : 응응.

조사자 : 머리하고 내장만 있는?

메리안 : 응.

엔티터번 : 그거 옛날 많이 들어 봤어요.

메리안 : 우리나라는 난리, 난리야, 지금.

엔티터번 : 안 나가요, 밤에.

조사자 : 왜?

메리안 : 임신, 임신한 여자들이 많이 죽었어. 그거 때문에요.

조사자 : 아, 진짜루?

메리안 : 네. 막 애기하고 그 빨아 먹어 해요.

조사자 : 아, 실제로 있었던 일이라구요?

메리안 : 응응.

조사자 : 어, 실제 그런 일이 있었다고 전해져요?

메리안 : 지금도.

조사자 : 어, 지금도 그런 일이 있어요?

메리안 : 응응. 항상 그 필리핀 뉴스 항상 보고, 인터넷에 나왔죠.

엔티터번 : 으윽. 지금도 있어요? 언니?

메리안 : 있지, 우리나라에선.

엔티터번 : 베트남은 지금 없는데.

조사자 : (웃으며) 베트남은 없어졌나보다.

엔티터번 : 예.

조사자 : 다 필리핀으로 갔나본데?

엔티터번 : 으윽.

메리안 : 그냥 지금은 왜냐하면 우리나라는 뭐가? 뭐가? 그 사투리 때마다.

엔티터번 : 그거 뭐예요?

메리안 : 사투리. 그 시골, 시골. 인제 우리 민다나오 사람만 말고, 이 민다나오는 여러 가지 사람들이가 있었어요. 그러나 우리 동네 특별히 그런 거 없어요. 거기 그 동네가 아직 지금 그런 일이가 아직 지금 가끔 갖고 있는 사람이 있었어요.

조사자 : 아, 임신한 사람이 조심해야 되겠네요?

메리안 : 어. 우리나라는 밤에도 임신 사람 나왔으면은 꼭, 그 뭐가? 이불? 몸 다 덮어야 돼. 얼굴만 하고. 몸 꼭 덮어야지.

엔티터번 : 하얀색 안 돼요. 하얀색은 안 돼.

조사자 : 흰색 안 되고?

메리안 : 하얀색 안 돼.

엔티터번 : 안 돼요. 무조건 안 돼요.

메리안 : 무조건.

엔티터번 : 다 봐요.

조사자 : 안에가 보이니까?

엔티터번 : 네. 다 안에 봐요.

메리안 : 근데 나왔을 때는 우리 항상.

엔티터번 : 검은색 옷 입어.

메리안 : 소금, 소금.

엔티터번 : 어, 소금하고 마늘.

메리안 : 마늘. 항상 갖고 다녀요.

조사자 : 그러니까 귀신이 소금이랑 마늘을 무서워해요?

메리안 : 그 귀신이 아니라 사람이에요.

엔티터번 : 마늘 냄새가 나요. 귀신도 싫어요.

조사자 : 어, 그럼 소금은 왜 싫어해요?

메리안 : 특별히 잡아 먹었으면은 만약에 이제 임신한 사람들 먹고
    싶었는디 딱, 임신 여자들이 배 위에서 소금. 이제 딱 그 내장에
    소금 놔뒀으면은 바로 죽었죠. 안 먹어요.

조사자 : 그것도 하나의 방비책이네, 그쵸?

메리안 : 응응응.

조사자 : 소금이랑 마늘, 그리고 엎어져 자는 거.

메리안 : 네네.

엔티터번 : 또, 검은 옷 입는 거?

조사자 : 검은 옷 입는 거?

메리안 : 검은 옷. 막 덮으면, 온 몸을 다.

조사자 : 온 몸을 다 감추는 거.

메리안 : 얼굴만, 그 눈만 보여요. 밤에, 밤에만.

엔티터번 : 밤에만.

메리안 : 그랬더니 딱 일곱 시부터 열두 시 반까지. 한 시 인제 없어
    부렀어.

조사자 : 한 시면 새벽 한 시?

엔티터번 : 새벽 한 시에서 집에 돌아갔어요.

메리안 : 새벽 한 시. 집에 돌아가야 돼.

조사자 : 다시 집에 들어가야 돼서.

메리안 : 꼭 일곱 시하고, 일곱 시 전에. 열두 시까지. 맞어.

엔티터번 : 무서워.

조사자 : 그때 돌아다니면 안 되겠는데.

메리안 : 내가 그거는 잘 모르는데 인제 그 동네, 한 동네 같이 만났어. 인제 학교 다닐 때, 다닐 때. 만났어, 대학교 다닐 때. 그거만 이야기 들어놓고. 옛날에는 안 믿었는데. 갑자기 사실이 지금 항상 텔레비에 텔레비 뉴스에 나오죠.

엔티터번 : 아, 근데 그거 옛날 사진 있어요.

메리안 : 사진, 사진. 사진 좀 보내.

조사자 : 어, 보내라구? 무서워서.

메리안 : 응. 그랬더니 이제 밤에 그 어떤 아버지가 이제 딸내미가 임신했는데. 이제 신랑하고 아버지 우리 일 했을까? 집에 안에 가 그 애기하고 엄마 임신, 딸내미는 임신이요. 갑자기 냄새나더라고요. 냄새나더라고요. 그 냄새 나죠. 그 귀신이가. 아버지 빨리빨리 집에서 오토바이 타고 바로 그 귀신 바로 집에 나왔드라고. 집 들어가서 다 죽었어요. 지금은 그 이야기, 언제? 지난, 작년에.

조사자 : 작년에 그런 일이 있었다고?

엔티터번 : 아유, 언니. 무서워.

메리안 : 그래가지고 우리 친구 마닐라에 한 사람 있어요. 친구 마닐라에서. 전화번호 이제, 전화 쓰면은 너무 비싸게, 인터넷으로 그 페이스북으로 내가 물어 봤어요. "야, 이거 사실이야? 너네 동네 일인디? 그 거짓말 있는다." (페이스북 친구의 답변을 전하며) "왜?" "그거 진짜 이야기야?" (페이스북 친구의 답변을 전하며) "응." (페이스북 친구의 답변을 전하며) 진실이라고.

엔티터번 : 직접 집 가서요?

메리안 : 집 안에 들어갔는데 집 지붕에 있더라니까. 그 뭐가? 그 지붕에서 그 구멍. 구멍 보면 그 애기하고 애기 엄마하고. 엄마가 임신이니까 애기는 살아야지. 살았지.

엔티터번 : 아니 근데, 원래 있잖아요. 집, 집이 있잖아요. 불교 다니
    는 사람 있잖아요. 그 안에 그 부처님, 그 부처님 그거 있잖아요,
    없어요?

메리안 : 우리는 불교 아니야. 카톨릭. 80, 90%.

조사자 : 그럼 거기 절에 가면 또 괜찮아요? 베트남은?

엔티터번 : 네. 그거 부처님 그 사진 안에 있잖아요. 꽃등에 한 쪽 놔
    두잖아요. 그건 귀신 못 들어가요. 그거 있으면 귀신 무서워요.
    못 들어가요. 그냥 집 앞에만 다녀요. 집 못 들어가요.

메리안 : 우리는 십자가요. 우리는 십자가.

조사자 : 음, 그게 좀 다르구나. 종교에 따라서 여기는 절, 절이 있거
    나 불상과 관련된 데가 있으면.

엔티터번 : 이거 귀신 무서워요. 못 가요. 못 들어가요.

조사자 : 그다음에 필리핀은 이제 십자가 앞에서는 못 가고.

메리안 : 그러면, 믿는 거만. 사실은 뭐, 아마 안 될 거 같은데.

엔티터번 : 아니, 근데 베트남에서는 귀신 집에 못 들어가요.

메리안 : 아, 그래?

엔티터번 : 응.

메리안 : 아마 진짜 믿는 사람, 진짜 믿었으니까, 진짜 믿었으니까 그
    렇죠. 아니 그거 텔레비 보면 드라큘라 있죠. 딱 십자가 보면 드
    라큘라가.

엔티터번 : 말라이.

필리핀

집에 찾아온 큰 나무 거인신

● **구연정보**
조사일시 : 2017. 10. 29(일) 오전
조사장소 : 전라남도 순천시 조곡동 카페 2층
제 보 자 : 마이린 [필리핀, 여, 1975년생, 결혼이주 7년차]
조 사 자 : 박현숙, 김현희

● **개요**
어머니가 집에 혼자 있을 때 큰 나무의 거인 정령이 찾아왔다. 큰 나무 정령이
어머니에게 예쁜 여동생을 주면 필요한 거 다 준다고 거래를 제안했는데 어
머니가 거래를 거절했다. 어머니가 거래를 수락했으면 큰 부자가 되었겠지만
제보자의 이모는 목숨을 잃는 것이었다.

[조사자: 필리핀에 제일 유명한 이야기는 뭐예요? 옛날이야기 중에 너
도나도 다 아는 이야기.] [청자 1: 옛날에 그 누구야? 마리아 막달리나하고
세리스 있잖아.] [청자 2: 그거는 이제 히어로.] [청자 1: 아, 그래도 영웅들
그런 거.] [조사자: 그러니까 그게 뭔지 모르니까. 이야기 해주세요.] [청자
1: (제보자에게) 니가 이야기해봐.]

필리핀은 여기 있잖아. 만약에 하늘나라에서 뭐 떨어지면. 별,
별 만약에 별 떨어지면. 요 거 기억 안 나? [청자 1: 몰라 나 기억이 잘
안 나. 치매 됐어.]

아니, 우리 엄마가요. 한 12시인가? 12시. 낮에. [청자 1: 밤에, 밤
에.] 아니, 12시 낮에, 낮에. 저기 그냥 집에 혼자 있는데 근데 갑자기
저기 큰 남자가 왔는데. 카프레. [청자 1: 카프레 몰라요. 한국말로.] [조
사자: 그럼 필리핀 말로 뭐라고 한다고요?] [청자 1: 키. 난쟁이하고.] [조사

115

자: 거인? 거인.] 그런데,

  "만약에 뭐가 필요하면 다 줄게요."

  "필요하면 다 준다."고.

  [청자 1: 받으면 죽어.] 이게 받으면 카프레가 좋아하는 여자 있으
니까. 여자는 우리 가족인데 [청자 1: 바꿔야지.] 바꾸면 이 [청자 1: 예
쁜 아가씨가] 예쁜 아가씨가 우리 엄마 여동생인가? [조사자: 이모.] 이
모. 너무 예쁘니까요.

  "만약에 저기 이 물건이 뭐가 필요하면 내가 다 줄게. 근데 우리
바꿔야지. 이모 나한테 주라."고.

  아니 요건 진짜예요. [조사자: 그래서 이모가 돌아가셨어요?] 아니,
엄마가 안 판대요. [조사자: 아, 엄마가 안 받았어요?] 혹시 엄마가 팔았
다면 우리 엄청 부자예요. 다 준다고. [청자 1: 필요한 거 다 준다고.]

  필리핀은 이런 거 많이 있어요. 우리 바로 집에, 우리 바로 집에.
바나나나무 있잖아요. 이 바나나나무는 땅 안에가 땅 밑에 무슨 금
이 많이 있다고. 만약에 우리 엄마 받으면 돈 엄청 많아. 만약에 요거
는 우리 엄마 받으면 우리 이모 주고.

  [조사자: 그러면 그 거인이 무엇인가 그런 금을 주려고 할 때, 바꾸려고
하는 걸 미리 알려준 거예요? 미리 말하는 거야? 그래서 그걸 받으면 그 상
대를 잃게 되고, 안 받으면 그 사람은 지키지만 금은 못 받는 거고.] 네. 이
런 거 이야기예요. 진짜예요. 이거 진짜 이야기예요.

  [청자 1(마이린): 우리 이모 딸 그렇게 됐어요. 큰 나무 있잖아요.] [조
사자: 큰 나무? 큰 남자? 거인?] [청자 1: 나무 큰 거 있잖아. 거기 살고 있
어. 거인이 거기 살고 있어.]

  (잠시 나무에 대한 이야기가 오고감.)

  [조사자: 그럼, 마이린 선생님이 알고 있는 거인 이야기는 어떤 거예
요?] [청자 1: 똑같아. 이모도.] [조사자: 여기는 이모가 경험하신 거고.] [청
자 1: 나도 이모 딸. 똑같아.]

  [조사자: 그래도 사람이 다른데 이야기해 주세요.] [청자 1: 똑같지 뭐.]
[조사자: 그건 누가 누구한테 거래를 한 거야?] [청자 1: 이모 딸.] [조사자: 이
모 딸한테? 갑자기 찾아와서 뭐라고 그래?] [청자 1: 그냥 맨날 거기 안 가지.]

흡혈귀 아수왕

● **구연정보**

조사일시 : 2016. 12. 17(토) 오전.

조사장소 : 강원도 횡성군 횡성읍 읍하리

제 보 자 : 수맘퐁엠마 [필리핀, 여, 1970년생, 결혼이주 17년차]

조 사 자 : 박현숙, 김민수

● **개요**

필리핀에는 아수왕 귀신이 있다. 아수왕 귀신은 머리카락이 길고 얼굴이 무섭게 생겼다. 밤마다 상체만 있는 상태로 날아다니며 주로 야자나무잎으로 지은 집 지붕이 갈라진 틈으로 길게 혀를 늘어뜨려서 사람의 피를 빨아먹는다. 낮에는 사람의 모습을 하고 있어서 아수왕 귀신을 찾지 못한다. 밤에 아수왕 귀신이 상체만 날아가고 없을 때 다리를 뒤집어 놓으면 그 몸으로 들어가지 못하기 때문에 사람으로 변신하는 것을 방비할 수 있다.

[조사자: 거기 귀신 얘기는 없어요? 무서운 귀신 얘기?] 많아요, 많이 있어요. 우리는 필리핀에서 그런 무서운 얘기 많이 있고.

밤이 되면은 어떤 여자가 반만 이렇게 날아가는 거예요. [조사자: 몸이 반만 날아가요?] [청자 1(오숙민): 무서워!] 반만 남아 있는 거 다리 없어요. [청자 2(모우에 히로꼬): 다리가 없구나?] 네. 위판만 있고.

그러니까 위판이 이제 날아다니면서 이제 날개가 생기고, 머리가 너무 길고, 너무 무서운 얼굴로 이젠 밤에 돌아다니니까. 그리고 필리핀 집에는 워낙 필리핀이 더운 나라니까 그래서 집을 코코넛 그 잎 만드는 지붕 있고, 그래서 (귀신이) 들어가면 들어갈 수 있어요. 그런데 어떤 많이 있어요, 이런 이야기를.

　　그래서 누워 있다가, 밤에 누워 있다가, 이 '아수왕'이라고 이름이요, 아수왕 그 날아가면은 무서운 아수왕이라고. 그 아수왕이 날아다니면서 집을 위에서 거기서 왔다가 그 바닥에서 사람들이 누우면서 잘 때는 이제 혀가 어떻게 이렇게 이렇게 길어지는 거예요. (웃으며) 길어져가지고 한 사람이 이렇게 끌어놓은 거. 막 이렇게 잡아서 그런데 죽이려고 혀로 너무 길어져서 그래서 죽이려 할 때 피를 드라큐라처럼. [조사자: 먹어요?] 네. 먹어가지고 이제 또 새벽까지 달에 돌아다니고요. 아주 단단한 집은 못 들어가니까 아주 코코넛 씌운 그런 집에만 들어갈 수 있으니까 들어가는 거예요.

　　이제 새벽이 되면은 다시 그 정상 속으로 돌아가야 되잖아요. 이제 다리 어디 위치는 그것도 다 다시 찾아야 되잖아요. 근데 마을 분들이 그 여자가 알고 있으니까 이거는 이제 죽이려구요. 그래서 다리를 다른 위치로 옮겨서 그리고 이 확 그 저기 뭐야? 몸을 [조사자: 뒤집어 놔?] 뒤집어야 그래야 이 몸이 맞을 수 없잖아요. [조사자: 아, 안 맞게 뒤집어놓는구나] 네네. 그래서 그때는 이제 아수왕이 누구인지 알 수 있어요. 이젠 아침이 되면 다시 몸을 다 맞추지 못하니까.

　　그래서 이 죽은 몸을 들어갔지만 다리를 이쪽으로 몸을 이런 식으로 있잖아요. 그때,

　　'이 사람이 누워 있구나.'

　　그때는 이제 사람들이 죽이려고 해요.

　　[조사자: 그러면 평상시에는 이제 우리 사람들이랑 똑같이 다니다가 밤만 되면 위에 몸만 분리를 해가지고 돌아다니면서 사람을 해치는 거예요?] 네네, 그런 이야기.

　　근데 어떻게 사실인지 이야기 들어보니까 진짜 무서워가지고 사람들이 이제,

　　"밤이 되면 이렇게 쳐다보면 안 된다."고.

　　[조사자: 천장 쳐다보면 안 된다고?] 네네. 그래서 혹시나 거기 있을까 봐. 네 다 가족들 다 죽일 수 있으니까.

　　[조사자: 그러면 이 아수왕 귀신은 못 들어오게 하는 방법을 튼튼하게 구멍에 틈이 없는 방법이 있고, 또 다른 방법은 없어요? 퇴치 방법이?] 그

래서 그 다른 방법은 돈 있는 사람들은 그래서 그 지붕을 아주 튼튼. [조사자: 튼튼하게 틈이 없이 만드는 방법이에요?] 네네.

　　근데 없는 사람들이 많고. [조사자: 되게 무서운 귀신인데요.] (웃음) 네. 근데 귀신도 아니고 아직 살아있는 귀신이에요. [조사자: 아 살아있는데 언제든지 변하니까.] 네네. 그 귀신 같은 것도 있어요.

　　[조사자: 그러면 그 아수왕과 관련된 말이 있어요? 예를 들면 이렇게 우리나라는 속담이라고 하잖아요. 그런 것처럼 이 아수왕 이름이 들어가 있는 속담 같은 건 없어요? 뭐 나쁜 사람 표현하거나 무서운 사람 표현할 때 쓰는 말로?] 없어요. 그냥 아수왕 이름은 누구나 이 사람,이 사람을 막 죽이려고 해요. [조사자: 여기 앉아 있으면 아수왕이 누군지 알 수 없는 거죠?] 없어요, 네네.

태아를 먹는 아수왕

● **구연정보**

조사일시 : 2017. 10. 29(일) 오전
조사장소 : 전라남도 순천시 조곡동
제 보 자 : 마리셀(박세라) [필리핀, 여, 1971년생, 결혼이주 17년차]
　　　　　 마이린 [필리핀, 여, 1975년생, 결혼이주 7년차]
　　　　　 니사(유리나) [필리핀, 여, 1968년생, 결혼이주 17년차]
조 사 자 : 박현숙, 김현희

● **개요**

아수왕은 얼굴만 있는 귀신이다. 아수왕은 밤 12시가 되면 임산부가 있는 집 주변을 맴돈다. 혓바닥을 길게 뻗어서 아기를 잡아먹는다. 아수왕이 집안으로 들지 못하게 하는 방비책은 마늘과 십자가다.

조사자 : 아수왕이라고 하는?
마리셀 : 아수왕. 마이린 고향. 마닐라 고향에는 아수왕 없어요?
조사자 : 아수왕이 그 마을 이름이야?
마이린 : 아니요.
조사자 : 그 귀신? 아수왕 귀신?
마리셀 : 아니야.
마이린 : 예. 선생님, 있어요. 까삐스.
니사 : 이거는 지역마다 뭐가 있어요.
마이린 : 이거는 엄청 많아요.
조사자 : 아수왕이? 아수왕은 알고 있는 건 어떤 이야기예요?
마리셀 : 아수왕하고 띡발라.

니사 : 말로만 하는 거지 누가 봤어?

조사자 : 근데 그게 어떻게 전해지냐고? 본 적은 없어도 아수왕이 어떻게 생겼다고 말해요?

니사 : 그거는 나 잘 모르는데. 우리는, 우리는. 몰라요, 제가.

마리셀 : 무슨 이야기는 그거 임신할 때, 그거 밤에 아수왕이 그 집에 한 12시인가? 계속 집에 주변을 계속 돌아.

조사자 : 임신한 집에?

마리셀 : 응. 임신한 거기. 애기. 애기. 뱃속에 애기 그런 거 때문에 집 지붕.

니사 : 뭐라 그러냐? 이거.

마리셀 : 혓바닥. 뱃속에 애기 빼라고. 그냥 옛날이야기잖아.

조사자 : 애기를 떨어뜨리는 거야?

마리셀 : 애기만 갖고 와. 집마다 마늘.

니사 : 애기가 맛있대, 애기가.

조사자 : 애기를 먹는 거예요? 아니면, 애기랑 엄마랑 연결된 탯줄을 먹는 거예요?

마리셀 : 애기만.

조사자 : 애기만 잡아먹어?

마리셀 : 그거 이야기만 진짜인지는 몰라요.

마이린 : 그거 진짜이.

조사자 : 그러면 아수왕이 집에 못 들어오게 하기 위한 방법은 없어요?

마리셀 : 마늘.

니사 : 마늘이랑 그것 있잖아.

조사자 : 십자가.

니사 : 네. 그것도 하고.

마이린 : 12시에. 까삐스 많아요. 사람들이 이야기하는데.

니사 : 근데 그 아수왕은 낮에 안 나오고 만약 한밤 12시에 나와요. 집을 나가는 거예요.

조사자 : 아, 원래는 낮에는 사람처럼 하고 있다가 12시가 되면.

마이린 : 바꿨어.

마리셀 : 변했어. 변해, 변해.

조사자 : 그 바뀌는 모습이 어떤 모습이에요?

마리셀 : 그냥 아수왕.

마이린 : 그냥 자연 바꿨어요.

마리셀 : 아니야. 머리만.

조사자 : 머리만 있어?

마리셀 : 이거는 없어.

니사 : 머리 얼굴 다. 여기까지만.

조사자 : 여기 위에까지만 있어? 몸이? 그래서 천장 위에서 보고 있
　　　다가 혓바닥을 쭉 내려서 애기를 잡아먹는 거야?

마이린 : 응응. 그거 진짜야.

마리셀 : 몰라.

마이린 : 진짜 있는데 티비 뉴스에 나와요.

마리셀 : 아니. 마닐라에는 잘 안 나와. 나는 마닐라에서 왔거든.

마이린 : 뉴스에 방송에 나와요.

마리셀 : 보여줘 봐. 이거 아수왕이 여기 나와.

니사 : 아이, 무서워.

몸이 분리되는 와꽉 귀신

● **구연정보**

조사일시 : 2016. 11. 09(수) 오전

조사장소 : 경기도 화성시 향남읍 행정리

제 보 자 : 룻파네스 [필리핀, 여, 1974년생, 결혼이주 23년차]

조 사 자 : 오정미, 이원영, 이승민

● **개요**

와꽉은 시골에 많이 나타나는 귀신으로, 밤에 하반신과 상반신이 떨어진 채 꽉, 꽉 하는 소리를 내며 사람을 잡아먹는다. 그 소리 때문에 '와꽉'이라고 불려진다. 와꽉은 상반신에 날개가 달려 있어 기름을 바르면 날아다닐 수 있다. 아침이 되면 다시 와꽉의 상반신과 하반신이 합쳐지곤 하는데, 떨어진 하반신에 소금을 뿌리면 붙지 못하여 결국 죽는다.

밤에 그 사람이 밤에만 밤이 되면 자기 몸의 반만 갈라져가지고, 반은 땅에 있고 반은 날아가요. 그게 와꽉이라고 있거든요. 그리고 그 이제 자기 위는 날아가면서 사람을 잡아먹는 거예요. 잡아서 먹어요.

[조사자 3: 아래는요?] 아래는 이제 나중에 내려가면서 이제 다시 합쳐놓은 거예요. 그렇게 시간 되면 또 저기 그 시간 넘어가면 안 되고. 그렇게? [조사자 2: 그럼 보통 때 다닐 때는 보통 사람처럼 다니는 건가요?] 네. 다닐 땐 보통 사람하고.

근데 어떤 사람에 제가 들었는데 만약에 거기 거 아래에 몸의 아래에 있는 거는 그 소금을 뿌리면 그게 이제 다시 못 합쳐 되고 나중에 죽는다고 그랬어요. 좀 무서운 거죠. [조사자 3: 밤이 되면 날아다닌

123

다고요?] 밤이 되면 날아가고 [조사자 3: 그리고 해가 뜨기 전에 다시 붙어야 되고요?] 네. 다시 붙어야 되고 이제 사람 되는 거죠, 같이. [조사자 2: 그런데 만일에 밑에 있는 것만 발견했을 때 소금을 뿌리면 합체가 안되고?] 네. 합체가 안 되고.

그리고 밤에 만약에 이렇게 그 소리가 있어요. '꽉꽉꽉'이라고 하면은 그 와꽉이라고 이제 날아가는 거죠. [조사자 2: 그럼 "와꽉 왔다." 이런.] 네. 와꽉 왔다고 이렇게 이야기하는 거. [조사자 3: 그 꽉꽉 울기 때문에 와꽉이라고.] 네. 꽉꽉꽉 그러고.

[조사자 3: 이게 애들이 안 자거나 그럴 때 해주는 이야기인가요? 그 잠을 안 자거나 이럴 때 와꽉 온다는 식으로?] 그런 식으로 하면은. 네. [조사자 1: 예를 들면 우리나라는 애기들이 밤에 안자면 "망태 할아버지 온다." 이래요. 그 진짜 있는 건 아닌데 겁주려고 "너 빨리 자! 어 안 자면 너 망태할아버지가 와서 잡아간다." 이런 식으로.]

아, 그런데 와꽉은 진짜 같아. 진짜 같네요. 그 목소리가 있으니까. 밤에 저기 하는 건 귀신이. [조사자 1: 들어보신 적 있어요?] 들어봤는데. 저는 교회 다니니까 그런 거 안 믿었는데. 그런데 옛날에 우리 아빠가 그 장가가기 전에는 술 좋아한다고 술 먹고 하면서, 밤에 돌아다니고 하면서 이제 술 많이 취해가지고 그 논. 논밭에서,

"누워!"

하면서 갑자기 와꽉이 자기 위에 올라 딱 나타났다고. 술 취하면서. 그런데 술 취했으니까 그런 거 막 상상하는 거지. 뭐 그렇게 이야기했어요.

[조사자 1: 그럼 날아다니는 와꽉은 몸 반만 있는데 얼굴은 어떻게 생겼을까요?] 그냥 얼굴은 볼 수가 없대요. 그냥 소리만. [조사자 2: 그럼 날개가 있어요?] 네. 날개 있대요. 거기 어떤 기름을 발라가지고 그 기름을 바르면서 이제 점점 몸도 점점 이제 잘라지고 그리고 이제 그 기름이 바르면 날아갈 수 있어요. [조사자 2: 어떤 기름이에요?] 그냥 기름, 네 그냥 기름. 뭐 만들겠죠. 이것저것 만들어가지고.

[조사자 1: 필리핀 사람들은 밤에 이렇게 밤길 걷다가 무슨 소리 나면 "야! 와꽉 왔다." 이러겠다. 그렇죠?] 네. 그렇게 해요. [조사자 2: 우리나라

도깨비.] [조사자 1: 아! 우리나라 도깨비 같은 거네.] 그런데 (웃음) 도깨비가 조금 안 무서울 것 같은데. 와꽉은 무섭잖아. 사람을 잡아먹어.

[조사자 1: 잡아먹는 건 이유도 없는 거죠? 그냥 잡아먹는 거죠?] 네. [조사자 2: 와꽉이 말을 건다거나 그렇진 않나요?] 네. 그런 건 아니고 그냥. [조사자 1: 밤길 조심해야겠다.]

(웃다가 문득 생각이 난 듯) 그런데 이거는 도시에서 못 들어본 것 같아요. 시골에서만. 도시는 뭐 다 불빛 있으니까. [조사자 1: 어느 나라나 밤에 돌아다니는 귀신같은 괴물이 있나 봐요.] 다 있어요? 한국도 밤에 시골 가면? [조사자 1: 우리는 뭐 처녀 귀신, 구미호.] (웃으며) 그런데 처녀 귀신 예쁘잖아요. [조사자 1: 그치. 사람 모습일 때는. 근데 얘도 이제 귀신이 되었을 때는 무섭죠. 피 질질 흘리고.]

[조사자 2: 이것도 그러면 필리핀 전 지역에서 다 이야기하는 그런 거예요?] 네. 다 이야기하는.

악몽 귀신 바티바트

● **구연정보**

조사일시 : 2017. 11. 08(수) 오후

조사장소 : 경기도 화성시 향남읍 행정리

제 보 자 : 룻파네스 [필리핀, 여, 1974년생, 결혼이주 24년차]

조 사 자 : 오정미, 한상효, 엄희수

● **개요**

필리핀 사람들은 악몽을 꾸고 가슴을 누르는 고통을 느끼면 뚱뚱한 여자아이 '바티바트'가 밟고 가는 것이라고 한다. 나무에 사는 바티바트는 사람들이 잘 때 나타나 잠을 못 자게 한다.

그리고 여기 또 다 악몽, 이번에 좀 무서운 얘기. 에 무서운 얘기 바티바트라고. [조사자 1: 바티바트.] 바티밧. 바티바트. [조사자 1: 바티 바트.] 바티바트.

바티바트는 가장 큰 이게 여자예요. 뚱뚱한 여자. 그거. 네. [조사 자 1: 그럼, 바티바트는 그 여자의 이름이에요?] 네 여자의 이름. 네.

그리고 저기. 저 피해자들은 자기 잠자는 동안, 이 잠자는 동안, 거기 그 사람 위에, 가슴 위에 지나가면서. 이제, 밟, 밟어는 거. 잠잘 때. [조사자 2: 바티바트가요? 다른 사람이 잘 때? 밟아요?] 밟아요. 이렇 게 걸어가면서. 그래서 우리가 잠잘 때는 악몽이라고 꾸는 거 있잖 아요? 에에. 그래서 바티바트는 악몽. 사람들한테 악몽. 꿈꾸게 만드 는 거. [조사자 2: 뭔가 와 닿아요. 악몽 꾼다는 게 엄청 크고 뚱뚱한 사람 이 나에게 밟는다는 그런 느낌.] 그래서 우리가 악몽 꾸면은 뭔가 움직 이기도 힘들고 막 이렇게. [조사자 1: 근데 그 악몽을 꾸고 가슴을 이렇

게 누르는 거 같으면 바티바트가 와서 나를 밟고 가는구나.]

근데 이거 이 짐승은 저기 일루코스 리즌. 저기 마닐라 조금 저쪽. 일루코스 일루코스, 거 도시에서 그쪽에서 얘기하는 거예요. 그리고 이 바티바트도 나무에서 살아요. 나무.

[조사자 2: (핸드폰에서 찾은 사진을 보여주며) 제가 그림을 찾아봤는데 이렇게 나와요. 이렇게 생겼어요?] 네. [조사자 1: 진짜 그러네. 근데 여자아이예요?] 네. 여자. [조사자 1: 여자. 아 진짜. 이렇게 있네.] [조사자 2: 침대에 있는데요. 이거 침대 아니에요? 침대에 사람이 누워있고.] 이 사람이 깔고 앉은 거처럼 생겼어요. 엄청 큰, 괴물.

(사진을 찍기 위해 조사자들끼리 대화하느라 구술이 잠시 멈춤.)

그리고 그 나중에 바티바트, 나무에 살고 있었잖아요. 근데 그 누군가 바티바트 그 나무에 잘라주면은. 그 우리가 나무 잘랐잖아요? 나무 만들어 놓으면은, 그 포스트, 기둥? 그 기둥을, 그 만들었잖아요, 나무를. 근데 그 나무 잘랐는 사람에 못 자게 만드는 거예요. 잘랐는데 그 사람, 그 사람 자른 사람의 못 자게 만들어 놓은 거예요. [조사자 1: 응? 자 그 나무를 자르면 누군가가 그 나무를 자르면.] 그 사람에. 그 사람 그 자른 [조사자 1: 사람.] 사람 나무를 자른 사람에 못 자게 만들어 놓은 거예요, 잘 수가 없는. 못 자게. [조사자 1: 아, 누군가 바티바트 잡으면 바티바트가 그 자른 사람 못 자게 한다.]

왜냐하면 바티바트는 저기 자기 집에 있는 나문데 근데 예를 들어 그 나무를 내가 잘랐잖아요. 근데 바티바트 집인데 근데 그 나무를 내가 잘르면 에 밤에 이제 잠을 자, 잠 잘 수가 없어요. 악몽 계속 꾸는. [조사자 1: 벌 받은 거네요.] 네. 그렇게. 근데 사람들은 바티바트 집이 있는 걸 몰랐죠. 그 나무를. 네. [조사자 1: 그치.]

그래서 아, 우리가 악몽, 악몽 꿨잖아요. 그러면은 우리가 뭔가 여기 땀, 땀이 뭐라 그러건지, 엄지손가락? 어 엄지손가락이 물든지, 꿈꿀 때, 악몽 꿈꿀 때, 그리고 아니면은 발가락이나 움직여야, 움직여야 돼요. [조사자 1: 엄지손가락 물거나, 아.] 그래야지 우리 거기 악몽에서 깨어날 수 있게. 이렇게. [조사자 2: 우리도 비슷한 거 같아요. 가위눌렸을 때 가위눌린다고 하는데 그때 가위를 풀려면 발가락이나 손가락

움직여야, 하는데.]

아! 그리고 이런 말 있어요. 그 나무에, 그 기둥이 맞은 편 잠자면 안 된대요. [조사자 1: 아, 나무에 기둥 맞은편에서 자면 안 된다.] 왜냐하면 거기 잠자면은 이제 바티바트 그 사람이 악몽이, 만들어 놓은 거래요. 옛날 사람이 그렇게 믿었어요.

[조사자 1: 바티바트 악몽 꾸신 적 있으세요? 룻파네스씨도.] 어, 악몽은 많이 꾸는데. (일동웃음) [조사자 1: 그럼 그때 꿈을 꾼 순간 바티바트가 나한테 왔다 생각이 드세요? 어때요?] (웃음) 그런 거는 제가, 옛날에는 어릴 때는 그런 생각이 없는데 그냥, [조사자 1: 큰 다음에는] 큰 다음에는 저기 그렇게.

[조사자 1: 한국 사람들도 이렇게 하면 가위눌렸다고 누가 귀신이 나한테 왔다고 그렇게 생각을 하거든요. 한국 사람들도.] 그 비슷하네요. [조사자 1: 그러니까 신기해요.]

피를 빨아먹는 시그빈 괴물

● **구연정보**

조사일시 : 2017. 11. 08(수) 오후

조사장소 : 경기도 화성시 향남읍 행정리

제 보 자 : 롯파네스 [필리핀, 여, 1974년생, 결혼이주 24년차]

조 사 자 : 오정미, 한상효, 엄희수

● **개요**

필리핀에는 사람의 뒷발꿈치를 깨무는 시그빈이라는 괴물이 있다. 시그빈은
뒤로 걸어다니며, 사람의 발꿈치를 물어 피를 빨아먹는다. 숯을 먹는 시그빈
은 사람의 그림자를 통해서도 피를 빨아먹는데 보통 사람들은 잘 보지 못한
다. 보통 시골의 할아버지, 할머니들이 많이 믿으며, 시골에서는 밤에 밖에 잘
돌아다니지 않는다.

(이야기를 찾아보다가) 아! 이거, 이거 좀 무서운데. 식빈이라고
얘기 있어요. [조사자 1: 식?]식빈, [조사자 1: 식빈.] 네. 시그, 시그빈. 네.

이 시그빈은 우리가 항상 음, 지나가면서 좀 무서운 얘기? 하고.
이 식빈은 짐승의 애완동물이에요. 길르는 동물, 식빈. [조사자 1: 잠
깐만 집에서 기르는 동물이라고요?] 음. '몬스터'이니까. 짐승. [조사자
1: 어 짐승.] 어 괴물. 길르, 길르는 동물이에요. 식빈.

이 조금, 조그만, 조그만하면서, 걸어가면서 뒤로 가요. [조사자
1: 뒤로 걸어가요?] 네, 뒤로 걸어가요. 이렇게 그리고 걸어가면서 밤
에 걸어가면서, 이제는 사람, 사람이 뒷발꿈치, 여기 뒷발꿈치를 물
어요. (웃음) 물어요.

그리고 이 식빈은 저기 숯, 숯을 먹어요. 숯, 숯. [조사자 1: 숯, 까

만, 숯.] 네 가만 숯, 네. 그거 먹는 거예요. 그리고 그 사람이 뒷발꿈
치 물으면서 이젠 피, 피를, 피를 이렇게 팔아먹어요. [조사자 2: 빨아
먹어요?] 네. 그런 피.

밤에 돌아다니면은 무서워요. (웃음) 이런 얘기 항상. 옛날에 그
래서. 화장실도 안 가요. [조사자 2: 못 갈 거 같은데요.] 화장실도 옛날
에 밖에 있어가지고. 못 가요.

그리고 사람들은 이렇게 자기, '쉐도우'가 까먹, 그 뭐지. 걸어가
면서 뒷사람이. 아, 그러니까 햇빛이 있잖아요. 뒤에. [조사자 3: 그림
자.] 아 그림자! 그림자를 통해서 사람, 그 피를 먹는 거래요. [조사자
1: 아, 뒤꿈치를 깨물어서도 피를 빨아먹고, 사람의 그림자를 통해서도.] 그
피를 네. [조사자 1: 빨아먹어요?] 에, 에. 그렇게. [조사자 1: 그래서 까
만 숯을 먹나요?] 그래서 까만 숯 먹어. (웃음)

이 식빈은 거, 냄새, 냄새에서 강해요. 냄새에서 강하면서, 그런
데 얘는 안 보여. 우리가 일반 사람들은 안 보여요. 그러니까 어디 있
는 건지 우리는 몰라요. 그냥 이렇게 짧은 얘기.

[조사자 1: 시그빈은 어 필리핀 사람이라고 하면 다 알아요? 시그빈.]
네. [조사자 1: 시그빈이라고 발음하면?] 네 알아요. 약간 이빨이 이렇
게 되는 거.

[조사자 2: 지금 그림 찾아봤는데.] 있어요? [조사자 1: 이 되게 여러
개가 있더라고요 되게 무서운 그림도 많았어요.]

(그림에 관한 이야기를 나눔.)

[조사자 1: 이 시그빈은 어렸을 때 밤에 나갈 때 밤에 나가면 시그빈이
온다. 그러곤 했던 거예요?] 또 낮에 나가도. 낮에 나가면 그림자 이렇게.

[조사자 1: 시그빈은 왜 생겼을까?] 어 필리핀은 옛날에 할머니 할
아버지, 옛날, 그 사람들의 항상 그런 거 믿어요. 네. 항상 그렇게 믿
으는데 한국에 그렇게 많이 없는데 필리핀은 옛날부터 거의 귀신,
나쁜 마녀들, 이런 거 많이 있어요.

그래서 시골집에 같은 경우는 안 돌아다니고. 돌아다니면은 뭔
가 무섭고. 뭔가 큰 나무 지나가면 카프리를 지나가고. [조사자 2: 그
러니까.] 그런 저기. 또 바다에 가면은 또 뭔가 누군가 밑에 바다에서

있고. 그 할머니들은 많이 이야기 들려주니까. 보면은 뭔가 상상하는
것도 어렸을 때 너무 많아요. 그래서 무서워.

물귀신 벨벨루까

● 구연정보
조사일시 : 2017. 11. 08(수) 오후
조사장소 : 경기도 화성시 향남읍 행정리
제 보 자 : 롯파네스 [필리핀, 여, 1974년생, 결혼이주 24년차]
조 사 자 : 오정미, 한상효, 엄희수

● 개요
필리핀에서는 강이나 호수에 살면서 어부들만 잡아먹는 벨벨루까란 이름의
괴물이 있다. 벨벨루까는 호수와 강의 물을 빨아 먹은 후, 어부가 나타나면 다
시 물을 뱉어서 어부를 죽게 한다.

[조사자 1: 혹시 어렸을 때 들었던 바다 귀신 이야기도 있어요?] 네.
있어요. [조사자 1: 그거 한 번 해줘 보세요. 바다 귀신.] 그 밤에 되면은
또, 와꾸와꾸라고 하는 것도 있고. [조사자 1: 어 와꾸와꾸.] 어 와꾸와
꾸. [조사자 1: 옛날에 살짝 얘기해 주셨어요. 다시 한 번 해주셔도 돼요. 선
생님.]

음. 그 바다 귀신이라고 바다에 사는, 물에서 사는 짐승이 있어
요. 근데 이거는 일로코스나 아파야와브라 족이 마닐라 북쪽, 북쪽에
서 많이 들리는, 얘기는 하는 건데 그 지역마다 틀려요. 왜냐하면 필
리핀에 섬이 많아서, 여기도 틀리고 저기도 틀리고. 또, 이 이야기는
이 이야기는 똑같은 건데 또 사람들마다 얘기도 틀려요. 하면, 또 내
가 옮기면은 이런 얘기도 있고, 또 모잘라는 얘기도 있고, 너무 넘쳐
나는 얘기도 있어요.

그렇게 이 이름은 베르베르까라고, [조사자 1: 베르베르까.] 벨벨

루까. [조사자 1: 베르베르까.] 네. 벨벨루까. [조사자 1: 베르베르까.] 벨
벨루까. [조사자 1: 스펠링이 어떻게 돼요?] 베르베르, 비, 루까. [조사자
1: 아, 오케이. 네. 하셔도 돼요.] 벨벨루까.

　얘도 짐승, 짐승인데, 강에서 살아요. 그 강이나 호수나 물, 물에
살, 살아요. 그리고 그 이름은 짐승은 어부들. 어부들만, 있지 잡아먹
어요. [조사자 1: 아 진짜.] 벨벨루까는 물, 강 있는 물이 바람 없고, 그
리고 그 물고기, 물고기들은 없어지게, 없어지게 만들어요.

　[조사자 1: 베르베르카가 주로 하는 일이 한 번만 더 얘기해 주실래
요?] 그 물, 강 있는 물들의 사케, 팔아먹어? [조사자 2: 빨아먹어, 물을
빨아먹어?] 네. 물 빨아먹고, 그리고 물고기도 다 없어지게 만들어요.
네. 왜 그리고 어부를 들어 오면은 집에 베루카의 그 낫이, 그 물 있
잖아요. 그 물이, 자기가 먹었던 물은 다시 뱉어. 세게. [조사자 1: 어
부가 오면.] 네. 세게 '팍'하니까, 그 어부들은 인제 물에서 빠져요. 자
기 배에 탁 떨어지면서 물에서 빠지고. 죽어요. 그렇게.

　[조사자 1: 그러니까 파도가 확 치게 만드는 거네요. 물을.] 그렇게 하
고, 이 어부들은 많이 그때는 그렇게, 그렇게 많이 죽었어요. 네. 그
러면, 끝.

시체를 먹는 발발 귀신

● 구연정보
조사일시 : 2017. 11. 08(수) 오후
조사장소 : 경기도 화성시 향남읍 행정리
제 보 자 : 롯파네스 [필리핀, 여, 1974년생, 결혼이주 24년차]
조 사 자 : 오정미, 한상효, 엄희수

● 개요
필리핀 전통문화에서는 장례식을 집에서 치른다. 화장하지 않고 약 20일을
집에서 장례식을 치르는데, 발발 귀신이 이때 나타나 시체를 먹고 관속에 바
나나 나무를 넣어 놓는다. 바나나의 색깔이 시체 색과 비슷하기 때문이다.

이거 발발이라고. [조사자 1: 발발.] 발발, 에 발발이도. 오늘 귀신
많이 얘기해서 어젯밤에 잠. [조사자 1: 괜찮아요. 좋아요, 좋아요. 재밌
어요. 얘는 무슨 귀신이에요. 발발?] 얘는 시쩨로 먹는 귀신이에요. [조
사자 1: 어?] 시체. [조사자 1: 아, 시체.] 네 이거, 네. 얘는 훔치거나, 시
체를 훔치거나 먹는, 귀신. [조사자 1: 시체를 훔치거나.]

네. 필리핀은 옛날에 죽으, 사람이 죽으면 거의 집에서 관 놓고
관 놓고 그다음에 약 다 놓고 해가지고 거의 며칠 동안 있어요. 그냥
거기서 이젠, 그거 장례식장. 이젠 지금 장례, 장례식장 있지만 그 시
골 같은 경우는, 집에서 다 해요. 집에서 하면, 내가 친척들, 멀리 있
는 친척들 다 기다리고, 뭐 20, 20일 동안 뭐 미국이나 뭐, 이렇게
하면은 아직 다 뭐뭐 다 하지 않으면 20일 동안까지 있어요. [조사자
1: 20일 동안도.]

이 약 다 놓으면 돼요. 약. 거의 다 자가 뭐… 근데 우리는 안 태

워요. 화장? 화장은 안 해요. 근데 지금은 있을 거예요. 다 달라졌어
요. [조사자 1: 전통사회에서만.] 근데 시골에서는 항상 다 그렇게 해가
지고. [조사자 1: 관에 해서 무덤? 무덤에 묻는 거예요.] 네. 무덤에 무덤
에 아니면 거기, 묘. 묘지가 있어요. 그다음에 우리 블록으로 쌓아가
지고, 칸. 이렇게, 칸칸. 해서 그렇게 놔요. 가족끼리 다 있고, 뭐 집처
럼 이렇게 만들고.

　　있는 사람들은 또 비싼 대리석이나 놓고. 경비실까지 있는 저기
도 있어 묘지. 왜냐하면 그 안에 있는 것, 도둑들 많아, 많았어요. 그
럼 훔쳐도 되고. 또 어떤 사람들은 집이 없는 사람들은 거기서 자요.
네 묘지에. [조사자 1: 그 정도로 커요? 묘지가.] 네. 필리핀, 마닐라 쪽
사람들은 집 없는 사람들 많아요. 그러면 묘지는 깨끗하고 하니까,
거기 이제 거기서 살아. 막 집처럼도 있으니까. 거기서, 많이 있더라
고. 집처럼 만들어가지고 그래서 부자는 저기, 묘지는 어 경비실 있
어요. (웃음) 다 예쁘게 만들어요. [조사자 1: 사람 들어가 살 정도면 엄
청 크게 만드는구나.]

　　네. 그리고 얘는 가장 강한 냄새 맡으는 건, 어디서 뭐 누가 죽
었나 이게 냄새, 자기가 코, 코에 강하게 냄새 맡아요. [조사자 2: 발
발이?] 네. 발발이. 네. 발발. 그리고 얘는 시체 먹은 다음에 거기 어,
저기 바나나, 바나나 통나무 있잖아요. 바나나 나무로 다 저기 거 시
체 대신에 바꿔놓은 거예요. 어. 그래서. (웃음) 옛날에 제가 막 거기,
관, 누가 죽으면은 집에 갔잖아요. 이런 생각 했어요. 나무 색깔 너무
하야니까 얼굴에,

　　'아, 얘가 혹시 바나나 나무로 바꿔놓은 건지. 해놓은 건지.'

　　그렇게. 네. 그렇게. [조사자 2: 재밌다. 아니 무서운데 뭔가 재밌는
거 같애요.] [조사자 1: 어, 아니 재밌어. 원래 필리핀 얘기 좀 그러더라고.]
그래. 무서워, (웃음)

　　[조사자 2: 바나나 나무?] 바나나 나무로. [조사자 1: 바나나 나무로
어떻게 한다고?] [조사자 2: 그러니까 시체를 먹고, 대신에 바나나 나무를
넣어놓는다는 거 아니에요. 관에다가.] 네. 관에다가. [조사자 1: 왜? 왜 그
럴까요?] 바나나 나무는요. 하얘요. [조사자 2: 색깔이?] 색깔이 하얘

도. 이거 밖에 껍질 빼면은, 초록색이잖아요. 그 안이 하얘요. 그래서 사람. [조사자 1: 나무 자체가.] 네. 나무 자체가 그래갖고 사람이 얼굴 색깔이 거의 똑같애요. 몸, 몸에. [조사자 1: 아, 시체 색이랑 비슷하니까.] 음.

　　그럼 시체를 바꿔가지고, 그거 바나나 나무를 다시 거기 다시 놓으면은 옷 다시 입혀 주면은 사람들 모르니까. [조사자 1: 그래도 이 발발 귀신은 그래도 기본적인 예의는 있네.] (웃음) [조사자 1: 어쨌건 시체를 아예 다 훔쳐서 다 먹고 바나나 나무를 바꿔서 놓고.]

　　귀신을 너무 많이 얘기해요. [조사자 1: 아니 좋아요. 근데 이 발발이라는 이름이 의미가 있어요? 뜻이 있어요?] 발발. 뜻은 있을 것 같은데 제가 잘 생각나지 않아요. 발발. 발발은 다른 지역이 이름 뜻 있을 거예요.

거인 짐승 카프리

● 구연정보
조사일시 : 2017. 11. 08(수) 오후
조사장소 : 경기도 화성시 향남읍 행정리
제 보 자 : 룻파네스 [필리핀, 여, 1974년생, 결혼이주 24년차]
조 사 자 : 오정미, 한상효, 엄희수

● 개요
카프리는 필리핀에서 가장 유명한 발리떼 나무 위에 사는 짐승이다. 카프리
는 검고 큰 몸집을 갖고 있으며, 자신의 마음대로 몸의 크기를 바꿀 수 있다.
필리핀 사람들은 어두워지면 카프리가 나올 수 있다며 집으로 돌아간다고
한다.

제가 지난번에 거기는 아 이거. '카프리'. 카프리라고 카프리. 에.
[조사자 1: 카프리.] 이 카프리는 아 스페인말로 하면 '카프리'라고 했
거든요. 근데 이거 커다란 짐승이에요. [조사자 1: 카프리가?] 네. 카프
리가 이거 스페인말로 하면 카프리, 카프리, 에 커다란 짐승이에요. 네.

근데 카프리는 이거 필리핀에서, 필리핀에 가장 큰 짐승하면서
이거 저기, 나무 위에 살고 있는, 짐승이에요. 근데 그 나무 이름이
발리떼 나무라고. [조사자 1: 발리떼?] 어, 발리떼, 그 한국말로는 다
른 나라에서는 '반냔'. [조사자 1: 아 반냔 트리.] 반냔 트리. 거 아세요?
[조사자 1: 네, 알아요.]

근데 이 카프리는 항상 발리떼 나무 위에서 앉으면서 자기 담배
를 퍽퍽 이렇게 담배 퍼 먹어요. 커다란 담배, 이렇게 옛날에 이거 우
리가 담배, 만들어가지고 집에서 만드는 담배 있잖아요. 큰 거 이렇

게 '풉풉' 하면서 그냥 피우는 거예요. 네.

그 카프리는 이게 생긴 것은 약간, 약간 감색, 검은색, 자기가 피부는 색깔, 그리고 엄청 큰, 그다음, 거인, 거인. [조사자 1: 거인.] 거인, 네. [조사자 1: 카프리가.] 그리고 머리카락 막 엉켜지고, 막 이렇게. 그 흑인들 보면은 머리카락이 검게 자란 것처럼 비슷한 거예요. 그리고 자기가 하고 싶은 대로 뭐 자기 몸에 작아지면은. 하고 싶은 대로 작아지고 크게 하고 싶으면 더 크게 치는 거예요.

그래서 옛날에 우리가 뭐 발리떼 나무에서 놀다가 조금 캄캄하게 캄캄하게 되면은 우리가 무서워요. 우리 어린이들, 지나가면,

"어, 카프리가 나타났다."

이렇게.

[조사자 2: 모양은 어떻게 생겼어요?] 큰 거인. [조사자 2: 사람?] 사람 모양 에, 사람 모양. [조사자 1: 어릴 적에 그런 말들을 했구나. 실제로 발리떼에서 놀다가 막 놀다가 어두워지면 "야! 카프리가 나올 수도 있어." 하고.]

"집에 들어가자."

그리고 지나가면서 좀 그래요. 그 나무에. 그 나무. 그 발리떼 나무가 약간 좀 이렇게 보면 좀 무서워요. 그런 거 우리가 좀 저기 많이 했으니까. 엄청 컸잖아요. 나무가 그다음에 풀이 막 위에서도, 위에서도 막 이렇게, 매달리는 풀. 그 발리떼 나무 엄청 커서 그 안에 우리 그렇게 믿었어요. 어렸을 때. 그 안에 집이 있고. 그 안에 누군가 살고 있는 거. (웃음) [조사자 1: 그게 카프리.] 카프리가 거기 살고 있는 거예요. [조사자 1: 카프리가 오랑우탄 같은 걸까요? 왠지.] 오랑우탄보다 더 커. 더 크고. 어. 그 사람 모양인데 근데 우리가 상상하면서 그렇게 생기는데 뭐 더 크고. [조사자 1: 그렇구나.]

[조사자 1: 근데 카프리에 얽힌 옛날이야기가 있어요? '담배를 폈다.'에서 끝나는 거예요? 카프리에 관련된 스토리가 있어요? 이야기가?] 네, 그런 건 없고요. 에. [조사자 1: 재밌어요. 이것도] 카프리는 그냥 그렇게. [조사자 1: 어쨌거나 얘는 상상 속의 동물인거죠?] 에 상상. 실제는 아니고.

그래 실재하는 건 없는 거 같애. 근데 우리 어렸을 때부터 항상 다 그 나무만 지나가면은 이젠 혼자 무섭고, 아니면 밤에 이제 지나

가면은 뭔가, 뭔가 느낌이 이상해요. 가끔씩 꿈이, 옛날에는 꿈에도
나타났더라고요.

어머니에게 빙의된 이모와 흰 난쟁이

● **구연정보**

조사일시 : 2017. 10. 29(일) 오전
조사장소 : 전라남도 순천시 조곡동
제 보 자 : 마리셀(박세라) [필리핀, 여, 1971년생, 결혼이주 17년차]
조 사 자 : 박현숙, 김현희

● **개요**

제보자 어머니에게 땅속의 흰 난쟁이와 죽은 이모가 자주 빙의된다. 이모의
자녀들이 재산 때문에 다투자 죽은 이모가 제보자 어머니의 몸에 빙의되어
싸우는 자녀들을 나무랐다. 그리고 좋은 존재인 흰 난쟁이가 어머니를 찾아
와 주변 사람들에 대해 알려준다. 필리핀에서는 땅속에 난쟁이가 산다고 믿
는다. 흰 난쟁이는 좋은 존재라고 믿고, 검은 난쟁이는 나쁜 존재라고 믿는다.

조사자 : 필리핀에 왜 그 머리만 있고 몸은 사람 내장이라 그래야 되
　　　　죠? 창자? 이렇게 붙어 다니는 귀신이 있다고 하던데 못 들어보
　　　　셨어요?

마리셀 : 네. 우리는 몰라요. 저는 몰라요.

조사자 : 필리핀도 동네마다 많이 다른가?

마리셀 : 아, 우리 엄마는 들어있어요, 이렇게. 우리 엄마가. 나는 우
　　　　리 엄마, 우리 엄마가 조금 아프면 이거(빙의) 할 수 있어, 조금.
　　　　그러니까. 우리 언니하고 형부.

청자(마이린) : 언니. 이거는 말하는 거 아니고.

마리셀 : 알아. 말하는 거 아니고, 요거는 귀신이 엄마 몸속에 들어
　　　　있어.

조사자 : 귀신이 엄마 몸속에 들어와?

마리셸 : 들어왔어. 화났어, 이렇게. 우리 이모 먼저 돌아갔잖아요.
　　　 우리 엄마 몸 속에 들어갔어.

조사자 : 아, 돌아가신 이모가 엄마 몸속으로 들어왔어? 그래서?

마리셸 : 응. 들라갔어.

청자(니사) : 엄마, 근데 그 돌아가신 이모가?

마리셸 : 돌아갔어, 우리 이모가, 자기가 귀신이. 어우 무섭다, 지금.
　　　 (주문한 음료가 나와서 잠시 구연이 중단됨.)

조사자 : 그럼, 마리셸 선생님이 이모가 엄마 몸속에 들어왔다는 이
　　　 야기 좀 해주세요. 엄마한테 들은 얘기.

마리셸 : 아, 그래요? 그런 것도 이야기해요? 나는 그런 거는 무서
　　　 워. 아들한테, "이것, 이것 하지 마라."고 화났어요.

조사자 : 누가?

마리셸 : 그 이모.

조사자 : 이모 아들한테 뭐 하지 말라고?

마리셸 : 네네. 그런 거 뭐 싸우잖아요, 관계들. 재산 때문에 그런 거.
　　　 큰아들 있으니까 큰아들 다 알아서 해라 그래요. 그래서, "야!"
　　　 이렇게, 이렇게 화났어요, 이렇게. 엄마가 이렇게.

조사자 : 엄마가 형제분들이 재산 때문에 싸우니까 돌아가신 엄마
　　　 화가 났어?

마리셸 : 네. 그리고 엄마한테 그거 전달하는 거예요.

조사자 : 몸속에 들어와서?

마리셸 : 그래 엄마가 몸속에 들어가서 엄마가 아들들한테 전달했어
　　　 요, 이렇게. 나한테도 화났어. "니 입이 싸가지니까. 너! 니 입이!"

조사자 : 그래가지고 전달해주고 가셨어?

마리셸 : 네.

조사자 : 근데 가끔 그런 일들이 있어요?

마리셸 : 우리 엄마가. 우리 엄마가 이렇게 많이 해봤어요. 우리 엄마
　　　 많이 해봤어, 이런 거. 뭐야? 난쟁이 있잖아요. 난쟁이 있잖아요.
　　　 하얀 거 있잖아요. 하얀 거는 좋은 거, 검은 거는 나쁜 거야 필리

핀에는 이런 거 많이 있어요. 진짜로 우리 엄마 이런 거 했어.

조사자 : 난쟁이 사람 말하는 거 아니고?

마리셀 : 그 땅속에. 땅속에 있는 거.

조사자 : 땅속에 있는 귀신.

마리셀 : 귀신 아니고 필리핀은 난쟁이.

조사자 : 난쟁이라고 그래?

마리셀 : 난쟁이.

조사자 : 작은 난쟁이가 있는데 검정은 나쁜 존재고 흰색은 좋은 존재고?

마리셀 : 이런 거 많이 했어, 우리 엄마. 우리 엄마는 자꾸 아픈 사람이 이거, 어떻게 말하냐? 알고 있어, 아픈 거를.

조사자 : 진맥, 만지면 몸이 어디 아픈지 알아요?

마리셀 : 엄마하고 형부 둘 다.

청자(니사) : 난쟁이.

마리셀 : 도와준 거야. 도와준 거야.

조사자 : 아, 난쟁이가 도와준 거야? 그러면 엄마를 도와 준 난쟁이는 나쁜 난쟁이가 아니고 좋은 난쟁이.

마리셀 : 어. 좋은 난쟁이. 우리 엄마가 몇 번 쓰러지는데 혈압이 엄청 이백.

청자(니사) : 살려준 거죠.

마리셀 : 살려준 거예요. 몇 번 쓰러졌어. 진짜로 근데 아직까지 살아있어.

조사자 : 근데 한국에서는 그런 걸 신기(神氣)가 있다고 해요. 그렇죠? 엄마 신기가 있는 거고.

마리셀 : 신이 아니고, 우리 엄마 사용 안 해. 그건 안 좋아.

조사자 : 그니까 필리핀에 샤먼 같은 게 있는 거야? 한국에 무당 같은 존재들이 있어요?

마리셀 : 무당 아니고. 필리핀은 무당 아니고.

조사자 : 그러니까 무당이라고는 안 하는데.

마리셀 : 그냥 엄마는 이런 거 이런 거는 아픈 거는 사용 안 해. 엄마

는 무섭다고.

조사자 : 무섭다고. 그러면 늘 똑같은 난쟁이가 엄마를 도와주는 거
　　　　예요?

마라셀 : 그냥. 그냥 도와주는 거. 가끔 해요. 그냥 아프면 우리엄마
　　　　바로 앞에 있어. 보고 있어. 우리 친구도 봤어.

조사자 : 엄마가 나이가 몇 살이세요?

마리셀 : 내일모레 칠십.

조사자 : 내일모레 칠십. 그러면 언제부터 그렇게?

마리셀 : 계속해. 계속.

조사자 : 옛날. 어릴 때부터?

마리셀 : 아니. 어릴 때부터가 아니고 그냥. 우리 아버지 돌아가시고.

조사자 : 아버지가 돌아가시고 나서. 그러면 아버지가 가끔 엄마 몸
　　　　에 들어오거나 그런 적은 없었고?

마리셀 : 아니. 안 들어와. 난쟁이하고 이모만.

조사자 : 이모도 그.

마리셀 : 이제 지금은 안 해요. 가족들 다 잘되니까. 그러니까 내일
　　　　모레 6월 달 다시 교회 가잖아. 필리핀 있잖아. 교회에서 하나님
　　　　성모마리아님 빌어주고. 우리 집에 고거.

어머니에게 빙의한 흰 난쟁이의 꾸짖음

● **구연정보**
조사일시 : 2017. 10. 29(일) 오전
조사장소 : 전라남도 순천시 조곡동
제 보 자 : 마리셀(박세라) [필리핀, 여, 1971년생, 결혼이주 17년차]
조 사 자 : 박현숙, 김현희

● **개요**
제보자가 2012년 필리핀 친정에 방문했을 때의 일이다. 제보자가 빨래를 하고 난 물을 바깥으로 뿌렸다. 그랬더니 흰 난쟁이가 친정어머니 몸에 빙의하여 자신의 사는 곳에 왜 물을 뿌리며 밟느냐고 제보자에게 화를 냈다. 그 후 제보자는 친정집에 머무는 동안 아침마다 흰 난쟁이에게 인사를 했다. 흰 난쟁이는 친정어머니 눈에만 보인다.

그건 나도 경험 있어요. [조사자: 어떤 경험이요?] 아까 난쟁이. 난 아침에 일어났잖아요. 일어나면 그냥 이렇게 깡패 같아. [조사자: 막 깡패같이 돌아다녀?] 그거는 산 있잖아요. 산 아니고. 모래. 동그란 거 있잖아요. 동그란 거. [조사자: 언덕?] [청자: 언덕 맞어. 언덕 거기에서 난쟁이 산대요.] 그거 살고 있어요. 우리 집 앞에. 우리 엄마 지키니까.

그거는 아침마다 왔다갔다 하거든요. 나하고 우리 올케. 우리 올케는 빨래하고 있어요. 나는 지나가. 우리 이모 집에 가고. 여기 빨래하고 대야 물 뿌렸어요. 그 난쟁이는 화났어요. 다시 엄마 마음속에 들어왔어요. 나한테 뭐라 그러냐면,

"야! 나를 왜 너희 집에 있는데 왜 물 뿌렸냐! 나한테 왜 밟았어!"

이렇게 했어요. 이거 진짜예요, 우리 엄마 이야기니까. 내가 직

144

접 경험이니까.

그러고 나는 손으로 이렇게 했어요. 그러니까 (양손을 비비며) 나는 빌었어요.

"잘못했습니다. 앞으로 내가. 다음에 내가 조심할게요."

아침마다 인사해요.

"잠시만 조금 지나갑니다."

이렇게 해요.

"물도 거기다 뿌리지 마라."

[조사자: 그러면 그 난쟁이는 하얀 난쟁이인 거죠?] 하얗죠. 우리 엄마가, 우리 엄마가 지켜주니까.

[조사자: 그때가 몇 살 때였어요?] 그냥 나 필리핀 언제 갔다 왔냐? 그때 나, 갔다 왔어요. 2015년이 아니고, 한 2013년? 12년? 그때 2012년. [조사자: 2012년? 그때는 한국에 시집오고 난 다음 아니에요?] 그러니까 갔다 왔어요. 필리핀 갔다 와서, 여행 갔다 와서. [조사자: 여행 간 김에 갔을 때.]

진짜 이게 내 이야기예요. 내가 경험해 봤으니까. 진짜 엄마랑 손 이렇게 했어. 나는 이제 끝났어. 끝. [조사자: 끝!] 진짜 난 경험 있으니까. 숙제 다 했다.

[조사자: 아, 언덕 위에 있는 난쟁이가.] 우리 집 앞에 있어요. 그거 건들면 안 돼요. 우리 엄마도 그거 밥 주고. [조사자: 그래서 그다음부터 지나갈 때도 항상 말하고 지나가고.] 네.

"죄송합니다. 조금 지나가겠습니다."

이렇게 하고. 물도 뿌리면 안 돼.

[조사자: 근데 건들지만 않으면 되는 거예요? 아니면.] 우리 엄마만 볼 수 있어요. 우리 엄마만. [조사자: 엄마만 볼 수가 있어요?] 우리는 못 봐. [조사자: 엄마 몸에 들어가서 대신 말해주고 하는 거구나.] 우리 엄마 다 봤으니까. 그냥 전달하는 거예요.

[조사자: 그럼 그 난쟁이에 대해서는 다들 필리핀 사람들은 그런 게 있다 하고 알고는 있는 거야? 믿지는 않아요?] 아니요. 믿어요. 내가 경험했으니까 믿죠. [조사자: 그러니까 아니 다른 분들 말이에요.] 우리 엄마

도 지켜보니까 나는 그거 믿어. [조사자: 아, 그니까 한국에서도 도깨비 같은 거.] 네. 있어요.

신의 몸주가 된 아버지

● **구연정보**

조사일시 : 2017. 10. 29(일) 오전

조사장소 : 전라남도 순천시 조곡동

제 보 자 : 니사(유리나) [필리핀, 여, 1968년생, 결혼이주 17년차]

조 사 자 : 박현숙, 김현희

● **개요**

제보자 아버지의 꿈속에 영험한 존재가 나타나 하루에 일곱 번 기도를 올리라고 했다. 아픈 사람들이 병원에 가지 않고 아버지를 찾아왔고, 아버지는 찾아온 사람들에게 침을 뱉는 의식행위를 해주었다. 가족도 아프면 아버지가 기도를 하고 아픈 자리에 침을 뱉어서 낫게 해주었다. 아버지가 돌아가시면 가족 중에 누군가 이어받아야 한다. 니사 제보자 아버지가 세상을 떠난 뒤 어머니와 작은 오빠가 이어받았다. 마이린 청자의 아버지도 할아버지에 이어 유사한 일을 했다. 그녀의 아버지는 종이에 침을 묻히면 아픈 사람을 치유해주었다.

　그 난쟁이가 무조건 그 사람한테만 가는 게 아니야. [조사자: 그러면?] 어떤 좋은 사람. 모르겠어요. 우리 아빠도 있는데 그런 난쟁이 아니에요. 우리 아빠는 뭘 하냐면 꿈에 자고 갔다가 [청자(마리셀): 꿈속에.] 꿈이가,

　"뭘 해라, 뭘 해라."

　하라고 그랬는데. [청자(마리셀): 시키는 거야.] (마리셀의 말에 반응하면서) 하는 거예요? 시키는 대로 하는 거예요, 아빠가. 뭘 하냐면. 기도.

　"여섯 시, 열두 시, 저녁 기도 해라. 한 일곱 번."

그래가지고 사람 죽은 데, [조사자: 사람 죽은 묘지?] 묘지. 제일 큰 거 있어. 거기서 기도하래. 그래서 거기서 기도하면 귀신 많아.

"하지 말아라."

[조사자: 막 소리가 들려요?] 예.

그래가지고 막 기도한 다음에 거기 만약에 이 사람이 우리 고향… 이거 진짜예요. 우리 고향에는 그 누가 진리나 모르면, 아니면 꽤 모르면 그걸 병원 안 가고 우리 집에 오는 거예요. 그래서 우리 아빠가 하는 거예요.

어떻게 했냐면 그래서 나 안 믿을라고 그랬는데.

"그런 거는 왜 하냐?"고.

"침 너무 더러운데."

물을 막 두두두 막 이런 거 소리 났어요. [조사자: 막 주문 외우듯이?] 네. 근데 물어봤더니 그거 기도래, 기도. 그리고 침이 퉤퉤. 낫는 거예요. 진짜로. [조사자: 그러면 그 상처에다가 대고 주문을 외우고 침을 뱉은 거야?] 네네. 기도하고 나서 침을 세 번. 근데 그거는 이제 그 그전에 그 아빠 꿈에 나타난 거. 기도하래. 하루 일곱 번인가.

그다음에는 우리 고향에 사람들이 막 길 물으면, 아니면 지네, 뱀 같은 거 있잖아요. 병원 안 가고 우리 집에만 오는 거예요. 그래가지고 이제 우리 엄마도 가르쳐 준 거야. 지금까지 우리 엄마, 하고 있어요. 그리고 우리 작은 오빠. 우리 엄마는 시내에서 하는데, 작은 오빠는 섬에서 사는데 누구 사람 물으면 진짜 나았어. 믿을 수 없어. 나는. 나는 그런 거 무서워서.

[조사자: 그럼 그 주문은 아버지가 직접 하시는 거예요. 아니면 그 신이 알려주는 말을 하는 거예요?] 알리는 거. 근데 기도하래요. 기도 나서 이걸 니가 동네 사람들이 도와준대. 만약에 우리 고향이 또 너무 병원 없어가지고. 가난한 사람이니까.

[청자(마이린): 필리핀이 병원이 좀 없잖아요. 믿으면 할 수 있어요.] 근데 진짜로 나는 믿을 수 없어. 아빠 왜, 그 침은 너무 더럽던데.

[청자(니사): 전부터는 우리 외할아버지가 시작해요.] 그런 거 많이 해요. 우리나라에서. [청자 1: 외할아버지가 돌아가니까 우리 형부 줬어

요. 받아. 옮기는 거야. 그다음 우리 형부도 돌아갔잖아요. 자기 아들, 아들 줬어요. 우리 엄마가 안 받으니까. 자기 아들 해주고 앞으로 자기 아들도 이렇게 할 수 있어. 신 뭐, 아프면 이렇게 이렇게.]

[조사자: 그럼 선생님네는 엄마 아버지가 다 하시잖아요. 그걸 누가 받을 자식이 있어?] 아니요. 나는 안 받을래요.

"니도 할래?"

"안 해. 나는 무서워."

[청자(마리셸): 아니, 난 받고 싶어.] [조사자: 근데 만약 안 받으면 어떻게 해요? 누구든 받아야 돼요?] [청자(마리셸): 누구든 받아야 돼요.]

근데 지금은 우리 아빠가 돌아가셨는데 우리 엄마가 하고 있어. 작은 오빠. [조사자: 작은 오빠든 누구든 받아야 되는 거야?] 그러니까. [청자(마리셸): 아들, 남동생이잖아.] 우리 엄마랑, 작은 오빠랑. [청자(마이린): 우리 아버지도.] 그 우리 아버지 했던 분은 기도 같은 건 안 했어. 그냥 기도 놓고 만약에 아플 때만 기도하는 거. 쪼금밖에 안 했었어요.

[청자(마이린): 우리아버지도 그랬었어요. 종이하고.] [조사자: 아버지도 하셨었어요? 종이에다가?] [청자(마이린): 종이하고 옛날에는 했는데. 우리는 안 받아요. 우리 아버지는 그냥 있는데 돌아가실 때 몸이 이렇게 많이 안 아팠어요. 근데 갑자기. 만약에 6월 초면 8월 초예요. 그래서 우리 아버지는 옛날에는 너무 많이 갑자기 몸이 안 좋았잖아. 물 안 먹어. 물 먹으면 계속 살 수 있어요.] [조사자: 그 뭐가 뭐예요? 뭘 먹으면?] [청자(마리셸): 워터. 물. 물 마시면 계속 살 수 있는데. 아버지가 물을 일부러 안 먹어요.] [조사자: 아무 물이나 상관없어요?] [청자(마이린): 아니 물을 먹으면 계속 살 수 있어. 그런데 아버지가 물을 안 먹어요.] 그것도 귀신이지? [청자(마이린): 귀신 아니야.] [청자(마리셸): 진짜 그거, 진짜 나는 경험해 봤어, 진짜.][청자(마이린): 옛날에 우리 할아버지가 먹였어, 우리 아버지한테.]

인도네시아

자와 섬의 괴물 뱀 야위로로기둘

● **구연정보**

조사일시 : 2017. 10. 21(토) 오후

조사장소 : 경기도 안산시 단원구 원곡동

제 보 자 : 수산티 [인도네시아, 여, 1976년생, 결혼이주 11년차]

조 사 자 : 김정은, 황승업

● **개요**

인도네시아에는 '자와 섬에 가면 초록옷을 입으면 안된다.'는 말이 있다. 자와 섬 아래에는 '야위로로기둘'이라는 뱀이 사는데, 착한 사람에게는 공주로 보이고 나쁜 사람에게는 뱀으로 보인다. 바다에서 초록옷을 입거나 '야아' 소리를 지르면 뱀이 잡아간다.

특히 우리나라는 미신이 많이 강했거든요. 미신. [조사자 1: 어떤, 어땠어요?] 저의 집, 뭐 어떤 바다에, 이 자와 바다, 길어요 바다. '자와Jawa'●는 한 섬. 섬. '자와'는 다섯 큰, 큰 다섯. [청자 1: 섬.] [조사자 1: 네, 섬이 다섯 개잖아요.] 큰 섬은 다섯 개예요. [조사자 1: 네, 맞아요.] 이 자와섬 무조건 밑에 [조사자 1: 자와섬 밑에.] 그거 우리 가시면은 무조건 초록색 입으면 안 돼요. [조사자 1: 초록색 입으면 안 돼요?] 예, 예. 그 자와 바다로 가시면.

그리고 음, 내가 또 옛날에 엄마한테 물어봤는데, 그런데 이거

● 인도네시아 중핵이 되는 섬으로 수마트라 섬 남동쪽에 인접해 있다. 중심 도시는 자카르타로 넓이 13만 4000km², 인구 1억 758만 명이다. 동서로 산지가 이어졌고 활화산이 많은 특징이 있다. [네이버 지식백과] 자와 [Jawa] (세계인문지리사전, 2009. 3. 25.)

아마 뭐 지역마다. 왜냐면 자와는 그냥 웨스트 자와만 아니라, 우리는 자와가 한 다섯 가지 자와 있어요. 모든 지역은 이야기는 달라요. 그런데 아마 이름이 하나요. 그 뱀 이름은 하나요. 그 뱀 이름은 '야위로로기둘'. 응, '야위로로기둘'이요. 이 '야위'는 여자, '로로'는 '공주', '기둘'은 그 '뱀'이라는 뜻이라고. [조사자 1: 기두가 뱀, 로로가 공주, 야위는 이름?] '여자'요, '여자'라는 그냥 그런. '이쁜 여자'.

아마 다 똑같애. 그런데 어떻게 이야기는 또 달라요. [청자: 지역마다.] 응, 지역마다는. 그런데 무조건 다 똑같아요, 그 지역. 우리 만약에 그 바다 그 밑에 자와 바다 가시면, 무조건 초록색 뭐 이런 거 입으면 안 되고요. 그러니까 자와 발리까지. 이 발리 바다, 바다까지. [조사자 1: 발리까지요?] 네, 발리 너머까지. 그쪽은 그 귀신이, 뱀 귀신이 그 야위로로기둘가 살아 있다고 그렇게 이야기하시거든요.

[조사자 1: 이게 뱀 귀신이에요? 야위로로기둘이?] 그 원래 여자는데, 그런데 모습이 뱀 가깝는, 뱀이라고도 할 수 있고. 착한 사람 만나면은 이쁜 여자로, 그런데 나쁜 아이들하면은 또 뱀으로 [조사자 1: 변한다고.] 그렇게 변하고.

그러니까 그리고 그쪽 가시면은 무조건 소리 시끄러워도 안 되고, 바다. [청자: 소리.] 어. 뭐 우리 바다 가시면,

"야아!"

뭐 그렇게 하는데. [조사자 1: 난리 나죠.] 예, 예. 그런데 그쪽에는 무조건 소리도 지르면 안 되고. 그리고 뭐 말도 조심하라고.

왜냐면은 저의 아빠. 그 아빠 동생이, 여동생이 그쪽 가서 또 원래 그 바다가 이거 뭐야? 그 바다. [조사자 2: 파도?] 응, 그거는 심해지지 않아요. 그런데 몰라, 그 파도 때문에 아빠 동생이 끌어갔어요. 그리고 사람들이 또 뭐 도와주지 못해, 못해요.

그거 그냥 우리가 생각은 그 야이로로기둘 만약에 그 사람 잡아먹고 싶으면은. [조사자 1: 온다.] 어 이유, 이유 없이 그렇게 하시는 거고. 그거 그냥 다 미신. 그런데 우리 믿어요. [조사자 1: 바다의 신인가 봐요?] 응, 그게 바다의 신. [조사자 1: 뱀인데 바다의 신처럼 느껴지는.] 응, 느껴.

홍콩

토지신과 관우신

● **구연정보**

조사일시 : 2018. 12. 14(금) 오전

조사장소 : 서울시 광진구 화양동

제 보 자 : 채가오 [홍콩, 여, 1993년생, 유학 4년차]

조 사 자 : 신동흔, 오정미, 한상효

● **개요**

홍콩에서는 토지신을 집마다 모시고 제사를 지낸다. 또 홍콩에서는 삼국지의
유비, 관우, 장비를 모시는데 그중에서도 관우를 집마다 모신다고 한다.

[조사자 2: 그 신에 관련된 이야기도 있어요?] 그 토지신이라고 하는
데 거기 옛날 사람들이 거의 집 안에 아니면 집 문 밖에가 토지신 있
대요. 자기 집을 약간 지키는 신인데 하루는 향으로 막 과일 같은 거
제사가 아닌데 약간 습관처럼 올리고 약간 그런 식이 있어요.

그리고 관우 있잖아요. [조사자 2: 관우.] 관우도 신이라고 봐요.
특히 홍콩에서는 관우뿐만 아니라 장비 [조사자 1: 유비?] 유비, 관우
랑 장비 이 세 사람이 약간 홍콩 유일하게 세 사람 다 믿는 지역이래
요. 그리고 그 관우의 절이 있는데 근데 홍콩에서 관우를 위해서 절
을 짓는 그런 절은 별로 없고 거의 다 집에서 아니면 가게에다가 그
상을 올리고 향을 봉양하는 그런 느낌 있어요.

특히 홍콩에서는 뭐 관우의 이미지는 이렇게 의리 있고, 의리 있
고 막 그런 이미지 있잖아요. 경찰이든 나쁜 짓을 하는 사람들든 깡
패들이 또 관우를 믿어요. 왜냐하면 그 사람들이 의리 있는 사람을
지키는 그런 생각을 있고, 그래서 관우를 되게 믿어요.

    [조사자 1: 한국에서도 관우를 신으로 모시는 걸 알아요?] 몰라요. [조사자 1: 옛날에 관왕묘라 그래가지고.] 진짜요? [조사자 1: 관우를 왕으로 해가지고 사당도 이렇게 만들어 가지고 제사 지내고 그랬어요.] [조사자 3: 서울 동묘라는 데 있잖아요.] 네. [조사자 3: 거기 동묘가 관우를 모신 데예요.] 아! 진짜요? [조사자 1: 그러니까 예전에 임진왜란 때 전쟁 때도 관운장 혼이 나타나서 도와줬다 그래서 한국에서도 삼국지 나오는 인물들 관우를 굉장히 높게 쳐요. 잘 옛날 사람들은 신처럼 모셨고.]

사람을 저승으로 데려가는 우귀사신

● 구연정보

조사일시 : 2018. 12. 14(금) 오전

조사장소 : 서울시 광진구 화양동

제 보 자 : 채가오 [홍콩, 여, 1993년생, 유학 4년차]

조 사 자 : 신동흔, 오정미, 한상효

● 개요

홍콩에는 저승사자뿐만 아니라 우귀사신이라고 해서 소의 머리를 한 귀신과 사람 얼굴에 뱀의 몸을 한 귀신이 함께 다닌다고 한다. 또 홍콩에서는 도교식의 저승을 믿는데 지옥은 18층이 있다. 저승은 염라대왕이 다스리는데 나쁜 말을 하면 염라대왕이 혀를 뽑는다는 믿음이 있다.

[조사자 1: 근데 그 저승 갈 때 사람 저기 와가지고 사람들 저승으로 데려가는 그 저승사자에 관한 이야기는 없어요?] 아, 막 한국 저승사자라고 하잖아요. 저승사자뿐만 아니라 그 우귀사신, 우귀사신라고 하는데 우는 소의 우 자(牛), 귀신귀 자(鬼) [조사자 1: 우귀사신.] 사는 뱀 사(蛇). [조사자 1: 뱀 사 자.] 그리고 그 신 자(神). 그래서 그 약간 형체는 사람인데 이제 모양은 머리는 소랑 뱀이죠? 뱀인 거 같아요. 그리고 그 저승사자랑 같이 그 죽은 사람의 영혼은 저승으로 데려가는 그런 인식이 있어요.

그리고 홍콩 사람들이 우리가 불교이라고 생각하는데 사실 유교, 도교. 유교 아니라 도교, 도교 [조사자 2: 도교.] 도교를 믿는 거 같아요. 그래서 어 돌아가실 때는 의식을 하는데 도교 의식이래요. 그래서 막 어 스님이 아니라 도사, 도사들이 그 어떤 탑이 같은 거 하고 묵검을 가져가지고 그다음에 가족들이 살아있는 가족들이 뒤에 따라서 계속 돌고, 돌고 막.

왜냐하면 중국에서 지옥을 십팔 층이 있잖아요. 그래서 홍콩에서는 파지옥. 약간 지옥이 한층한층 내려가는 그런 의식가 있고, 그렇게 돌아가신 가족을 보내는 그런 의식, 장례 그런 거 있어요. 전통적인 장례 중식, 뭐 서양식은도 있고 약간 종교를 믿는 사람들이 서양식을 하는데 종교가 없는 사람이거나 이제 도교를 믿는 분들이는 다 도교 장례로 하는 거예요.

[조사자 1: 그게 지옥이 십팔 층이 있다고 그래요?] 네. 그래서 그 목편가? 그 음, 그 물건 있는데 그 이제 바닥에 내려놓고 그 검으로 계속 타요. 불태우는 그런 것도 있고 내려가서 이렇게 내려가서 타고 타면은 이제 한 층을 내려가는 뜻이고 여러 번을 계속 돌아다니면서 해요. 그런 거 있어요.

[조사자 1: 그 지옥을 다스리는 신은 누구라고 해요? 저승에서 지옥을 이렇게.] 저승이요? 갑자기 생각 안 나네요. 아, 염려대왕? [조사자 1: 음?] 염라. [조사자 1: 염라대왕?] 네, 한국이랑 되게 비슷해요. 한국이랑 되게 비슷하고 옛날에는 어르신들이 계속 막,

"너 나쁜 말 하면은 죽어가면은 혀가 뽑아진다."

그런 되게 나와요. [조사자 1: 발설지옥이네.] 네. 십팔 층 지옥에 그중에 하나 뽑을 거다. 막 그래서,

"나쁜 말을 하면 안 된다."고.

[조사자 3: 혀 뽑아서 나무를 심는다거나 그런 얘기는 없어요?] 없어요. 그냥 뽑고 너 혀를 없어진다. 그런 얘기만 나와요. 근데 십팔 층 지옥 되게 강조하고 그런 거 있어요. [조사자 1: 그럼 저승사자는, 저승사자 한 명이랑 아까 우귀?] 네. 우귀사신, [조사자 1: 사. 그 셋이 같이 다니는 거예요?] 네 제가 알기로는 그런 거예요.

그래서 그거 막아도 그 토지신을 막으는 것도 이제 그 영혼 들어온 거뿐만 아니라 이제 그 저승사자랑 우신사신 들어와서 그 영혼 데려가야 하는데 그래서 막은, 그 이유 중에 하나예요. [조사자 1: 그 막으, 막을려고 하는데 그 막 서로 그러면 서로 오면은 잡으러 오는 사람이

랑 싸움이 생기나요?] [조사자 2: 안 갈려고.] [조사자 1: 지키는 사람이랑 데려가는 사람이랑.] 그런 이야기 안 나와요.

근데 그 주, 슨 사람은 돌아가실 때 이제 뭐지, 병원에서 만약에 돌아가시면은 이제 그 시체가 멈추는, 멈추는 데가 뭐라고 하죠? 거기 들어가야 되잖아요. [조사자 2: 영안실?] 네 거기 들어가야 되는데 이제 가족들이도 내려가서 그 과정을 모시, 약간 마지막 길 모시는 그런 의미가 있는데 근데 그 직원분이 그 모시는 분이 그 가족들한테 약간,

"절대로 뒤돌아보지 말아야 된다."

마지막 길, 마지막 문이 있거든요. 그 병원에서 그 문이 들어갈 때 약간 가족은 여기서야 되고 그다음에,

"무조건 가야 된다."고.

"돌아보면 안 된다."

왜냐하면 돌아보면은 미련이 생겨요. 그분이 미련이 생기기 때문에 약간 편하게 갈 수 없다. 그래서 이제 그 마지막 길이 약간 적당히, 적당히 모시고 보내고 막 그런 거 있어요. 그다음에 그렇게 보내고 그다음에 장례식을 잘하는 거죠. 장례식, 도교이든 서양식이든 그런 거.

채홍역의 지하철 귀신

● 구연정보

조사일시 : 2018. 12. 14(금) 오전

조사장소 : 서울시 광진구 화양동

제 보 자 : 채가오 [홍콩, 여, 1993년생, 유학 4년차]

조 사 자 : 신동흔, 오정미, 한상효

● 개요

홍콩에 채홍역(초이홍역)이라는 역이 있는데 선로가 3개가 있다고 한다. 한 선로는 기차가 들어가면 기차가 나오지 않고 저승에 간다고 하며 또 귀신이 나온다고 한다. 전설에 따르면 공사를 하던 인부가 죽어서 영혼이 되어 나쁜 짓을 계속한다고 한다.

[조사자 1: 혹시 뭐 홍콩에는 어떤 특별한 귀신이나 뭐 한국의 도깨비나 무슨 이상한 귀신이나 뭐 이상한] 도시 전설 같은 건가요? [조사자 1: 도시전설도 좋고.] 도시 전설을, 지하철에 대한 전설이 되게 많아요. 홍콩은.

그 홍콩의 그 무지개 역이 있거든요. 채홍역*이 있는데 그 역이 그 승강장이 되게 신기해요. 유일하게, 보통은 승강장이 양쪽에 있어요. 그 한국, 한국 나눠서 있잖아요. 근데 홍콩은 거의 홍대역처럼 승강장 하나 있는데 양쪽은 다 탈 수 있는 자유롭게 지나갈 수 있는 홍콩은 다 그래요. 근데 채홍역은 한국처럼 나눠서 뿐만 아니라 중간은 그 뭐라고 해야 하나, 그 뭐지? 전철들이 가는 길 있잖아요. 그 하

---

* 홍콩MTR 초이홍(Choi Hung)역. MTR은 우리나라 지하철과 비슷한 교통수단이다.

나 그 길 더 있어요. 그래서 그 전설에 나오죠. 귀신 전설 왜냐하면 예전에 지라시인지 모르겠지만 옛날에 막 그 채홍역을 지을다가 사람이 죽어가지고 그 사람에 영혼이 계속 남아서 막 나쁜 짓 하고 그런 의미도 있고.

　예전에 원래 세 개의 길이 만든 게 아니라 두 개의 길을 만들었다가 이제 통행을 시행했을 때 그 차가 들어가서 계속 안 나와요. 그다음 역에 안 나와가지고, 막 그 길이 막 딴 길로 가는 거다. 저승으로 가는 길이다. 막 그렇게 해가지고 딴 길도 만들었다고. 계속 수십 년 동안 그 전설을 계속 막 있어요.

　근데 작년인가 재작년에 그 지하철 회사를 동영상을 하나 찍고 그 길로 가서 그 길로 가서 어디로 가는지 알려주는 동영상 나왔어요.

　"그 길은 그냥 그 차고로 가는 길이다."

　라는 동영상 있어요.

　근데 그 동영상 나오기 전에 계속 그 역에 막 음기 계속 막 되게 세는 그런 역이고 그 길은 무조건 막 저승으로 가는 길이다. 그런 이야기 되게 많았어요. [조사자 1: 실제 그 역에서 사고가 나거나 사람이 죽거나 그런 적도 있을까요?] 그런 적이 없는 거 같아요. 근데 예전에는 한국처럼 그 기찻길에 옆에 문이 있잖아요. 예전에도 홍콩에는 그런 문이 없어요. 근데 [조사자 3: 스크린도어?] 네, 그런 거 없고 그래서 막 자살하려는 사람을 막 몇 번에 계속 뛰어내리고 막 죽고 하니까 그때부터가 스크린도어가 생기, 생겼어요.

중국

남녀 인연을 맺어주는 신 유에라오

● **구연정보**

조사일시 : 2016. 11. 17(목) 오후

조사장소 : 강원도 횡성군 횡성읍 읍하리

제 보 자 : 반소홍 [중국, 여, 1977년생, 결혼이주 8년차]

조 사 자 : 박현숙, 김현희

● **개요**

남녀의 인연을 맺어주는 유에라오 신의 허락을 받아야만 남녀가 만날 수 있다. 남녀가 인연이면 두 사람의 발목에 붉은 실이 연결되어 있다. 그 실은 유에라오 신만 볼 수 있다.

옛날에 어떻게 됐냐면 하늘에서 그 뭐지 남자랑 여자를 이렇게 인연을 맺혀주는 거 따로 있어요. 그거 '유에라오'라고 하거든요. 유에라오.

유에라오 허락받아야지만 남자랑 여자를 이렇게 만날 수 있어요. 이렇게 우리 눈에, 전설인데 우리 눈에 보이지 않는 빨간 선이 있어요. 유에라오만, 하늘에 있는 신만 이렇게 알고 있는데. 딱 보면은,

"이 남자하고 저 여자 발목에 빨간 실 이렇게 연결돼 있으면은 거기 짝이다. 이렇게 어떻게 해도 뭐 멀리 떨어져 있어도 나중에 결국 만날 것이다."

이렇게 하더라고요. 재미있어요, 그런 거.

우리는 그 뭐 항상 그런 것만 믿고 뭐 그렇지 뭐 헤어지거나 그렇게 하면,

'아, 우리 인연이 아니다. 끈이 없구나.'

이렇게. 이렇게 하고 재밌어요.

[조사자: 그럼 끈이 되게 멀리 있으셨네요. 그쵸?] 예예. (웃으며) 아, 그러네요. [조사자: 붉은 끈을 멀리서 찾으셨네.]

괴물 야우꽈이

● 구연정보

조사일시 : 2016. 11. 17(목) 오후

조사장소 : 강원도 횡성군 횡성읍 읍하리

제 보 자 : 반소홍 [중국, 여, 1977년생, 결혼이주 8년차]

조 사 자 : 박현숙, 김현희

● 개요

야우꽈이는 주로 밤에 나타나고 사람을 해치는 걸 즐긴다. 그리고 야우꽈이
를 비롯한 귀신들이 빨간색을 무서워한다. 그래서 중국 사람들은 빨간색을
좋아한다.

중국에는 뭐, 특히 많이 하는 이야기는 '야우꽈이'라고 하는 야
우꽈이는, 야우꽈이라고 해요 많이. 야우꽈이.

[조사자: 걔는 어떤, 어떤 짓을 해요? 야우꽈이는?] 야우꽈이는 대부
분 사람한테 뭐 해치고 그런 일을 많이 하는데.

[조사자: 주로 언제 나타나는데? 아무 때나?] 밤에. [조사자: 밤에? 아
밤에 나타나서.] 캄캄할 때. 우리 되게 많이, 많이 해요.

[조사자: 그러면 뭐 특별하게 뭐 좋아하는 게 있거나 싫어하는 게 있거
나 그런 건 없어요?] 빨간색을 무서워해요. 귀신 같은 거. 야우꽈이 같
은 것도 빨간색 무서워하는 거도 있거든요. 그래서 지금 중국 사람
들은 세뱃돈 봉투나 모든 거 다 빨간색으로 하거든요. 그다음에도
설날 때면 명절 때면 중국 사람들이 다 빨간색 좋아하잖아요. 그거
이유인 것 같아요. 빨간색 많을수록 이렇게 귀신들이 못 다가온다고.
명절 때나 뭐 어디 때든 다 이렇게.

산소에서 낮잠 자다 죽은 사람

● 구연정보

조사일시 : 2017. 04. 15(토) 오전

조사장소 : 전라북도 진안군 진안읍 단양리

제 보 자 : 서청록 [중국(한국계), 남, 1962년생, 이주노동 6년차]

조 사 자 : 오정미, 이원영, 이승민

● 개요

옛날에 한족들은 양을 많이 길렀다. 어느 집의 셋째아들이 양을 몰고 나가서, 산소에 누워 잠시 낮잠을 자다 죽었다. 그 죽은 셋째아들은 약 서른 살 정도의 결혼도 하지 않고 병도 없는 젊은 청년이어서, 사람들은 그의 죽음을 이상하게 생각했다. 사람들은 폐병이 있는 넷째아들 대신 셋째아들이 죽은 거라고 말했다.

옛날에 그 한족 그 주변에 양 길렀어요. 양, [조사자 1: 양?] 양 많이 길렀어요. 한 사오십 마리 양 길렀는데 그 집에 아들도 많고 자식도 많은데 그 집에 셋째아들 거기 계속 양 몰고 가는데 어떻게 우리 말하면 산소에 무덤에 죽었어요. 거기 누워서 낮잠 자는데 일어(일어나지) 못하고 죽었어요. 그래 이, 고 별일이라 이 그 사람들이 병도 없고요, 그때 그때 내 생각에 한 서른 살 아이 됐는데, 결혼은 못하고,

'그래 내 어찌 죽었는가?'

이게 그러니까 우리 말하면 혼이 탄 지 무슨 나도 잘 모르는 게 이게 죽었어요, 좌우간. 사람이가. 양 계속 몰고 오는 길에, 언덕에 산에 가서 양 몰고 이런데 낮에 한참 자다가 그 사람이. 뭔지 알겠죠? 아무려면 그게 이래 언덕지게 거기서 누워서 자는데 그래 사람

말 들으면 계속 거 매일 그런 행동이지. 양 몰고 그래서 오늘도 이렇게 하고 똑같은 이래. 그런데 불시에 계속 낮잠 자고 그런데 그렇게 죽었어요. 그래 이게 어떻게 죽었는가 그거 옛날에는 모르겠어요.

시방에는 말하면 경찰에 신고해서 형사들 와서 공사 어떻게 시신은 뭐 어떻게 했는지 알죠. 그때는 옛날은 모르잖아요. 좌우간 죽었으니까 사람들이 그 묻어버리고 그러니까 뭐 그런 사실들. 그야 뭐 여러방호 크게 우리, 우리 같은 무슨 연, 겪어 본 건 없고. [조사자 1: 그 사건을 두고 사람들이 무덤에서 귀신이 데려갔거나.] 예, 글쎄, 아 어떻게 사람들이 데리고 갔다.

그래 근데 그 집에 아래 고 셋째넷째네 그 집에 우리 말하면 시방 말하면 폐결염(폐결핵), 그러니깐 엄중한 폐결염. 그래 말라가지고 계속 이 집에서 일 년 벌어가지구는 농사지어가지고 돈 되면 그 집 아들 치료해주고 그때는 또 약이 뭐 싸잠. 중국에서는 요럼해서 칙매술이라고 중국말로 하믄 배니실이라고. [조사자 2: 페니실린?] 아, 페니실린. 그러니께네 소염에 젤 좋은 게 그걸 그땐 싸잠해 힘들구 비싸구 그러니까 그 집이 돈 벌어서 그 사람 넷째아들 하는데 그래 보이 사람이 넷째아들 죽을 거 셋째아들이가 죽었다.

넷째도 가끔씩 이래 양 몰러 가는데 몸이 제가 병이 있으니까 자꾸 이래 핑계대고 아이나가지 양 몰러. 어, 그러니깐 원래는 이 집엔 넷째가 할일 없으니까 양 몰고 일도 하니까 우리 말하면 남꼬지고 이래 양 몰고 넷째가 하이 고거도 하기 싫다고 아이하는데, 셋째가 그러면 일하고 저 농사하면서 가서 몰고 이래하는데 사람들이 저 집에 저기 넷째동생이 죽을 거 셋째가 죽었다. 그런 말도 있고 무슨 이런 이야기도 있고 그 후에는 그 잘 모르니까.

[조사자 1: 동생이 대신 죽었다.] 예, 그래 내 뭐 진짜 귀신이 붙었는지. [조사자 1: 알 순 없지만.] 그죠, 그건 모르겠고.

산소귀신

● 구연정보

조사일시 : 2017. 04. 15(토) 오전

조사장소 : 전라북도 진안군 진안읍 단양리

제 보 자 : 서청록 [중국(한국계), 남, 1962년생, 이주노동 6년차]

조 사 자 : 오정미, 이원영, 이승민

● 개요

어릴 때 아버지와 함께 할머니 산소에 가면 친구들도 몇 명 같이 가기도 했
다. 제사 지내고 앉아 과일도 먹고 어른들은 술을 마시기도 했다. 그 후 집에
가기 위해 내려오는데 친구가 넘어졌다. 아무것도 없는데 넘어질 뿐만 아니
라 막 뒹굴기까지 했다. 어른들이 조심하라는 말 안 들으면 조상들이 벌준다
고 말했다. 그 후부터는 친구에게 산소에 안 가느냐고 물어보면 귀신이 있어
무서워서 안 간다고 말했다. 침착한 친구인데 몸이 안 좋다고 한다.

[조사자 2: 한국에는 산소 근처 가면 '도깨비불 봤다.', 이런 것도 있는
데 도깨비 이런 얘기도 있나요?] 그거는 잘 모르겠는데, 우리는 그 나
도 어렸을 때 이래 아버지 같이 할머니 산소는 댕겼어요. 산소에 가
그리 그때는 어려 친구들도 몇이 따라가면 서서 모아놓고는 제사 다
지내 놓고 앉아서 거기서 또 뭐 과일도 먹고 어른들은 앉아서 술도
마이구(마시고) 그래.

"집에 가자."

그래. 우린 놀다가 그다음에 다 내려오는데 넘어져. 아무것도 없
는데 고조 히뜩 넘어져. 넘어지기만 하는 게 아니라 막 뒹굴고 그래.

"야, 니 조심해라, 조심해라. 니 허리 다."

시방 말하면,

172

"조상들이 너를 판다. 니, 말 안 들으면 혼(혼내) 준다."

[조사자 1: 아, 혼 준다.] 어, 혼 준다. 그러니까 니가 말 아니 들으면 응, 우리말 하면 벌주는 거 그 말이죠.

신식 하다가도 넘어가고 신시 넘어가도 넘어가고 그러죠. 그래 그다음에부턴,

"산소 아이 가니? 내일은 청명인데."

바로 조선이면,

"산소 아이가니?"

하면,

"어유 나 아이가요. 산소 가면 무섭다."고.

"왜 무섭냐?"고.

암 어떤 때는 무릎까이 선다 하는 거예요.

"야, 무슨 소리하니?"

"진짜다."

그래. 나는 그런 생각이 아이 드는데 뭐 다른 아이들은 영 그렇게 생각해요. 저기 귀신 있는지는 모르겠고. [조사자 1: 자꾸 산소 가는데 자꾸 넘어지고] 응, 넘어지고. [조사자 1: 이유 없이?] 예, 이유 없이. 그 친구도 그렇게 몸이 안 좋아요. 착하고 영.

나무귀신

● 구연정보

조사일시 : 2017. 04. 15(토) 오전

조사장소 : 전라북도 진안군 진안읍 단양리

제 보 자 : 서청록 [중국(한국계), 남, 1962년생, 이주노동 6년차]

조 사 자 : 오정미, 이원영, 이승민

● 개요

옛날에는 계급이 있었고 공동으로 농사를 지어 나라에 바쳤다. 나라에 바칠
공물을 마차에 싣고 가는 길에 썩은 나무가 있었다. 그 근처는 절벽도 아니고
무서워할 만한 데가 아닌데 아무리 끌고 채찍질을 해도 말들이 놀라며 가지
않으려 했다. 왕씨라는 아버지 친구가 있었고, 그 역시 마차를 몰고 그곳을 지
나갔다. 그의 말도 그곳을 지나려 하지 않아서 채찍으로 몇 번씩 후려쳐 다른
데에 신경을 쓰지 못하게 했다. 이후 나무를 자르고 길이 넓은데도 말은 그 근
처만 가면 말을 듣지 않고 지나가지 않으려 했다.

[조사자 2: 아니면 주변에 있는 산에 산신이 있다.] [조사자 1: 저랑 여
기 오다 보니깐 당, 당신이라고 나무 오래된 나무, 당나무 나무에 관련된 뭐
이야기도 있고 마이산도 마이산에 관련된 이야기도 있거든요.]

아, 우리 그 옛날에 거이가 저 저 저, 마차 있죠? [조사자 1: 예, 마
차.] 예, 마차 이래, 마차 이래 모는 채찍 있죠? 그 마차가 이래 말하
면 이래 공양, 이래 그때 말하면 다 집채(집단)잖아요. 시방 우린 개
인열로 중국에서 계, 계급 그거 해가지구 옛날에 다 집채(집단) 그
런 거잖아요. 시방 북한사람 옛날사람 똑같죠. 시방. [조사자 1: 신분
이 있었다는 거죠?] 예, 그러니께는 집채로 우리 말하면 개인 일로 한
게 아니고 그 집채로 우리 말하면 생산대, 생산대라면 알죠? [조사

자 1: 몰라요, 생산대?] 생산대란 게 우리말로 촌에 집채로 같이 농사
해서 그래가주 이 공양 [조사자 1: 공동으로?] [조사자 2: 집단농장?] 예,
공동, 공동으로, 예.

그럼 이 마차에다 싣고 공양, 우리 말하면 이렇게 군이문 군이
무 이래 공양 바치러 가져가야 해. [조사자 1: 나라에?] 나라에 바치러
가는데, 이루 말하면 산에 이래 굽이 높은 굽이 내려가는데 이제 말
하믄 나무 썩은 게 있어요. 나무통 썩은 게 있는데 가믄 말이가 그게
놀라가지고요, 고기만 가면 말이가 놀래가지고 거기가 그러니까는
큰 절벽도 아닌데 이 차가 양식이 싹 거기 뿐지고.

그래, 왕 씨라고 우리 친구 아버지가 여 마차 모는데, 모는데 고
해가 어떻게 안 넘어졌어요. [조사자 1: 마차가?] 예, 마차. 다른 사
람들은 지나가면 다 해뿐지구 그렇지 않으면 조금 이래라도 사고로
쓰는데 이 왕 씨라는 아저씨는 어떻게인가 여거 몇 년 이래 계속 벌
어지니까 고기 딱 지나갈 때 이 채찍으로 소리 세게 나게 말이 귀로
달리 이래 어떻게 그러니까는 다른 영향 안주게서리 채찍으로 몇 번
세게 후려치면 고 장면 지나갈 때마다 그러면 말이 아니 놀래죠.

그러니까 어떻게 됐으면 고기 딱 가면 무슨 어떻게 된지 말이가
자꾸 놀래가지고 그래 그런 일이 있었어요. 그거는 후에 어떻게 알
았는가 하믄 그다음에 후에 그 나무가 오래 몇 십 년 자란 나무인데
잘라버렸어요. 짜르고 그 거기다 이렇게 이래 길도 넓고 이래 그랬
어요. 그런데 한 번 또 후에 한 번 고마 딱 짭사람 모는 마차가 딱 고
말이가, 말이가 한 말은 한 몇 년 오래 있다가 우리 말하면 말라서
늙어서 말이가 죽게 됐어요.

[조사자 1: 그 나무를 잘라서?] 잘라서. [조사자 2: 없앴어요?] 없어
진 후에도 한 번도 말이가 거기 가서 안 가고 그러니깐 반응 있어가
지고 그래,

"아, 별일이라."고.

이기가. 나무 없으면 그래 길이 다 닦였는데 말이가 거기 가서
안 가 그래. 아무리 끌고 채찍해도 안 간대요. 그래가지고 아 별일이
라. 옛날 사람들 별일이라고. 별일이래 별일이라고.

[조사자 2: 그 고개가 그 쌀을 바치러 가는 고개예요?] 예, 예. [조사자 1: 그 나무 보면 무서웠겠어요?] [조사자 2: 나무를 자르고 났는데도 그] [조사자 1: 그러니까.] 예, 말이가 거기 가서 딱 멈춰가지고 안 걸 때려요(걸음을 떼지 않아요). 발 아니 움직이고. [조사자 1: 그 왠지 어린이들이 나무 앞에 가면 좀 무서웠겠어요?] 거기서 우리서 못 가죠. 우리말 하면 모니까 마차가 모니까 바치러 가니까 아침이면, 새벽이면 공양 싣고 벼루 싣고 이래.

일본

지장보살 오지조사마에 대한 믿음

● **구연정보**

조사일시 : 2017. 05. 01(월) 오전

조사장소 : 인천시 부평구 삼산동

제 보 자 : 노마치 유카 [일본, 여, 1974년생, 결혼이주 10년차]

조 사 자 : 신동흔, 조홍윤, 황승업

● **개요**

일본 사회는 전반적으로 불교의 영향이 강한데, 특히 지장보살에 대한 믿음이 특별하다. 일본인들에게 지장보살은 어린아이를 지켜주거나 사람들의 소망을 이루어주는 등 직접적인 도움을 주는 친근한 신이다. 특히 교토에 있는 한 절의 지장보살은 특이하게 와라지라는 신발을 신고 있는 모습인데, 이는 도움을 필요로 하는 이들에게 직접 걸어가 도움을 준다는 인식 때문이다.

　일본은 신이라기보다는 그 뭐야, 불교쪽 이야기가 많거든요. 그 일본 묘지에 가면은 애들이 죽은 묘지는 이런 사람 모양으로 한 그, 불교, 그 뭐야 절에 가면은 서 있는 [조사자: 불상?] 불상 있잖아요? 그 오지조사마(じぞうさま)라고 하는데, 그 오지조사마.

　[조사자: 오지조사마?] 오지조, 오지조. [조사자: 오지소사마?] 오지조. '사마(さま)'는 님자잖아요. '지(地)'는 그 땅이라는 뜻이에요. '조'는, '조'는 뭘까요? '조(蔵)'는 그 창고라는 뜻인데. 그 토지랑 관련이 있는 신, 그 정도로. [조사자: 오지조사마, 지장보살(地藏菩薩) 뭐 그런?] 뭐, 보살. 네, 그 맞아요. 오지조사마라고 그냥 하는데. 약간 그게 어린, 음 어린애를 지켜주는 건지, 그런 얘기도 나오더라고요. [조사자: 어린애를 지켜준다고요?] 네.

179

　　어쨌든 어린애뿐만 아니라 사람들 도와주는데, 제가 대학교 때 그, 그런 유명한 오지조사마가 있었어요. 교토에 있는 절인데, 그때도 얘기 한번 말씀드리지 않았나? (웃음) 모르겠어요, 중복될지. [조사자: 아니요. 못 들은 것 같아요.] 아, 그래요?

　　오지조사마는 보통 맨발이에요. 근데 그 오지조사마는 와라지(わらじ)라고, 그 조리(ぞうり)같은 걸 신고 있는 오지조사마인데, 실제로 그 기도를 할 때,

　　"정확하게 주소까지 다 얘기를 하라."

　　고 해요. 그거를 해야지 오지조사마가 직접 걸어가서 도와주신다고 해서. 그거 일본에도 몇 개 안되는 와라지를 신은 오지조사마라고 해서 그 절에 몇 번 가서 얘기도 듣고 그랬던 기억이 나요. 그 잘 뭐야, 기도를 잘 들어주신다고요. (웃음)

상인의 신 에비스와 공부의 신 다이코쿠

● **구연정보**

조사일시 : 2017. 05. 01(월) 오전

조사장소 : 인천시 부평구 삼산동

제 보 자 : 노마치 유카 [일본, 여, 1974년생, 결혼이주 10년차]

조 사 자 : 신동흔, 조홍윤, 황승업

● **개요**

시치후쿠진은 일곱이서 각각 맡은 직능이 다르다. 그중 일본인들에게 가장 친숙한 에비스는 상인의 신으로서, 오사카 상인들에게 에비스상이라는 애칭으로 불리며 음식점마다 그 얼굴상이 장식되어 있다. 다이코쿠는 머리가 좋아지게 하는 신인데, 학생들은 시험을 볼 때마다 다이코쿠 석상의 머리를 만져서 그 부분이 반질반질해질 정도가 된다.

　그게 시치후쿠진(しちふくじん, 七福神)이죠. 복을 예, 갖다 주는. 근데 일곱 명 다 각자 다른, 그러니까 재능이라고 해야 될까? (웃음) [조사자: 담당하는 게 다 달라요?]

　아, 담당하는 게 달라서 에비스(えびす)라는 신이 있어요. [조사자: 에비스?] 에비스. 한자는 모르겠는데 에비스. 에비스 신이 유명한데요, 상인들이 '에비스, 에비스상' 하고 '상(-ちん)' 붙여서 에비스상, 오사카 사투리 약간.

　오사카 쪽에 상인들이 많이 살아서 상인의 도시였거든요. 도쿄는 약간 무사들의 도시였고. 그런데 오사카 상인들이 에비스상 하면은, 1월 중순쯤? 1월 중순쯤에 에비스상이라는 날이 있어요. 그러면은 그 신사에서 아주 크게, 설날만큼 크게 물건? 그 부주? 뭐죠? 그

들고 다니면은, [조사자: 부적?] 아! 부적. 부적 같은 것도 팔고. 복조리 있잖아요? 복조리도 팔고. 복조리에도 막 장식이 되어 있는데, 그 에비스 신의 얼굴에다가 막 금이라든지 좋은 것들. '쇼바이 한죠(しょうばいはんじょう)'하면은 글자가 사업이 번창, 그런 뜻인데 그런 거를 다 사러 가요. 그거를 사서 그 가게에다가 장식해야지 뭔가 될 것 같은.

[조사자: 얼굴이 어떻게 생겼나요?] 뭐, 아주 뭐랄까. 복스럽게? (웃음) [조사자: 복스럽게?] 그 뺨이 요만큼 이렇게 뽈록 나오고, 모자 쓰고. 아, 얼굴은 막 웃고. 그러니까 오사카는 물건 팔아야 되니까 되게 뭐랄까 상냥하고 애교도 많고. 그러니까 상인들 이미지가 그래요.

막 이렇게 이거, 깨를 이렇게 으깬다고 하는데, 한국에서 뜻이 없어요? [조사자: 으깬다고 해서?] 아, 깨를 으깨는 뭔가 다른 뜻이 없어요? 내포되는 뜻. [조사자: 아, 그런 다른 의미는 모르겠는데요.] (웃음) 아부. [조사자: 아부, 아! 우리는 "손바닥을 비빈다."라고.] (웃음) 에, 고마(ごま)라고 하는데, 막 이렇게 (양 손바닥을 비비는 모습을 하며) 깨를 막 이렇게 하는 건데. 이 손도 막 이렇게 하면서. (웃음) 거기가 그 모습이 깨를 으깨는 모습이랑 똑같아서 그 말이 생겼는데. 하여튼 에비스상이 유명해요.

[조사자: 가끔 일식집 가보면 동그란 얼굴 모양이 있는 거 봤는데 그게 에비스예요?] 그거예요. 예예, 그거예요. 에비스상. 상인들이 가서 그 일본에는 신사가 직업마다 이거 분담이라고 해야 돼요? (웃음)

"어떤 직업은 여기 가서 기도를 해라."

하는 게 다 있는데, 음식 가게, 모든 가게가 에비스상한테는 가요.

[조사자: 칠복신 중에서 제일 유명한 게 에비스상이에요?] 네네, 에비스.

[조사자: 혹시 다른 사람, 다른 신들은?] 다이, 다이코쿠(だいこく)상이라는 것도 있는데, 큰, 클 대(大)자하고, 흑(黑), 흑에 그 아세요? [조사자: 토(土)?] 아니요. [조사자: 아, 검, 검은?] 검은, 예예, 다이코쿠. 그렇게 해서 다이코쿠사마라고 부르는데. 머리가 좋아진다고 했나? [조사자: 머리가 좋아진다고요?] 아마 그럴 것 같은데. 예.

오사카에 어, 타워가 있는데 거기 가면은 있는, 있어요. 대학생들 가면은 만진다고 막, 만지면 머리가 좋아진다고 그래요. (웃음) 다 만지니까 이렇게 맨들맨들. (웃음) [조사자: 그럼 이제 수험생들, 시험 보는 사람들 가가지고 만지고 그러겠네요?] 예, 그런 것 같아요. 저는 그런 거 잘 안 찾아 가서. 칠복신을 그 모시는 신사들이 많이 있어요.

혀를 뽑아가는 염라대왕

● 구연정보

조사일시 : 2017. 05. 11(목) 오후

조사장소 : 경기도 수원시 영통구 매탄2동

제 보 자 : 이데이 유미 [일본, 여, 1977년생, 결혼이주 15년차]

조 사 자 : 오정미, 이승민

● 개요

일본에는 거짓말을 하면 거짓말한 사람의 혀를 뽑는 염라대왕이 있다.

그 거짓말을 하면, 아 한국어가 뭔지 모르겠네. 엔마다이오라고 해가지고 염마대왕? [조사자: 아! 염라대왕? 염마왕.] 네. 염마왕. 네 그 거 맞는 것 같아요. 염라대왕. 그 어렸을 때는 애들은 엄마한테도 거 짓말하고 다니잖아요.

"자꾸 이렇게 거짓말하면 그 염라대왕이 나타나가지고 혀를 가 져간다."

이런 소리를 많이 들었어요. 혀가 있으니까 말하잖아요. 그러니 까 계속 그런 말하면 혀를 이렇게 큰 집게로 짝! 뽑아간다. (웃음) 뽑 아간다는 말을 많이 들은 것 같아요.

(조사자가 한국의 염라대왕의 이야기를 해주며 구연이 끝남.)

저승강 산즈노가와

● 구연정보
조사일시 : 2016. 11. 18(금) 오후
조사장소 : 강원도 강릉시 초당동
제 보 자 : 코마츠 미호 [일본, 여, 1969년생, 결혼이주 20년차]
조 사 자 : 박현숙

● 개요
사람이 죽어서 '산즈노가와'라는 강을 건너면 저승이다. 망자가 산즈노가와에
다다르면 조상 중 누군가가 망자에게 손을 흔든다. 일본 절에도 한국과 마찬
가지로 지옥도가 그려져 있다.

[조사자: 사람이 죽으면 저승이라는 곳을 가잖아요. 그러면 그 저승 가
는 길이 어떻다더라, 저승 가는 길에 누가 있어서 누구를 만나야 된다거나.
그런 것들은 있어요?] 아, 그거 그 '산즈노가와(さんずのかわ)'가 뭐
지? 그 강 넘어가면 이제 그쪽 사람이 된다는 그런 거. [조사자: 아, 그
강 이름이 있는 거예요?] 네. '산즈노가와'라고. [조사자: 산즈노가와?]
네. [조사자: 거기를 건너면 이제 저승길이에요?] 네네네. 산즈노가와. 산
즈노 그 강 저쪽에서 뭐 그 돌아가신 누가 손 흔들었다는 그런 거는
있지만은.

[조사자: 아, 그러면 일본에.] 아, 그거 죽으면 지옥에 가면 지옥 이
야기는 그 절에다가 이렇게 그림도 많이 있는데, [조사자: 어떻대요?]
불, 불 그리는 불가마? [조사자: 불가마?] 네. 불가마에다가 뭐 거기서
들어가서,

"아이, 뜨거워."

하는 사람도 있고. 뭐 그런 거는 불교식으로 나와 있겠죠. 그런 이야기는 그림 같은 거로.

[조사자: 한국에 있는 절에 그림이랑 비슷한가요?] 아마 그런 거 같은데요. [조사자: 지옥도. 한국에도 보면 지옥도가 있어서 거짓말하는 사람은 혀를 뽑아가지고 거기 소가 갈아요.] 네네네. [조사자: 밭 갈듯이.] 네, 그런 식으로 그 잔인한. [조사자: 뾰족뾰족한 거에.] 아, 네네. [조사자: 차가운 얼음에 넣고.] 네. 그런 거 어렸을 때 보면,

'아, 무섭다.'

[조사자: 무섭죠. '착하게 살아야지.' 생각하죠.] 네네. [조사자: 그런 문화는 비슷하네요.] 네.

저승강 산즈노가와를 지키는 노부부

● 구연정보
조사일시 : 2016. 12. 17(토) 오후
조사장소 : 강원도 횡성군 횡성읍 읍하리
제 보 자 : 모우에 히로꼬 [일본, 여, 1967년생, 결혼이주 19년차]
조 사 자 : 박현숙, 김민수

● 개요
일본에는 사람이 죽으면 가는 저승강 '산즈노가와'가 있다. 큰 나무가 있는 산
즈노가와에 다츠에바와 겡에소라는 노부부가 살고 있다. 노부부는 저승강 산
즈노가와에 도착한 망자의 옷을 큰 나무에 걸어서 망자의 생전 죄의 무게를
단다. 착하게 산 사람은 저승 다리 산즈노하시를 건널 수 있다. 죄의 무게에
따라서 강을 건너는 방법이 결정된다.

일본에서는 그리고 사람이 죽을 때, '산즈노', '산즈노하시'라고
그 다리 건너야지 그런 거 있어요. 그 다리 건너야지! [조사자: 저승길
로 갈 수 있어요?] 네. 그 다리로. [조사자: 그 다리를 건너야지만.] 네. '산
즈 노하시'라고 해서 이거 다 일본사람들이 그렇게 말해요, 대부분
사람들이. [조사자: 저승다리네요?] 네.

[조사자: 그러면 거기, 그 산즈노 다리를 건너는데 무사히 잘 가게 하기
위해서 이승의 살아있는 사람들이 뭐 하는 건 없어요?] 그건 저쪽에서,

"오라! 오라!"

라고 해서. [조사자: 근데 거기도 누가 오라고 하는 사람이 할머니.]
뭐 친척인지 아는 사람인지. [조사자: 아, 친척인지?] 뭐, 그런 이야기.

[조사자: 한국처럼 누가 특정하게 저승.] 아, 모시는 건 없고. [조사

자: 없어요? 어떤 할머니를 만난다고 하던데. 그 다리에서 데려가는 할머니가 있다고 하던데 그 얘기는 못 들어보셨어요?] 아, 저는, 지역마다 달라서 그런지. 근데 어쨌든 산즈노하시가 있어요.

[조사자: 그러면 우리 한국에서는 저승에서 갈 때 돈이 필요할 거 같아서 노잣돈이 필요할 거 같아서 주고 하는데.] 그러니까 산즈노하시인지, 산즈노가와인지, 강! [조사자: 강?] 잠깐만요. (구연을 멈추고 검색을 하다가) 아, 산즈노하시 아니고 '가와'. 네. [조사자: 그렇죠? 산즈노가와.] '가와'죠. 그럼 대부분 [조사자: 강이에요 그럼?] 강이에요, 강.

[조사자: 어쨌거나 강을 건너야 저승으로 간다는 거죠?] 그렇죠. [조사자: 그럼 이승으로 나올 때 나오는 얘기는 없어요? 한국은 하얀 강아지. 저승에서 못 나오는데, 하얀 강아지 따라가면 저승에서 나오는 길을 알려준다고 하거든요.] 있대요? 어머머머, (웃음) [조사자: 신기한 일 많죠?]

(제보자가 자료를 검색하다가) 근데 이거가 불교 유래했는 걸로 쓰고 있네요. [조사자: 불교에서 유래했다고.] 응. 사람이 죽으면 일곱째? 그러니까 일주일째 때 건너가는 [조사자: 일주일째 되는 날.] 그날 때 건너가는 강을 산즈노가와라고. [조사자: 그럼 죽어서 일주일 동안 걸어 걸어 강까지 가야 되는구나.] 그럼 아마 그렇겠죠? 저도 가본 적이 없으니까. [조사자: 그렇죠. 가보면 못 만나죠, 우리.]

근데 모르겠어요. 제가 우리 아버지 돌아가실 때도 여기 이야기 했는지 모르지만 돈이 필요하니까 이렇게 챙겨요. [조사자: 돌아가신 분한테 챙겨드려요?] 가짠지, 아무튼 돈이 필요하다고 해서 (또 자료를 검색하다가) 여기 이거 쓰고 있네요, 돈이 있으면. 자기가 그러니까, 착한 사람이 지나가는 다리가 있대요. 그 돈이 있으면 그거 주고 착한 다리 넘어갈 수 있다고 그렇게 쓰고 있어요. [조사자: 그때 돈을 주고 지나가면 되는 거예요?] 네, 그렇게요. [조사자: 그럼 돈을 받는 사람이 있을 거 아니에요?] 그러네요. [조사자: 누가 받을까요?] 와! 그 다리, 아니 강 건너기 전에 무슨 할머니가 있나 봐요. [조사자: 할머니.] 네, 역시 있네. (웃음)

[조사자: 아, 그 할머니가 뭐라고 부르는 이름은 없어요?] 잠깐만요. (잠깐 검색하다가) 어, 이거 부부네. 노부부가 있는데 귀신이라고 쓰

고 있네요. 노부부 귀신, 살고 있대요. [조사자: 오! 그 산즈노가와.] '가와'에서는 큰 나무가 있고, 큰 나무가 있고 거기에 '다츠에바'하고 '겡에소'라는 노부부가, 노부부 도깨비가 살고 있다. 그 산즈노가와 건너기 전에 그 할머니인지 그 사람이 옷을 벗긴대요. [조사자: 그 사람 옷을 벗겨요? 죽은 사람?] 네.

　(스마트폰으로 검색하다가) 와! 그 할머니가 옷을 벗기고 그 큰 나무에서 그 옷 걸면 그 사람이 어떤 죄가 있는지 죄가 무거운지 알고 있대요. 그 죄가 무거우면 어디까지 갈 수 있는 거가 결정된대요. 그러니까 산즈노가와라는 그 강을 어디 건너갈 수 있는 위치를 결정한다고 그렇게 쓰고 있어요.

　그러니까 그 지나가는 강 죄가 무거우면 다시는 이 강을 이렇게 그러나 봐요. 그래서 근데 착한 사람은 강 건너는 거 아니고 다리 건널 수 있다고. 그래서 그러는가 봐요. [조사자: 그러니까 착한 일 한 사람은 다리를 건너면 되고, 나쁜 짓 한 정도에 따라서 가야 되는 강의 위치가 달라진다고.] 네네. 저도 처음 들어서. [조사자: 덕분에 하나 배우셨네.] (웃음)

식인귀 야만바의 형상

● **구연정보**
조사일시 : 2016. 12. 16(금) 오후
조사장소 : 강원도 강릉시 교동 강릉문화원
제 보 자 : 코마츠 미호 [일본, 여, 1969년생, 결혼이주 20년차]
　　　　　곤도 사끼에 [일본, 여, 1966년생, 결혼이주 20년차]
조 사 자 : 박현숙, 김민수

● **개요**
야만바는 산속에 사는 귀신 할머니이다. 흰 머리에 부스스한 머리를 하고 있다. 평소에는 조용하지만 화가 나면 무섭다. 무섭게 생겨서 사람들이 다가가지 않아 고독한 존재다.

조사자 : (일본 야만바 그림책을) 되게 재밌게 봤었어요.
코마츠 미호 : 네.
조사자 : 그 괴물 아니 그러니까 큰 귀신을 부르는 이름은 없어요?
코마츠 미호 : 야만바?
조사자 : 아, 야만바.
코마츠 미호 : '야만바'라고 그게 산에 사는 할머니인데 귀신 할머니예요, 야만바.
조사자 : 야만바 이야기가 부적 세 장 말고 또 관련된 이야기는 없어요?
코마츠 미호 : 야만바 이야기요?
조사자 : 야만바 이야기 있지 않아요?
곤도 사끼에 : 많이 나오죠. 산에 사는 할머니 귀신을 야만바라고 머

　　리 막 이렇게 지저분하게 해서.

조사자 : 어떻게 생겼다구요? 야만바가?

코마츠 미호 : 그 흰 머리 해서.

곤도 사끼에 : 흰 머리인데 머리가 막 길어요. 긴데 저 밑에 있지 않고.

코마츠 미호 : 부스스하는 머리 파아악.

곤도 사끼에 : 눈매는 이렇게 올라가서 무섭고.

조사자 : 그리고 엄청 커요?

코마츠 미호 : 아뇨, 엄청 크지 않고.

조사자 : 그럼 산에 살고?

코마츠 미호 : 네.

조사자 : 성격은 어때요? 괴팍해요?

코마츠 미호 : 성격이요? 그러니까 사람 잡아먹거나 뭐 그런.

조사자 : 사람한테 악행만 저질러요? 아니면 우리나라 도깨비처럼
　　어떤 사람에게 복을 주기도 하고 그래요?

곤도 사끼에 : 야만바는 그게 뭔가 조용한데 뭔가 일이 있을 때는 흥
　　분해서 막.

조사자 : 흥분하나요? 아, 분노조절 장애가 있군요. (일동 웃음)

곤도 사끼에 : 그러니까 야만바가 늘 나쁜 일을 하는 거 아니잖아요?

코마츠 미호 : 야만바가? 아 그래요?

곤도 사끼에 : 어쩌다 나오는 거죠.

조사자 : 아, 그래요? 그럼 어느 마을에 있는 존재가 아니라 일본에
　　서는 보편적으로 알려져 있는.

코마츠 미호 : 야만바?

조사자 : 야만바가.

곤도 사끼에 : 그러니까 바가 바바 할머니라는 뜻이죠. 산에 있는 할
　　머니. 아, 할미라는 뜻이죠, 야만바가.

조사자 : 근데 뭐 예를 들어서 뭘 잘 맡는다거나 그런 재능이 있지
　　않아요? 변신을 해도? 네, 네네. 변신? 그런 건.

조사자 : 뭐 옷감을 잘 짠다거나 그런 거. 아, 그런 건 없으시고요.

곤도 사끼에 : 네, 아마 산에 계시다가 모처럼 한번 나오시는

코마츠 미호 : 야, 야만바는 그 산에 사는 귀신이라고 알고 있는데
　　　그러니까 사람을 해치고 무서운 존재.

곤도 사끼에 : 어어, 그러니까 해치는 건 아닌데 조금 무서운 해서
　　　고독한 사람이다

코마츠 미호 : 그래요?

곤도 사끼에 : 아니 뭐 이미지가.

조사자 : 고독해 보이셨어요?

곤도 사끼에 : 그러니까 아무도 상대가 되지 않는다는 거죠. 상대가
　　　되지 않아서.

코마츠 미호 : 요괴 아니예요? 진짜 사람이에요?

곤도 사끼에 : 야만바는 가짜 상상 속의, 실제로 있는 야만바가 아니
　　　고. 그 산에 어딘가에 살고 있으면.

조사자 : 너무 외로워서 사람 보면 자꾸 친해지자고 하는 그리고 사
　　　람들은 무서워서 도망가고 그런 건가요?

코마츠 미호 : 그렇죠. 그게 생긴 지가 그렇게 무섭게 생겼으니 누가
　　　다가가겠어요.

물귀신 갓파

● **구연정보**

조사일시 : 2017. 05. 11(목) 오후

조사장소 : 경기도 수원시 영통구 매탄2동

제 보 자 : 이데이 유미 [일본, 여, 1977년생, 결혼이주 15년차]

조 사 자 : 오정미, 이승민

● **개요**

강에서 아이들을 죽게 하는 요괴가 있다. 그 요괴는 개구리와 거북이를 섞은
모습을 하고 있으며 등에 붙은 접시를 깨야 죽는다.

갓파*라고 해가지고, 그 요괴예요. 지금 말하면 요괴 (웃음) [조
사자 1: 갓파가 일본말로 요괴라는 건가요?] 아니요. 갓파가 요괴 이름
이에요.

그러니까 옛날에, 옛날 옛날 강이 있는데 강에서 뭐 사고 나거
나 애들 없어졌다. 뭐 그런 걸 좀 많이 있었을 때 갓파가 살고 있다.
이렇게 이야기하는 거예요. [조사자 1: 아! 강에서 아이들이 죽거나.] 네.
죽거나, 다치거나 뭐 좀 일이 생기니까 뭔가 있는가? 하는데.

그 옛날에는 그 갓파라는 게 개구리하고 거북이하고 섞여지는
모습. 사람처럼 생겼는데 다 초록색이고, 그 거북이처럼 등에 있고,
제일 중요한 건 머리 위에다가 접시같이 이렇게 동그랗게 이렇게 있
어요. 접시가. 얼굴도 막 거북이 같은, 뭐 개구리 같은 건데 양쪽에
좀 그런 게 좀 무섭게 생겼었어요. 그런데 그게 뭐 거기서 장난치거

---

* 일본 민담에 나오는 전설적인 동물이자 여러 수신(水神) 중 하나이다.

나, 뭐하면 데리고 가든지 뭐하든지 장난식으로 친다는 게 있어서.

그런데 그 갓파는 물가밖에 못살아요. 그 햇볕이 되게 뜨거우면 (머리 위 접시를 가리키며) 여기가 말라버리면 죽어요. 그래서 항상 물을 이렇게 여기 좀 촉촉하게 해야 되고, 또 접시가 깨지면 죽는 다는 그런 말도 있어요.

"만약에 거북이 만나면 거기를 때려서 접시를 깨줘라."

그런 이야기도 좀 하고 그런 것 같아요. 생선들도 잡아먹고 하니 까. 그런 게 실제로 있었다는 사람도, 옛날에 그런 그림도 있고 뭐 사 진도 가끔 옛날에 나오고 하는데 그것까지는 정확하게는 아니고 그 냥 미신? 그쯤으로 남아있긴 한데.

[조사자 2: 한마디 더 추가하자면 오이를 좋아하기 때문에.] (웃음) 아! 맞아! 맞아! 맞아! 오이. [조사자 1: 오이를 좋아해요?] 네. [조사자 1: 왜? 왜 오이를 좋아해요?] 그러네요. 오이만 좋아가지고 그거는 왜 좋아하지? 그러니까 밭에 그 야채들을 옛날에 키웠잖아요. 그거를 다 따먹고, 그것도 그러니까 조금 안 좋은 느낌이죠 그거는. [조사자 1: 훔쳐 먹는다?] 네. 훔쳐 먹고, 아이들한테 해코지 하고.

[조사자 1: 그런데 갓파가 처음에 어떻게 해서 생겼는지에 대한 이야기 는 없어요?] 음, 잘 모르겠어요. 그냥 거기 강에 쯤 살고 있는, 그러니 까 강에서 장난치지 말라 그런 뜻인 거 같아요. 아이들끼리 위험하 잖아요.

요괴 갓파의 형상

● **구연정보**

조사일시 : 2016. 11. 18(금) 오후

조사장소 : 강원도 강릉시 초당동

제 보 자 : 코마츠 미호 [일본, 여, 1969년생, 결혼이주 20년차]

조 사 자 : 박현숙

● **개요**

갓파는 물가에 살며 접시처럼 생긴 머리 모양을 하고 있다. 물에 살기 때문에
손에는 물갈퀴가 있다. 요괴이지만 현대에는 귀여운 이미지로 표현되고 있으
며 애니메이션으로도 제작되었다.

갓파 이야기는 [조사자: 없어요?] 없고.

[조사자: 그럼 어떤 거예요? 갓파가?] 갓파가 그 물가에 사는데, 강
에다가 사는데. 그 모습은 머리가 (양손 검지로 머리 주위에 원을 그
리며) 이렇게 접시처럼 있고 그 주위에다가 머리가 조금 이렇게 나
와 있고. 손에 그거 있고. [조사자: 물갈퀴?] 네네, 있고. 근데 그 강에
다가 살아요.

근데 나쁜 건지 좋은 건지 잘 모르겠지마는 그거는 지금 일본에
서는 귀여운 캐릭터로 이렇게 쓰고 있기 때문에. '강을 깨끗하게 사
용하자'고 하면 갓파 캐릭터가 이렇게 하고 그러는데. 요괴는 요괴
예요. 갓파. [조사자: 강에 사는 요괴?] 네.

근데 그게 아마 그 애니메이션도, 갓파 이야기 애니메이션. 그냥
요즘에 어떤 사람이 만든 애니메이션이 있는데 갓파 이야기. 그 현
대에 갓파가 살고 있었다. 근데 아버지가 그 죽어서 그 손이 잘렸어

요. 잘려졌어요. 그 손을 가지고 그 애가 그 인간들이 나쁘다고 그 손
으로 손에다가 매고 이렇게 그 떠나는 이야기, 그 애니메이션 있는데.
[조사자: 아, 갓파가.] 네. 그거 옛날이야기 아니고 요즘 이야기인데.

　　[조사자: 그니까 갓파는 옛날부터 전해지는 캐릭터고?] 네. 근데 이게
아마 갓파 옛날이야기는 저는 들은 적이 없어요. 근데 아마 있을 거
같애요. 그 요괴 이야기, 옛날이야기.

아키타현의 나마하게 요괴

● 구연정보
조사일시 : 2016. 11. 18(금) 오후
조사장소 : 강원도 강릉시 초당동
제 보 자 : 코마츠 미호 [일본, 여, 1969년생, 결혼이주 20년차]
조 사 자 : 박현숙

● 개요
일본 아키타현 오가 반도에는 나마하게 도깨비가 유명하다. 나마하게는 뿔이
두 개고 무섭게 생겼다 오가시(男鹿市)에서는 섣달그믐날 밤에 나마하게 가
면을 쓴 사람이 양손에 칼을 들고 집집마다 돌아다니면서 말 안 듣는 아이를
찾아 혼내는 풍습이 지금까지 전해지고 있다. 오가시에서는 나마하게 축제가
유명하며, 나마하게 캐릭터 과자, 열쇠고리 등 기념품도 판매한다.

[조사자: 아키타현에 유명한 바위나 이런 거는?] 아키타현은 그 '나
마하게(なまはげ)'라는 도깨비가 있어요. 여기 강릉단오제 때 공연하
러 오기도 했는데. [조사자: 네. 들어본 말인 거 같아요.] 네. 나마하게, 네.

나마하게 이야기는 그냥, 그 말을 안 듣는, 설날에. 설날에 말 안
듣는 아이가 있으면 혼난다고. 그 나마하게는 무섭게 생겼어요. 칼
들고 있어요. (양손에 칼을 드는 시늉을 하며) 방망이 아니고. 칼 들
고. [조사자: 양손에 칼을 들어요?] 네. 근데 진짜 방문하러 가요. 가면
쓰고, 나마하게 하는 사람이. 근데 어,

"말을 안 듣는 아이 없냐."

하고. '아-' 하고 그래서 그걸 보고 애들이 착하게 살라고 막 (웃음)
[조사자: 그럼 그 나마하게가 돌아다니는 날이 있어요?] 네, 설날에.

[조사자: 설날에.] 예예.

또 유명한 장소가 아키타(秋田)에, 바닷가에 오가(男鹿), 오가 반도라는 반도가 있어요.* 튀어 나와 있는 오가라는 곳에. 그 나마하게 이야기가 유명하고. 또 캐릭터 과자, 나마하게 과자도 팔고. 여러 가지 그 키홀다key holder가 뭐지? 열쇠고리 같은 거나 이런 것도 팔고.

[조사자: 그럼 설날 밤에? 다녀요?] 네, 나마하게가 설날 밤에. [조사자: 설날 전날이 아니고? 설날?] 아, 그거를 확실하게 할려면 좀 (찾아) 봐야 하는데. [조사자: 그러니까 밤에 다니는 거죠?] 네, 밤에 다니는 거예요. 나마하게. (핸드폰으로 자료를 찾다가) 이거 설날 때 하는데, 음력 1월 15일. 만월 그때. [조사자: 음력 1월 15일날?] 네.

[조사자: 어릴 때 하셨어요? 그래서 그게 무서웠어요?] 근데 이쪽은 잘 안 하고 오가 쪽에서. [조사자: 오가 쪽에서 많이 하는 풍습인가 보네요.] 네네. 그런가 봐요. [조사자: 그럼 거기는 축제도 하고 있어요?] 축제도, 춤도 있고, 그거를 살려서 이제 [조사자: 문화재로 지정해서?] 네네. 문화재로 됐나요? [조사자: 모르겠어요. 지정돼서 하는지. 여기 한국에 와서 공연했다길래.] 아, 그럴 수도 있겠네요.**

[조사자: 재밌는데요. (이미지를 보면서) 오우, 칼이 무서운데요.] 네. 좀 무섭게 생겼어요. 한국에서는 다 (도깨비가) 방망이 들고 있잖아요. (나마하게는) 그 뿔도 두 개 있고요. [조사자: 뿔도 두 개고.] 네. (양 손 검지로 머리 위에 뿔 모양을 만들며) 이렇게.

---

* 아키타현 서부에 있는 동해로 돌출한 반도이다. 반도의 대부분이 오가시(男鹿市)에 속한다.

** 나마하게 축제는 일본 아키타현 오가 시에서 열리는 전통 풍습이다. 본래 정월대보름 행사였다고도 하는데, 섣달그믐날 밤에 나마하게 도깨비 탈을 쓰고 손에 칼을 든 사람이 집집마다 돌아다니면서 '우는 아이는 없나' 외치고 게으른 사람을 혼내주는 풍습이다. 나마하게 축제는 2018년 11월 29일에 유네스코 무형문화유산에 등록되었다.

오니와 관련된 풍습

조사일시 : 2017. 05. 01(월) 오전

조사장소 : 인천시 부평구 삼산동

제 보 자 : 노마치 유카 [일본, 여, 1974년생, 결혼이주 10년차]

조 사 자 : 신동흔, 조홍윤, 황승업

● **개요**

일본 도깨비는 뿔이 달리고 호랑이 무늬 옷을 걸치고 있는 모습이다. 자(子),
축(丑), 인(寅) 즉 쥐와 소의 뿔과 호랑이의 모습이 도깨비의 모습과 닮아 있
어, 자, 축, 인이 가리키는 방향이 좋지 못한 방향이나 장소를 지칭하는 귀문
이 되었다. 또한 설이 되면 나마하게라는 이름의 도깨비가 못된 아이를 잡아
간다는 관념이 있어, 동북지방에서는 실제로 그와 관련된 행사가 벌어진다.

도깨비 상징적인 모습. 이러, 이러고 있는. 상의 나온 거 다 있고,
뿔이 두 개 있고. 예, 그리고 그 한국에도 이런 얘기가 있던데요. 노
래가 있던데요. [조사자: 어떤 노래요?] 도깨비의 빤츠는 뭐 무슨? [조
사자: 아, 도깨비 빤츠는 무슨 색이고?] 호랑, 호랑이 아니고. 아, 호랑이
무늬고요.

막 동화 구연 배웠을 때 그 노래하는데, 일본에서 왔나 모르겠네
요. 약간 도깨비 하면은 호랑이의 그 무늬예요. 한국도 그렇습니까?
[조사자: 네. 뭐 그런 거 걸치고 있는 모습. 이렇게 한쪽으로만.] (웃음) 네
네. [조사자: 일본말로는 오니(おに, 鬼)라고 하는 건가요?] 오니, 오니, 예.

한국에도 귀문(鬼門)이라고 있어요, 혹시? 아, 그 오니(鬼) 쓰고
요, 오니에 문(門). [조사자: 귀문?] 들어본 적이 없으세요? [조사자: 네,

귀문이라는 말은 잘.] 아, 일본에는 그 안 좋은 방향이 귀문이라고. [조사자: 아! 풍수지리적으로 귀문이라는 건 있어요.] 풍수. 아, 귀문이라고 하는 거예요? 그러면 똑같을지 모르겠네요.

지금 십이지(十二支)에 좀 공부를 하는데, 그 십이지 중에 자(子) 축(丑), 뭐 있잖아요? 그 축(丑)하고 인(寅)이죠. 자, 축, 인이죠. 축하고 인 방향을 귀문이라고 해요. 그러니까 자, '축'하면 소잖아요. 소뿔이 있죠. 소뿔이 있고, 그리고 '인'하면은 그 무늬 그게 딱 도깨비 이미지잖아요. 그래서 그 방향. 자축인 이쪽 방향. 동북이라고, 동북, 동북이었던 것 같아요. 거기에 일본, 아 중국에는 없었는데 일본에 건너오면서, 에 그 방향을 나타낸 거잖아요, 십이지는. 에 그래서 귀문, 귀문 하는데 지금도 많이 쓰는 말이에요.

"아, 나는 거기는 귀문이야."

하면은 뭔가 안 맞고 안 좋은 일이 생기고.

하여튼 오니, 오니도 많이 생활 속에 아직 있는 [조사자: 어렸을 때 오니 이야기 많이 들으셨어요?] 오니 얘기 많이 들었죠. [조사자: 어떤 이야기 들으셨어요?] 오니, 대표적인 거는 모모타로(ももたろう). [조사자: 모모타로?] 예, 저번에 말씀드린.

그 또 오니가 모모타로처럼 유명하지는 않지만, 그 사람을 막 잡아먹고 그런 얘기가 많아요. 딸을 이렇게 막 훔쳐가고 막, 그런. [조사자: 딸을 훔쳐간다고요?] 네, 딸. 마을에 내려와서 뭐 여자를 훔쳐가고 그런 얘기가 [조사자: 보면은 재물도 가져가고, 여자도 데려가고 그런 게 많이 있다고.] 네, 그렇게 좋은 이미지가 없지만, 그래도 어떤 동북지방, 거기가 그런 괴물얘기가 엄청 많은데, 겨울이 엄청 길어서 집 안에만 있으니까 얘기를 많이 했던 그런 게. [조사자: 북해도 지방 그쪽에?] 북해도까지는, 그게 다른, 문화가 좀 달라서.

북해도가 아니라 동북. 지진 난 그쪽 지역은 원래 그런 귀신얘기가 많이 있었는데, 그때도 말씀드린 것 같은데, 나마하게(なまはげ). [조사자: 나마하게?] 네. 설날 때 나마하게라는 이름의 도깨비가 막, 도끼인가? [조사자: 네, 도끼.] 아, 도끼를 가지고 막 애들을 찾아오는 거예요.

"지난 일 년 동안 엄마 말 안 듣고 막 찡찡대고 그런 아이가 어디 있냐?"

면서 막 찾아다니고. 애들은 막 정말 도망가고. (웃음) 진짜 옷까지 다, 옛날에 짚으로 만든 그 비옷 같은 것도 입고. [조사자: 도롱이 같은?] 예예, 그렇게 해서 머리, 머리도 막 이런 가면 쓰고, 뭐 다 쓰고 오니까 무섭잖아요. 그때 어른들이,

"아나, 어이 그러지 말고 와."

하면서 달래면서 대접해주고. 술 먹여 주고, 밥 먹여 주고, 그렇게 해서 보내요. 애들 그 지켜주는.

사실 다 짠 거잖아요. (웃음) 애들 보기에는,

"부모님 말 들어야 되겠다."

저 근데 그 지방만 그렇게 하는데, 얘기는 많이 들었어요.

그런데 실제로 아이가 그런 경험 하면은 트라우마가 생긴다는 얘기도 하고, 울고불고 난리가 난대요, 무서워서. [조사자: 설날에 무슨 행사처럼 그렇게 하는군요?] 예예, 그런데 안 좋다고 하는 사람도 있고, 교육상. 그래도 문화니까 계속하자 하는 사람도 있고, 재미있는 것 같아요. 그런 앱App도 생기고. 앱, 앱이. 앱. [조사자: 어플리케이션 application?] 예, 어플리, 예. 그러니까 그 말을 안 듣고 막 하는 애가 있으면, 그러면 어머니가,

"오니한테 전화한다." (웃음)

그러면 전화를 걸어주는 거예요. 그런데 화면에 오니가,

"엄마 말 안 듣는 사람 누구냐?"

하면서 막 이렇게 뒷모습을 돌아, 아이 이렇게 무서워하고 엄청 효과적이래요.

[조사자: 한국에도 망태할아버지 앱 하나 만들어가지고.] 있어요? [조사자: 만들면 좋겠네요.] 아 지금, 여기서 애들 무서워하는 할아버지가 있어요? [조사자: 네, 망태할아버지라고.] 망태? [조사자: 뒤에 이렇게 짊어지고, 이렇게 큰 자루 같은 걸 짊어지는 할아버지가 있어요. 말 안 들으면 이제 망태에다가 잡아간다고.] 으음, 재밌네요.

배꼽 떼어가는 오니

● 구연정보

조사일시 : 2016. 11. 18(금) 오후

조사장소 : 강원도 강릉시 초당동

제 보 자 : 코마츠 미호 [일본, 여, 1969년생, 결혼이주 20년차]

조 사 자 : 박현숙

● 개요

오니는 뿔이 한 개인 경우도 있고, 두 개인 경우도 있다. 한국 도깨비와 다르게 일본의 오니는 무서운 존재다. 일본에서는 잘 때 배를 내놓으면 오니가 배꼽을 떼어간다는 말이 있어서 꼭 배를 덮어야 한다고 생각한다. 그리고 나쁜 것이 오면 오니가 온다는 말을 하기도 한다.

한국에서는 (도깨비가) 다 방망이 들고 있잖아요. (나마아게는) 뿔도 두 개 있고요. [조사자: 뿔도 두 개고.] 네, (양손 검지로 머리 위에 뿔 모양을 만들며) 이렇게.

[조사자: 오니도 뿔 두 개 아니에요?] 오니, 네네. 근데 하나 있는 애도 있고 두 개 있는 애도 있어요. [조사자: 한국에는 도깨비가] 하나죠. [조사자: 하나인 경우도 있고 어떤 경우에는 없다고 하기도 하는데. 어쨌거나 도깨비가 사람한테 해코지도 하지만 또 이렇게 잘하면 사람한테 돈도 많이 갖다 줘요. 오니도 그래요?] 아니에요. 그게 다르더라고요. 오니가 좀 잔인하고 무서워요. 네. 한국은 그렇잖아요. 좀, 좀, 뭐지? 좀 심술쟁이. [조사자: 심술궂기도 하고, 장난치기도 하고.] 장난, 네네. 근데 무서운 존재예요.

[조사자: 아, 그러면 혹시 뭐 아이들 키울 때 오니와 관련해서] 아, 무

202

서워요. [조사자: 해주는 게 있어요? 뭐 말해주는 게?] 뭐? 아까 〈우라시마타로〉에 오니가 나왔잖아요. 오니, 그리고 〈혹부리 영감〉에도 오니가 나오는데. 오니가 주인공은 없는데. 악역으로 나오죠, 옛날이야기에는. 근데 무서우니까. 무서운 존재.

　[조사자: 한국은 애가 자꾸 울고 그러면 "호랑이 온다." 막 이렇게 해요. 그런 거처럼 오니와 관련돼서 말을 하거나 하는 건 없어요?] 아, 애들한테요? [조사자: 네. 오니가 워낙 무서운 존재니까. 아이들도 오니 무서워할 거 아니에요?] 네, 그렇죠. 그 전등, 전등. [조사자: 전등? 여기 형광 불 말하는 거예요?] 아, 아니 전등 말고요. 번개. [조사자: 천둥 번개?] 네. 거기에 도깨비가 있다고 하는데. 그 배를 차갑게. 그니까,

　"배를 이렇게 나오게 하고 자고 있으면 도깨비가 배꼽을 훔쳐간다."

　뭐 그런 식으로 하기도 하고. [조사자: 아, 그니까 잘 때 배를 이렇게 꺼내놓고 자면, 배가 드러나면 오니가 배꼽 가져간다는 말이 있어요?] 네. 그래서 덮고 자야 돼요. 배는 덮고 자야 된다는. 뭔가 나쁜 것이 오면, 네 맞아요.

　"도깨비가 온다."고.

　"오니가 온다."

　고 하는 것도 있고.

　[조사자: 그래서 제가 일본 동화책 중에 아이들 배꼽 훔쳐가서 쌓아 놓고 있는 오니를, 모모타로처럼 가서 무찔러갖고 오는 아이 이야기가 있었어요. 그게 창작인지 전래로 들려오는 건지 잘 모르겠는데. 배꼽. 그래서 얘가 막 계속 오니가 "아기 배꼽. 아기 배꼽." 이러고 다녀요.] 진짜요? [조사자: 그 책에서는 애들 배꼽 뜯으러.] 어, 무서워요. [조사자: 무섭죠? 그래서 어떤 용감한 아이가 그렇게 동물들 데리고 배꼽, 맛있는 배꼽 찾으러 오는 오니를 잡으러 가는 이야기 있어요.] 어, 무서워요. 그런 이야기. 배꼽. (웃음) [조사자: "맛있는 아기 배꼽" 저희 아이 읽어줄 때.] (웃음)

응애 할아범 코나키지지

● 구연정보
조사일시 : 2018. 10. 11(목) 오후
조사장소 : 경기도 오산시 은계동
제 보 자 : 후카미즈 치카코 [일본, 여, 1974년생, 결혼이주 13년차]
조 사 자 : 김정은, 강새미, 엄희수

● 개요
일본에는 코나키지지라는 요괴가 있다. 코나키지지는 숲속에 사람들이 걸어
가고 있을 때 아기 울음소리를 내는데, 사람들이 아기를 안으면 갑자기 돌처
럼 무거워져서 그 사람을 깔려죽게 만든다. 이 요괴는 〈요괴워치〉라는 애니
메이션에도 등장했다. 한국에서 이 애니메이션을 번역했을 때에는 '응애 할아
범'이라고 했다.

스토리라고 하면, 그러면 산속에 사람이 걸어 다니고 있으면, 애
기 울음소리가 나가지고. 그거 애기인 줄 알아서, 갑자기 너무 무거
워져서 돌처럼 무거워져서, 사람을 눌러죽여요. 그런 요괴가 있어요.

[조사자 1: 그 요괴 이름이 뭐예요?] 코나키지지(子泣き爺)*라고 하
는데. 근데 이거는 애니메이션에서 나왔는지, 옛날 얘기에서 진짜 나
왔는지가 애매해요. 그런 게 너무 많아서. 애니메이션에서 [조사자 1:
만들어진 건지.] 그럴 수도 있을 거 같애요. 네. 40년 전에도 있었는
데, 그때부터 애니메이션이 완전 발전되어 있었기 때문에. 확실하게

● 노인의 모습을 하고 있으며 아기 울음소리를 낸다. 거리를 두고 보면 갓난아이처럼
보이는데 산길에 홀로 버려진 척하며 운다. 이것을 본 행인이 코나키지지를 안고 달려려 하면
점점 무거워져서 결국 행인을 압사시킨다.

는. 저는 코나키지지가 언제부터 있는지. 찾아봐도.

[조사자 3: (스마트폰으로 찾은 이미지를 보여주며) 이런 게 나와요.] 네, 맞아요, 맞아요. 애니메이션이에요. 이거 애니메이션인데. [조사자 2: 뭔가 생각했던 거랑 다르네.] 원래가 그 어떤 지방에서 그 전해 내려오는 거라고 하네요. 이걸로 모델로 하고 요즘에 요괴인가? 〈타요마〉인가? 〈타요마〉나 그런 애니메이션에 그런 게 나와서 더 유명해졌어요. 그런 게 있어요.

[조사자 1: 일화, 간단한 거 들으셨던 걸로 얘기해주셔도 돼요.] 응? [조사자 1: 여기 이야기 관련된 스토리 간단한 걸로.] 이거밖에 없어요. 그냥 산, 산길을 가고 있으면 애기 소리가 나서 도와줬는데 그렇게 갑자기 사람을 눌러 죽인다고.

요괴가 원래가 스토리가 있는 게 아니라 '이런 짓을 한다, 저런 짓을 한다' 그런 거 때문에 있는 거라서 이거랑 비슷하게. 스토리가 있는 거는 특별히 생각이 나는 건 없네요. 그냥 '이런 캐릭터다', '저런 캐릭터다'라고 해서 따로 있는 거 같애요.

[조사자 1: 일본 강의할 때는 요괴이야기가 많아갖고 사람들이 되게 좋아할 거 같애요.] 초등학생한테만. [조사자 1: 초등학생한테만 인기 있어요?] 그러니까 그, 있지도 않은 거라서. 더 이상 발전이 없어서.

"그냥 그런 게 있어요."

라는 거에서 겁주고 끝나는 거라서.

생김새가 너무 특이해서, 그게 좀 매력인 거 같애요. [조사자 1: 일본 사람들은 재밌는 게, 애니메이션이 되게 잘 되어 있으니까 그 요괴들을 형상으로 만들어내는 그 능력이 있잖아요. 그런 게 되게 많으니까 진짜 있을 거 같애. 진짜 그런 모습인지는 모르겠는데. 너무 잘 그리잖아요.]

(제보자가 자신이 갖고 있는 자료를 보여줌.)

이런 거나 뭐, 하나밖에 눈이 없는 거든지. [조사자 1: 이 사람은 뭐 어떻게 하는 거 없어요? 하나밖에 눈이 없는 사람은?] 그것도 히토츠메고조(一つ目小僧)*라고 하는데 이것도 여러 가지 있는데 결국은

● 일본 요괴로, 이마 한가운데 눈이 하나만 있는 까까머리 아이의 모습을 하고 있다.

나쁜 짓을 한다, 안 한다, 그것도 문건마다 다르고, 문건마다 다르고. 음, 여기에 제가 좀 간단하게 한 게 있었어요.

[조사자 3: 아까 그 뭐지? 코나키지지? 이게 우리나라에 번역했을 때 만화에서, '응애할아범' 이렇게 된대요. '응애'는 애기 울음소리고, '응애 할아범'] (웃음) [청자: 바로 알 수 있어요.] [조사자 1: 응애 할아범은 뭐야, 너무 재미있게. 근데 약간 창의적으로 번역했다.] [조사자 3: 투니버스 이런 데에서 번역해서 만화를 했나 봐요.] 〈요괴워치〉라는 애니메이션이 한창 너무 유행했을 때, 이름을 잘 지었더라고요.

(노트북으로 자료를 보여주면서) 이게 되게 제가 어릴 때부터 최고로 유명한, 이거는. (애니메이션을 보여주면서) 〈요괴워치〉에는 이런 좀 귀여운 캐릭터가. 자제분이 있으신다고 하시니까, 보셨죠? [조사자 1: 저는 많이 봤죠. 〈요괴워치〉가 너무 웃겨요. 요괴가 거기에 떨어지려면 좀 자유로워야 돼요. 요괴가 해주는 그 생각에.]

일본의 여러 요괴들

● **구연정보**

조사일시 : 2017. 12. 10(일) 오후

조사장소 : 대구시 달서구 신당동

제 보 자 : 마츠자키 료코 [일본, 여, 1982년생, 이주노동 8년차]

조 사 자 : 김정은, 황승업, 강새미

● **개요**

일본에는 여러 요괴가 있다. '으왕' 소리를 내는 요괴는 사람들을 놀래키는데, 사람도 겁을 내지 않고 소리를 내며 그냥 간다고 한다. 밤길을 걸어갈 때 발자국 소리를 내는 '베토베토상'이나, 팥 씻는 소리를 내는 '아즈키아라이'처럼 딱히 해를 끼치지 않는 요괴도 있다. 반면, 아이 울음소리로 사람을 유인해 압사해 죽이는 '코나키지지', 밤길에 갑자기 벽으로 길을 막는 '누라카베', 사람이 잘 때 목을 졸라 죽이는 '잇탄모멘', 목을 길게 빼서 날아다닐 수 있으며 사람을 죽이는 '로쿠로쿠비'처럼 사람에게 해를 가하는 요괴들도 있다. 로쿠로쿠비같은 경우에는, 목이 날아갔을 때 몸통을 숨겨놓고 로쿠로쿠비가 아침까지 자기 몸을 찾지 못하면 그 요괴가 죽는다.

요괴는 많이 있어요. '으왕' 그냥 '으왕'라는 큰 소리만 하는 요괴도 있고. (일동 웃음) 특히 하나, 혼자 화장실에 있으면 들린다고 하나? '으왕' 그런데 옛날 화장실 집 밖에 있잖아요. 무섭죠. 그래서 '으왕'이라고 하는데. 그런데 그때 인간이 겁을 내지 않고 '으왕'이라고 다시 인간도 하면, 그게 그냥. [조사자 1: 가는구나.] (웃음)

다른 사람도 봤다고 하는 얘기가 많은 걸, 제가 아는 거는 '베토베토상(べとべとさん)', '베토베토상' (웃음) '베토베토'는 좀 의태어인데, 좀 '존득하다' 이런 거. '베토베토상'이 있대요. 그거는 밤길을

다니면 그 발자국 소리가 들리는 거예요. [조사자 1: 아, 이렇게 발소리가 들리는 거구나?] 그런데 사람 없는 거예요. 계속 따라와요. 그런데 그럴 때는 또 사람이 (일본어로 말하다가)

"베토베토상, 먼저 가세요."

라고 하고 좀 비켜주면 '착, 착, 착' 가는 거예요. 그것만인데, 나쁜 짓을 안 하는데. 그런 얘기가 있고. 그건 현대에도 인터넷에도 많이 좀 가끔씩 베토베토상 만났다라는 소리가 나와요.

'아즈키아라이(小豆洗い)'라는 거 있고. '아즈키'는 '팥'. '아즈키아라이' '아즈키'는 '팥', '아라이'는 '씻다', '씻기'. '팥 씻기'. (웃음) 씻다라고 안 해요? 팥을 씻는 거예요. 이렇게,

"칙, 칙, 칙."

그냥 팥을 씻는 소리가 들리는 거예요. [조사자 1: 아이고.] (웃음)

"쇽, 쇽, 쇽."

그러니까 일본어로는 '쇼리, 쇼리, 쇼리'라고 하는데,

"쇼리, 쇼리, 쇼리."

소리가 들리는 거죠.

"아, 아즈키아라이가 있구나."

라는 걸 알게 된다고 하네요. 그것만. (웃음)

뭐 나쁜 짓을 하는 요괴 아니에요. 소리만 들리고. 그런 해 없는 요괴를 많이 좀 알았나 봐요, 그 미즈키 시게루*가. 그래서 요까이하고,

"요까이도 공생할 수 있는 세계가 좋은 세계다."

라는 걸 많이 얘기 하고 있었죠. [조사자 1: 아, 요괴가 '요까이'?] '요까이' 네.

이거 '코나키지지(子泣き爺)'라고 하는데. 코나키지지. 코나키지지. '코나키'가 '코'가 '아이', '나키'는 '울음', '운다'. '아이 우는' 그런데 '지지'는 '할배' [조사자 1: 아, 우는 아이 잡아가는 할아버지인가 보다.] 잡아가는 거 아니에요. [조사자 1: 아니 여긴 안 잡아가요?] 그러니까 그냥 밤길을 걷고 있으면, 아이 목소리가 들려요. 우는 아이가. 근데

---

* 일본의 만화가로 주로 요괴만화를 많이 그렸던 인물이다.

"아, 왜지?"

라고 하면, 길가에 아이가 버려, 버려져 있어요. 그래 불쌍하게 생각해서 등에 매고, 업어서 점점 아이가 무거워지는 거예요. 그런데 견딜 수 없는 정도로 무거워지고,

'아, 이상하다.'고.

생각해봤더니 아이 얼굴은 할아버지 얼굴 되어 있고, 뭐 돌처럼 무거워지고 있고. 그런데 결국은 압사한 그런 얘기. 그렇게 들어요. 그런데 무서워요.

'누리카베(塗壁)'는 밤길에, 아 '누리'는 '카베'는 '벽'이에요. 벽을 만들 때 이렇게 칠하잖아요? [조사자 3: 페인트칠?] 페인트보다는 그거 흙 같은 거 팍팍팍팍 이거 뭐라 해요? [조사자 1: 아, 황토흙을 이렇게 바르고 하는데.] 그거 뭐라, 뭐라고 해요, 그 동작을? [조사자 1: 칠한다고.] 칠한다고 해요? 네, 그럼 '누리'는 '칠하다'라는 의미예요. '칠한 벽' (웃음) [조사자 1: 그럼 흙을 이렇게 칠하고 그랬나 보다.]

그러니까 밤길을 이렇게 지나가면, 돌연히 벽이 생긴 거예요. 요 앞에. (웃음) 그런데 그거는 누리카베라는 요괴인데. 그거 막는 거예요. 그거 가는 길을. [조사자 2: 그냥 아무 이유 없이 막는 거예요?] 네, 네, 아무 이유 없이 막는 거. [조사자 1: 그거 어떻게 벗어나야 돼요?] 그거를 사실은 그거 누리카베가 서 있는 도로, 길가 발밑에, 밑을, 그 뭐 좀 그냥 나뭇가지 같은 걸로,

"쉬 쉬 쉬 쉬!"

하면 사라져요. (일동 웃음)

그리고 '잇탄모멘(一反木綿)' 그 기타로 만화책에는 많이 좀 중요한 역할을 하는데. 잇탄모멘. '탄'은 그거 단이라서. '모멘'. 모멘은 '잇탄모멘', 면, 옷감을 '면'이에요. '탄'은 그 옛날 옷감을 이렇게 마는. 그거를 한 단. 이거 하나를 뭐라 해요? [조사자 3: 그냥 우리도 한다.] 한 단? 이제 '한 단 모멘'. '목면'? [조사자 1: 아, 목화인가 보다.]

그래 이거 옷감 요괴예요. 일 단, 한 단이면 굉장히 길잖아요. 이렇게 긴데, 긴데 여기에 얼굴. [조사자 1: 아, 귀 있어요?] 그런데 기타로 만화 중에는, 이걸 좀 기타로를 여기 태워주고, 날아가고. 약간 많

이 좀 역할을 해주는데. 사실은 좀 무서운 요괴라서, 사람들 자고 있는 중에 목을 이러고 죽여요. [조사자 1: 아이고, 무서워요.] 그런 요괴가 있대요.

그리고 긴 걸로 상상되는 것 중에 '로쿠로쿠비(轆轤首)'. 로쿠로쿠비는 왜 로쿠로쿠비라고 하는지 모르겠네요. '쿠비'는 '목'이에요. '쿠비'가 목인데. 로쿠로쿠비. 왜 '로쿠로' 같이 있는지 모르겠어요. 로쿠로는 그거 도자기를 만들 때 이렇게 돌리는 거 있잖아요? [조사자 1: 아, 네.] 그걸 로쿠로라고 하는데, 그거 하고 상관이 있는지 잘 모르겠어요. 아니면 로쿠로쿠라고 하는지 저는 잘 모르겠어요, 이 의미는.

그런데 그거는 낮에는 사람, 보통 사람처럼 보이는데, 밤이 되면 쿠비가, 목이 길어지고 (웃음) 마지막에 빠지고 날아가는, 날아다니는 요괴예요. 그런데 나쁜 짓을 하는지 모르겠는데. 그 나쁜 것이네요. 나쁜 것이라고 해요. 그 목으로 사람을 죽이거나 하는 건가 싶은데. 그래서 로쿠로쿠비라는 요괴가 있어요.

그런데 밤에 로쿠로쿠비를 퇴치하기를 위해서는 로쿠로쿠비가 밤에 그 날아다니는 중에 몸을 숨겨버리고, 그걸 아침까지 로쿠로쿠비가 그걸 못 찾으면 로쿠로쿠비는 죽는다. (웃음) 그런 얘기가 있습니다. [조사자 1: 목이 계속 길어지는 거죠?] 네. [조사자 1: 딱 떨어져 있는 건 아니죠?] 아, 네. 빠져요.

칠 인의 미사키

● **구연정보**
조사일시 : 2017. 12. 10(일) 오후
조사장소 : 대구시 달서구 신당동
제 보 자 : 마츠자키 료코 [일본, 여, 1982년생, 이주노동 8년차]
조 사 자 : 김정은, 황승업, 강새미

● **개요**
'일곱 명이 같이 다닌다'는 뜻의 〈시치닌 도코〉라는 괴담이 있다. 〈시치닌 미사키〉라고도 하는데, 시치닌은 일곱 명이라는 뜻이고, 미사키는 바닷가의 곶을 뜻한다. 이 괴담의 내용은 함께 다니는 귀신을 보면 바로 죽는다는 것이다. 보통 귀신은 여섯 명이서 함께 다니는데, 그 귀신들을 보고 죽은 사람이 일곱 번째 동행자가 된다. 바다에는 죽은 어민들이 많기 때문에 혼이 많아서 그런 이야기가 생긴 것이다. 또, 일본 시코쿠 섬에는 영혼의 장소라고 해서 사찰 마흔일곱 곳을 순례하는 코스가 있다. 이 길의 순례자들은 보통 죽은 사람들의 모습처럼 하얀 기모노를 입고 다닌다. 또 부처님이 함께 다닌다는 뜻의 '이인동행'이라는 말을 써 붙인 채 다닌다고 한다.

요즘도 괴담으로 많이 듣는 것은 '시치닌 미사키(七人ミサキ)'라든지, 시치닌, 시치, 미사키. 또 비슷한 걸로 '시치닌 도코(七人同行)'' '도코'라는 거 있는데. 시치닌 미사키의 경우에는 주로 바다로 나오는 거고. [조사자 1: 바다에 있는 요괴예요?] 네. 시치닌 도코는 아마 또 산에 나와요.

그런데 '시치닌'은 일곱 명, '도코'는 동행, 그러니까 '일곱 명이 같이 이렇게 다니다.'라는 '동행하다'. [조사자 1: 아 이게 동행한다는 뜻이에요? 일곱 명이 같이 다니는 귀신인가 봐요?] 어, 귀신.

시치닌 미사키는, 미사키, 왜 미사키라고 하는 모르겠는데, 미사키(곶)는 아, 바닷가 반도 같은 부분을 미사키라고 하는데, 그거 뾰족 있는 부분. 바다의, [조사자 1: 만?] 등대 있는, 등대 있는 데. [조사자 3: 이렇게 튀어나와 있는?] [조사자 1: 만은 아니고, 지형이고.]

(잠시 '미사키' 의미를 검색한 뒤) 아, 곶*. [조사자 1: 곶. 아, 만과 곶 이러거든요. 맞아요, 곶이에요.] 곶이라는 의민데 귀신, 일곱 명 귀신이에요. 일곱 명 귀신 같이 있는데, 그 귀신들 보면 곧 죽어요. [조사자 1: 보면 죽어요, 그냥?] 보면 죽어요.

그런데 아마 7인 동행인데, 보통 6명으로 다니는 것 같아요. 이거 본 사람이 일곱 번째 된다는 거. [조사자 1: 아우, 무서워요.] (일동 웃음)

그런 거 유명하고 현재도 인터넷상으로 그런 거 있다라는 얘기가 많이 곳곳에서 나오는 것 같아요.

[조사자 1: 바다가 무서워서 그런가요?] 아마 어민들 많으니까, 배가 난파해서 죽으면 그렇죠. [조사자 1: 그래서 혼 그런 게 많다고 생각해서 그러나?] 맞아요. [조사자 1: 그냥 상상한 거예요, '왜 그럴까?' 그냥 상상해 봤어요.] 네, 그런 것 같아요.

보통 그거 모양, 그 모습이 약간 좀 저기 하고. 일본에서 영장 순례 같은 장소가 있는데. [조사자 3: 영장 순례?] 그 사찰들 다니고, 영주. 가장 유명한 곳은 시코쿠라는 지방에 있는. 시코쿠는 섬인데. (일본 지도를 그리고 시코쿠의 위치를 보여줌) 시코쿠의 곳곳에 좀 영장, '영'이 영장인가? 영혼의 '영(靈)'하고 장, 장소의 '장(場)' 라고 하는 47개, 마흔일곱 개 정도 사찰이 있어요. 그거를 순례하는 코스가 있는데, 아마 그 순례하는 사람들 다 죽은 사람을 아마, 모습이라고 하면 될까요? 그 다 하얀 기모노, 흰 옷을 입고 그거 좀 험한 길을 가야 하니까, 그거 석장. 그거 금속으로 되어 있는. [조사자 2: 아, 그거.] 네.

이렇게,

● 바다 쪽으로 좁고 길게 내민 땅이다. 반대어가 '만'이다.

"차캉, 차캉."

그런데 '이인동행'라고 쓰는 걸까요. 아, 혼자 가는데,

"부처님이 같이 간다."

아, 부처님인지 옛날 그 고위 스님인지 좀 모르는데, 그 모습으로 7인 동행도 가는 게 있어요.

원령 타이라노 마사카도와 스가와라노 미츠자네

● **구연정보**

조사일시 : 2017. 01. 06(금) 오후

조사장소 : 대구광역시 중구 대안동

제 보 자 : 마츠자키 료코 [일본, 여, 1982년생, 이주노동 8년차]

조 사 자 : 조홍윤, 황승업, 김자혜

● **개요**

일본에서 유명한 인물전설 중에는 타이라노 마사카도의 이야기와 스가와라
노 미츠자네의 이야기를 꼽는다. 타이라노 마사카도는 헤이안 시대의 유명한
무장인데, 그 세력이 커서 왕위를 욕심내었다가 참수를 당했다. 그런데 그의
잘린 목이 하늘로 올라가더니 특정 지방에 떨어졌다는 전설이 각 지방마다
전해진다. 스가와라노 미츠자네는 일본에서 학문의 신으로 여겨지는데, 왕위
의 교체에 의해 실각된 충신으로 실존 인물이다. 그는 실각 이후 자신의 적대
자들에게 처절한 복수를 가했다고 하는데, 그의 행적을 보면 학문의 신이라
기 보다 복수의 신에 더 가깝다.

타이라노 마사카도(平将門)라는, 관동지방 무사일족의 가장 세
력이 강한 일족의 마사카도라는 장군이 있는데, 이 타이라(平)라는
가문 안에서 분쟁이 생겼어요. 그래서 그 타이라 씨가 힘이 세니까
일단,

"우리가 가장 높은 사람이다."

라고 해서 천왕까지 구축하려고 했나 봐요. 그래서 벌을 받고 목
이 잘렸는데, 그 목이 잘린 순간에 하늘나라에 가서 어디 어디에 떨
어졌다는 전설이 각지에 있어요. 도쿄에도 있고, 목묘(木墓)라는 게
있어서 거기에 모시고 있어요.

근데 타이라노 마사카도는 원령이니까 잘해줘야 되는데,

'잘해주지 않으면 나쁜 일이 많이 생길 거다.'

라는 그런 것이 있어요. 그런데 잘 대접하면 좋은 것이 있을까? (웃음)

(잠시 이야기와 관계없는 대화가 진행됨.)

원령 중에 유명한 사람 중에 스가와라노 미츠자네(菅原道眞). 그 사람은 충신으로서 이름이 있는 사람이었고 우다텐노(宇田天王)라는 천왕 밑에서 일했는데, 천왕이 바뀌었을 때인가 좌천되었어요. 그래서 벽지에 보내게 되어서 거기서 억울하게 죽었다는 전설이 있는데, 그 사람이 머리가 너무 좋았으니까 학문의 신으로서 우리가 말했죠.

[청자: 너무 억울하게 죽었기 때문에 복수하러, 죽은 후에 다시 수도에 돌아가면서 이때까지 자기가 받은 억울함을 다 풀고, 풀고, 수도에 가면서 저주했다는. 재앙을 일으키고 그리고 자기한테 뭔가 나쁜 짓을 한 사람을 죽이거나, 많이 많이 했기 때문에 그래서 사실 복수 신에 더 가까워요. (학문의 신은) 그것은 좀 표면적인] [조사자: 사실은 복수에 더 가까운?] 네, 맞아요.

[청자: 그래도 다자이후(太宰府)라는, 아세요? 규슈, 후쿠오카의] [조사자: 들어봤어요] [청자: 아마 한국인들이 후쿠오카 여행가면 가거나 한다고 들었는데 저도 후쿠오카 가깝기 때문에 고등학교 때… 학문 신이잖아요. 고3때 대학교 잘 되도록, 학교로(학교에서) 나들이로 갔어요.]

도쿄에 텐진(てんじん)이라는 스가와라노 미츠자네를 모시는 신사가 따로 도쿄에서 있어요. 저는 그쪽에 가서 많이 기도해서 합격했으니까. 그거 있죠. 한국에서도 화투에 우산 들고 있는 사람을 스가와라노 미츠자네라고 해석을 해요.

사람으로 변신하는 너구리와 여우

● 구연정보
조사일시 : 2017. 05. 11(목) 오후
조사장소 : 경기도 수원시 영통구 매탄2동
제 보 자 : 이데이 유미 [일본, 여, 1977년생, 결혼이주 15년차]
조 사 자 : 오정미, 이승민

● 개요
너구리는 너구리 나라가 있고, 사람으로 변신할 수 있다. 여우는 여우 나라가
있고, 사람으로 변신할 수 있다. 일본에서는 갑자기 물건이 없어지면 너구리
요괴나 여우 요괴가 가져갔다고 생각한다.

바케다누키* 이야기로서는 들은 적이 별로 없는데 그냥 옛날에
산에서 너구리가 많이 살고 있었어요. 지금은 좀 뭐 도시가 생기고
뭐 하니까. 그래도 제가 중학생 때도 그 중학교 뒤쪽에 가면 산이었
어요. 그런데 가끔 그 너구리나 나타나는 것처럼 많이 있었어요.

많이 있었는데 그것도 그 옛날에는 너구리는 너구리 나라가 있
고, 하는데 거기서는 훌륭하고 열심히 하면 사람이 되는 능력을, 그
러니까 변신? 변신하는 능력을 갖고 있는 그 너구리가 있다. 그래가
지고.

[조사자: 아! 너구리 중에서도 사람으로?] 네, 변신할 수 있는 너구
리가 있고. 그 여우도 마찬가지예요. 여우도 여우 나라가 있고, 여우
중에서도 열심히 훈련받는 특별한 애들은 그 나뭇잎을 딱! 달아가지

---

* 일본의 대표 요괴로 너구리 요괴를 의미한다.

고 여기 머리에 해가지고, 뭐 주문인가 뭔가 하면, 한 바퀴 빙 돌아가 지고 사람이 되는, 예 그런 이야기가 좀 있었어요.

그런데 여우도 있고 그 너구리도 있고. 그런데 그 사람처럼 여기 나와가지고 같이 뭐 생활하고 뭐 그러는데, 그런데 가끔 장난치고, 뭐 훔쳐가거나, 뭐 이렇게 좀 사람들한테 해치고 뭐 하는 애들도 있 다. 그냥 그런 것도 있었던 것 같아요. 그러니까 잘살고 있었는데 갑 자기 뭐가 없어지거나, 뭐 밭에다가 뭐가 없어지거나, 뭐 어떻게 좀 생기거나 했을 때는,

"누구누구 왔다."

그런 식으로도 하고. (웃음) 좀 그런 게 있었던 것 같아요.

여우에게 홀려서 죽은 사람

● **구연정보**
조사일시 : 2018. 05. 24(목) 오후
조사장소 : 경기도 화성시 진안동
제 보 자 : 요시이즈미 야요이 [일본, 여, 1971년생, 결혼이주 13년차]
조 사 자 : 김정은, 황승업

● **개요**
어떤 사람이 산에 갔더니 누군가 불러서 그쪽으로 갔는데 문이 있었다. 그런
데 그 문을 열고 들어가니 바로 물이 나와서 사람이 빠져죽었다. 이후 다른 사
람들은 이 이야기를 듣고 어떤 계기로 일어난 사건인지는 모르지만, 아마 여
우에 속아서 그렇게 된 것이라고 전해진다.

산에 갔는데, 여우가 나온 게 아니라, 여우가 뭐 사람의 변신해
서 나오면서 뭔가 뭐 이야기하고. 그런데 그게 나중에 생각하면 꿈
인지, 사실인지 모른다 그런 이야기도 하고. 엄마도 전화해서 물어보
니까,

"누군가가 사람 불러서 그쪽에 갔는데, 갔는데 뭐 문을 열어서
들어가니까 그게 그냥 물에 빠져서 죽었다."

네, 그것도 역시 여우에 속아서 그렇게 됐다. [조사자: 아, 속은 거
다.] 네.

그래서 그런데 그거를 왜 그렇게 됐는지, 어떤 기계로, 계기로
됐는지 [조사자: 문에 들어갔는지.] 네. [조사자: 그런데 되게 섬뜩하네요,
문인지 알고 들어갔는데, 떨어져 죽은 건가요?] 네. [조사자: 꿈 같네요, 정
말.] (웃음) 옛날에는 그런 게 많이 있었다고.

화장실 요괴 하나코상

● **구연정보**

조사일시 : 2017. 01. 06(금) 오후

조사장소 : 대구광역시 중구 대안동

제 보 자 : 마츠자키 료코 [일본, 여, 1982년생, 이주노동 8년차]

조 사 자 : 조홍윤, 황승업, 김자혜

● **개요**

학교 화장실 앞에서 세 번째 칸에 하나코상이 살았다. 아무도 없는 화장실에서 그 문이 닫혀있을 때, 노크를 세 번 한 뒤 하나코상에게 놀자고 말하면 대답을 들을 수 있다고 한다. 화장실에서 빨간 종이, 파란 종이, 하얀 종이 중에 고르라는 목소리가 들려오면 그중 어떤 것을 골라도 다 죽기 때문에 대답하면 안 된다고 한다.

화장실에 하나코상(はなこさん)이라는 요괴가 있어요. 하나코상 정말 유명해요. 우리가 듣는 것이, 칸이 많이 있잖아요, 학교 화장실. 학교 화장실에 칸이 몇 개 있는데, 앞에서 세 번째 칸에 하나코상이라는 요괴가 있어서 아무것도 없는데 문이 닫혀있을 때가 있어요. 그때 노크를 세 번 하면,

"하나코상 아소보(遊ぼう)."

"하나코상 놀자."

라는 말 하면,

"네."

라는 소리가 들린다. 그런 이야기였던 것 같아요.

[조사자: 앞에서 세 번째 칸에는 가면 안 되겠네요?] (웃음) 네, 그래

서 맨날 피했어요, 앞에서 세 번째 칸은. [청자: 그래서 그런 이야기 들으면 무섭잖아요. 그래서 여자들이 같이 가고.] 네, 네. 집단으로. [조사자: 그러면 앞에서 세 번째 칸은 깨끗하겠어요?] (웃음)

아, 그리고 혼자 화장실에 있으면 어딘가에서 소리가 들려서,

"빨간 종이 좋냐, 파란 종이 좋냐, 하얀 종이 좋냐?"

그런 소리 듣고 대답해야 해요. 근데 빨간 종이라고 하면 피가 많이 나서 죽어요. 그래서 파란 종이 좋다고 하면, 어떻게 되지? 하얀 종이하고 빨간 종이를 잘 모르겠는데 둘 다 피가 없어져서 하얗게 되고. 빨갛게 돼서 죽어요.

그런 요괴가 있다는 말을 들었어요.

[조사자: 파란색은 안 죽어요?] 죽어요. 다 어떻게 대답해도 다 안된다는 말을 들었어요.

몽골

불귀신 순쓰

● **구연정보**

조사일시 : 2017. 03. 24(금) 오후

조사장소 : 강원도 원주시 개운동

제 보 자 : 수흐바타르알탄바가나 [몽골, 여, 1966년생, 결혼이주 16년차]

조 사 자 : 박현숙

● **개요**

몽골에는 순쓰라는 불귀신이 있다. 때론 남자 귀신으로 때론 여자 귀신으로 나타나기도 한다. 귀신이 사람에게 붙지 못하게 하는 여러 방비책이 있다. 밤에 밖에서 잘 때는 바지와 벨트를 베고 자야 한다. 그리고 남이 쓰던 물건, 특히 남이 쓰던 빗을 사용해서는 안 된다. 또, 집에서 양고기를 먹고 난 후에는 양의 날개 뼈를 꼭 망치로 부수어서 집 밖에 버려야 한다.

불, 불이라고. [조사자: 불리?] 불귀신이라고. [조사자: 불귀신?] 네, 불. 불귀신.

[조사자: 그 귀신, 그 불귀신은 어떻게 생겼는데요?] 불로, 이거 불, 이거 켠 거. 난로 불 켠 거처럼 멀리서 보면 불이 비춰요.

[조사자: 불이 비춰요. 근데 생김새는 어때요? 불, 불처럼 이렇게 다녀요?] 예.

[조사자: 불빛은? 색깔은?] 불빛은 똑같애요. [조사자: 그냥 붉은색? 아, 그리고 아무 때나?] 시골, 시골에서.

[조사자: 그니까 시골에서. 예를 들면 비가 많이 오거나 뭐 그런 날에 보이는 게 아니고 아무 때나 보여요?] 네. 그리고 있잖아, (한 손으로 자신의 머리를 쓰다듬으며) 그 빗 있잖아. [조사자: 빗? 머리 빗는 빗?] 그

거를 남의 거를 쓰면 안 된다고. [조사자: 왜요?] 남의 거를 어디서 아무 데서 주워서 쓰면 안 돼요. [조사자: 그러면은 어떻게 된다고 그래요? 쓰면?] 귀신. [조사자: 불귀신이 따른다고?] 귀신 따라온다고. [조사자: 귀신들이 따라온다고?] 네.

그래서 밖에서 있잖아, 시골에 살잖아요, 몽골에서. 유목민들 옛날에. 그래서 남이 쓴 물건 안 써요. 그리구 시골에 있잖아, 혼자서 남자 혼자서 이렇게 말 키우느라 자신의 말, 자기의 말 있잖아요. 나갈 때 없어지잖아요. 그러면 그거 찾느라 밤에 잘 수가 있잖아요. 그러면 밤에 그 길, 이거 잘 못 찾아가지고 밖에서 잘 수 있어요. 그래서 귀신 나타날까 봐 무서워서 자기 빌또 있잖아요. [조사자: 자기 빗?] 빌또. (양 손을 허리에 두르며) 허리띠하고 바지를 베개로 만들어가지고 자요. 잘 때. [조사자: 베개로 만들어서?] 무서운 거 없게끔.

[조사자: 허리띠랑 뭘 베고 잔다구요?] 바지. [조사자: 발찌?] 바지. [조사자: 발찌?] 바지, 바지. [조사자: 아, 바지.] 네. [조사자: 허리띠랑 바지를 베고 자요?] 네. 왜냐면 밤에 무서울까 봐.

[조사자: 그건 남자만? 아님 여자도?] 마찬가지. [조사자: 여자도 마찬가지로 허리띠랑 자기 하이힐을 베고 자면 돼요?] 네. [조사자: 그러면 귀신이 안 나타나요?] 네. 그렇게 해요.

[조사자: 이 귀신 이름이, 불귀신 이름이 뭐라구요?] 그냥. 순쓰. [조사자: 술쓰?] 순쓰. [조사자: 순쓰?] 응. 순쓰. 순쓰라고 해요.

[조사자: 그러면 이게 여자 귀신인지 남자 귀신인지도 모르겠네요?] 그때마다 달라요. [조사자: 어, 그래요? 어떨 땐 여자귀신이고 어떨 땐 남자예요?] 네. [조사자: 그러니까 어떤 상황이 있어요?] 예. [조사자: 어떤 상황이에요?] 그, 그건 잘 모르겠어요. (웃음)

[조사자: 그건 잘 모르겠는데 남자 귀신으로 나올 때도 있고 여자 귀신으로 나타날 때도 있고. 밤에만 나타나요?] 예. 그래서 뼈도, 뼈도 있잖아요. 밖에다 이거, 자기 전에, 이거 양 많이 잡아먹었잖아요? 그래서 그 뼈 중에서 하나 있어요. 뼈를 이거, 망치로 (손으로 망치를 들고 무언가를 깨는 시늉을 하며) 깨고 밖에 버려야 돼요. 집안에 귀신 안 들어오게.

　　[조사자: 아, 뼈?] 어, 뼈 부분 있어요. 근데 그거, 어떤 말인지 잘 몰라가지고. (자신의 날개 뼈를 가리키며) 여기, 여기 쪽 뼈를 무슨 뼈라 해요? [조사자: 여기, 등, 등.] 바로 뒤에. [조사자: 여기, 팔 아래 바로 있는 거기 그 뼈를 갖고 들어오면 안 돼요? 집 안에?] 그 뼈를, 이거 먹잖아요. 고기를 먹잖아요. 그 뼈를 밖에 버려야 돼요. [조사자: 밖에다 내버려야 돼요? 안으로 갖고 들어오면 안 되고?] 안에, 이거 집 안에 있으면 안 된다고. 먹고, 먹었으면 밖으로 치워야 돼요.

　　[조사자: 버려야 돼요? 안 그럼 귀신이 붙는다고?] 망치로 깨가지고. 그냥 버리는 거 아니에요. [조사자: 망치로 깨서? 그거 망치로 안 깨면 거기에 귀신이 붙는다는 생각을 했나 봐요?] 집안으로는.

카자흐스탄

복을 주는 하드라탄 할아버지

● 구연정보
조사일시 : 2017. 05. 12(금) 오후
조사장소 : 서울특별시 광진구 화양동 건국대학교
제 보 자 : 아쑤바이에바 [카자흐스탄, 여, 1991년생, 유학생 3년차]
          사니아 [카자흐스탄, 여, 1992년생, 유학생 6년차]
조 사 자 : 오정미, 이원영

● 개요
카자흐스탄의 이슬람교를 믿는 사람들은 라마단 기간이 끝난 다음 주에 하드
라탄 할아버지를 맞이하기 위해 밥을 만들어 놓고 문을 열어둔다. 하드라탄
할아버지는 복을 주러 오기 때문에 소원을 빌고 기도한다.

조사자 1 : 궁금한 건, 아까 이렇게 마녀와 괴물 되게 얘기 많이 해줬
          는데. 어, 우리나라도 좀 그렇긴 한데. 카자흐스탄도 대부분 여
          자네.
아쑤바이에바 : 여자예요. 네, 네.
조사자 1 : 대부분이. 그치? 괴물, 여자, 뭐 이런, 귀신. 이런 개념이.
          왜, 왜 그런 거 같아요? 우리나라도 귀신하면 떠오르는 이미지
          가 여자거든. 하얀 소복 입고 머리 길고, 피 이렇게 흘리고 있는
          건데. 카자흐스탄도 보니까 귀신이 다 뭐 할머니고, 뭐 하여간
          다 여자네? 왜 그런 거예요?
조사자 2 : 소릴 있는데요?
조사자 1 : 소릴밖에 없어.
조사자 2 : 그래요?

조사자 1 : 다 대부분이 여자야. 대부분이.

사니아 : 왜 그럴까. 그리고 남자에 대한은, 좋은 거만 있는 거 같아
요. 그 '하드라탄'. 그, 그건 좀 종교, 종교적이지만 그 이슬람에
서 그 하드라탄 있잖아요. 우리가 기다리고, 그 밤에 이제 알다,
끝나고 그 하잖아요? 밥 먹을 때 문도 열어 놓고, 밥도 이렇게
만들어 놓고. 그, 그 하드라탄 온다고.

조사자 2 : 하드라탄?

사니아 : 하드라탄.

조사자 1 : 하드라탄.

사니아 : 그 할아버지가, 하드라탄 할아버지가 온다고 하고. 근데 그
남, 그분이 남자고 그리고 좋은 이미지예요. 있어요. 네.

조사자 1 : 그러니까 좋은 이미지의 신이나 귀신은 남자가 많네.

사니아 : 좀 그런 거 같아요. 생각해보니까.

아쑤바이에바 : 이거 할아버지 모습으로 많이 나타나요.

조사자 1 : 좋은 신은.

아쑤바이에바 : 아 네, 네. 좋은 신.

사니아 : 좀 지식도 많고. 좀. 와이즈wise.

조사자 1 : 그럼 지금 이거 하드라탄 할아버지 이야기는 어떨 때 문
열어놓고 할아버지가 오신다는 거였어요?

사니아 : 그거 이슬람에서 온 거. 이슬람에서 그거, 아, 에이트 끝나
고 오는 거 같아요. 그 하드라탄 우리 밤, 밤을 새면서 기도하잖
아요. 그때 오는 거, 오시는 거예요.

조사자 1 : 아, 이슬람에서 밤에.

사니아 : 소원 빌고.

조사자 1 : 소원 빌고 기도할 때?

아쑤바이에바 : 그 대부분, 보통 금식을 할, 하는 기간 있잖아요.

조사자 2 : 라마단.

아쑤바이에바 : 네, 라마단.

조사자 1 : 그게 다음 주부터에.

아쑤바이에바 : 네, 라마단 끝나고. 네. 다음 주부터 네.

조사자 1 : 다음 주부터.

아쑤바이에바 : 네, 네. 그거 끝나고, 그 하드라탄이 있어요.

사니아 : 우리가, 저 어렸을 때 문도 열어놓았던 기억이 있어요.

조사자 1 : 하드라탄 할아버지가 오실 수 있게.

사니아 : 전 진짜 기다리고 있었는데. (웃음) 언제 오지? 이러고.

조사자 2 : 산타 할아버지 같다.

사니아 : 네, 약간. (웃음) 그래서 그 소원을 빌어야 돼요. 그 오셔서
    들어주니까.

외눈박이 거인 데브

● **구연정보**
조사일시 : 2017. 05. 12(금) 오후
조사장소 : 서울특별시 광진구 화양동 건국대학교
제 보 자 : 아쑤바이에바 [카자흐스탄, 여, 1991년생, 유학생 3년차]
조 사 자 : 오정미, 이원영

● **개요**
카자흐스탄에서 이슬람교가 퍼지면서 믿게 된 외눈박이 거인 데브가 있다.
그는 힘이 매우 세며 겁이 없고 용기가 많은 한편, 바보같이 순수한 면이 있다.

그리고 이게 이제 이슬람의, 이슬람을 믿기 시작할 때부터, 또
다른 게 신앙이 생겼죠. 이렇게 다른. 예를 들면, '데브'라는 존재가
있었어요. 데브. [조사자 1: 데브.] 데브. 네. [조사자 2: 새로운 거예요?]
새로운 거예요. 네. [조사자 1: 데브?] 네. [조사자 1: 데브라는 괴물이 있
었어.] 눈이 하나인 거인이에요. [조사자 1: 고인?] 거인. 네, 그. [조사
자 1: 아 거인.] 거인. 네.

음, 좀 힘이 엄청 세고, 용기가 많고. 아 근데 너무 막 바보 같
고, 순수하고 네. [조사자 2: 연기가 많다고요?] 네. [조사자 2: 연기?] 용
기. 아 그. [청자(사니아): 브레이브^{brave}?] brave. [청자(사니아): 브레이브
^{brave}. 좀 겁이 없고.] 겁이 없고. [조사자 1: 아, 용기.] 용기. [조사자 2: 아,
용기, 브레이브^{brave}.] 네.

좋은 지니와 나쁜 지니 샤이탄

● **구연정보**

조사일시 : 2017. 05. 12(금) 오후

조사장소 : 서울특별시 광진구 화양동 건국대학교

제 보 자 : 아쑤바이에바 [카자흐스탄, 여, 1991년생, 유학생 3년차]

　　　　　사니아 [카자흐스탄, 여, 1992년생, 유학생 6년차]

조 사 자 : 오정미, 이원영

● **개요**

카자흐스탄의 속신에는 지니라는 존재가 있는데, 이는 죽은 사람들의 영혼을 말한다. 좋은 지니는 민간에서 악귀를 죽여 없앨 때 주로 이용했다. 샤이탄은 나쁜 지니의 하나로 사람의 몸에 들어가 미치게 만들기도 한다. 이에 샤이탄을 쫓는 주술요법을 사용하거나, 미리 막기 위해 여러 방비를 한다. 샤이탄은 낙타와 고슴도치를 무서워한다. 그래서 민간에서는 산모들이 잠자리 밑에 고슴도치의 가시를 넣기도 했다. 그밖에 러시아인의 머리카락을 넣거나, 늑대의 발을 잘라 걸어놓기도 했다.

사니아 : 그리고 그 지니 있어요. 지니는, 음 지니 있잖아요? 그 알라
　　　　딘에서 나오는 지니라는.

조사자 2 : 지니.

사니아 : 그 원래.

아쑤바이에바 : 그 원래 카자흐스탄에서 그거 알라딘에서 나타나는
　　　　지니 모습 아니고, 아 그 죽은 사람들의 영혼이라고 보시면 돼요.
　　　　네. 그래서 그 죽은 사람들의 영혼, 영혼을 지니라고 했어요. 근데
　　　　원래는 그 원래 카자흐 사람들이 그 지니라는 단어를 좀 이렇게.

조사자 1 : 많이 써요?

아쑤바이에바 : 많이 썼어요. 네. 예를 들면 그 다른 인물. 아까 그 위
    에서, 이렇게 그 지시했던 존재들을 그 죽이기 위해서 지니를 이
    용했죠.

조사자 1 : 아, 이 위에 이런 그런 나쁜 존재.

아쑤바이에바 : 나쁜 네.

조사자 1 : 악마를 죽이기 위해서 지니를.

아쑤바이에바 : 지니를 네.

조사자 1 : 이용했구나.

아쑤바이에바 : 네. 네. 그리고 음, 그 샤이탄도, 샤이탄 기억나세요,
    혹시?

조사자 1 : 샤이탄. 악마.

아쑤바이에바 : 네.

조사자 1 : 사탄, 응, 기억나요.

아쑤바이에바 : 그 샤이탄도 그 지니의 종류인 하나. 근데 나쁜 지니
    라고 보시면 돼요. 네. 아 가끔.

조사자 1 : 그 지니라고 다 좋은 게 아니라.

아쑤바이에바 : 네. 다 좋은 게 아니에요. 그리고 가끔 이렇게 사람.

사니아 : 몸으로 들어가서.

아쑤바이에바 : 네.

조사자 1 : 사람의?

사니아 : 사람 몸으로 들어가고.

아쑤바이에바 : 네. 그 사람을 미치게 하는 거예요. 그래서 음.

사니아 : 그래서 사람 뭔가 이상한 일 있으면, 그 사람 몸으로 온 샤
    이탄 있다, 그렇게 생각해요. 그래서 우리나라에서 그런 거 있어
    요. 그 어떤 할머니들한테 가서 뭐 치료 받거나 이렇게 하면 나
    가게 하는 거예요. 나쁜 것을. 네. 네. 그런 건.

조사자 1 : 주술 요법, 그런 걸 주술 요법.

사니아 : 네, 네. 그런 걸 믿어요, 좀. 그리고 그 낙타를 무서워하고,
    그 샤이탄이 원래 낙타를 무서워하고. 그리고 그 동물 있잖아요.
    작고 이런, 이런, 좀 작은 동물. (손가락을 들어) 이거 있는.

조사자 3 : 염소?

사니아 : 아니.

조사자 3 : 양?

사니아 : 아니, 이거 작아요. 작은데.

아쑤바이에바 : 바늘이.

사니아 : 바늘이 있는.

조사자 1 : 아, 고슴도치.

아쑤바이에바 : 네, 네, 네.

조사자 1 : 근데 이건 뭐야?

사니아 : 고슴도치를.

아쑤바이에바 : 고슴도치.

조사자 3 : 가시가 있는.

조사자 1 : 가시. 아.

아쑤바이에바 : 네. (웃음) 그래서 고슴도치의 가시를 이게 그, 그걸 무서워하는 거예요. 샤이탄이.

조사자 1 : 샤이탄이 낙타도 무서워하고. 네.

아쑤바이에바 : 그래서 옛날에 그 산모인 여자들이 그 자는 그 잠자 리에 보통 그 가시를 놓거나. 이게 재밌는 게, 러시아인의 머리 카락을 넣었어요. (웃음) 네.

사니아 : 왜 그럴까?

아쑤바이에바 : 네네. 옛날, 약간 밝은 것이 좋았나. 아아, 싫, 무서웠 나 봐요. 그리고.

사니아 : 그것도 하잖아. 그 늑대, 늑대. 진짜 늑대의 발도 해요.

조사자 3 : 늑대의 발.

사니아 : 늑대의 발도 걸어 놓고.

조사자 1 : 발톱? 아님 발?

사니아 : 여기. (손으로 발을 가리키며) 여기.

조사자 3 : 발.

조사자 1 : 그러면 귀신이 안 온다.

사니아 : 네. 네. 네.

악마 알바스트

● 구연정보

조사일시 : 2017. 05. 12(금) 오후

조사장소 : 서울특별시 광진구 화양동 건국대학교

제 보 자 : 아쑤바이에바 [카자흐스탄, 여, 1991년생, 유학생 3년차]

조 사 자 : 오정미, 이원영

● 개요

알바스트는 뾰족한 송곳니에 털이 많고 젖가슴이 바닥까지 처진 뚱뚱한 여성 모습의 악마이다. 달리기를 잘하며 개, 여우, 염소로 변신하기도 한다. 또 말 타는 것과 말의 털을 땋는 것을 좋아한다. 때로는 산모의 폐를 훔쳐 먹기도 한다. 알바스트는 총 세 종류가 있는데 카라, 사라, 사슴 알바스트가 있다. 카라 알바스트의 '카라'는 검다는 뜻으로 이를 본 사람들은 죽게 된다. 사라 알바스트의 '사라'는 노랗다는 뜻으로 교활하며 못된 장난을 친다. 사슴 알바스트는 고기나 우유 음식을 상하게 만든다.

음, 일단은 제일 이렇게 유명한 악마의 정령 하나인 알바스트라고 있는데, (웃음) (사니아를 보며) 알지? 알바스트. [조사자 1: 알바스.] [조사자 2: 알바스요?] 네, 알바스트. [청자(사니아): 우리말론 알바스트라고 하죠.]

[조사자 1: 알바스트.] 네. 그게 어떤 사람들은 그 사람, 그 캐릭터를 신앙? 신앙의 인물인 줄 알고, 또 어떤 사람들은 그 실제로 이렇게 있었던 인물인 줄. 네. 이렇게 생각해요. 왜냐면 카자흐스탄에 '예티' 같은 인물이에요. [조사자 1: 카자흐스탄의 예치? 우린 예치도 몰라.] 예티. [조사자들: 예티.] 예티. [조사자 2: 예티라고.] [조사자 1: 아, 예티.] [조사자 2: 돌아다니는 커다란 털북숭이나.] 네. 네.

아 근데 이렇게 보니까. 좀 끔찍하고. 보통 대부분 여성, 여성이에요. 여자로 나타나는. 네. 좀 뚱뚱하고, 털이 많고, 그리고 이게 송곳니? 송곳니가, 뾰족한 송곳니가 있고. 그리고 좀 가슴이 이렇게 (웃음) 약간. 좀 쳐진 거지 이렇게. 바닥까지 쳐지는. [조사자 1: 바닥까지 쳐지는. 사우디에도 있어.] 사우디에도 있어요? [조사자 1: 어. 그 신이. 아 가슴이 이렇게 바닥까지.]

그리고 근데 뛰는 거 잘하고, 빨리 뛰고. 가끔 이렇게 아바라지다, 화하다? 변신하다? 그, [청자(사니아): 네, 변신.] [조사자 2: 변신] 네, 개로 그렇게 변신할 수 있고, 네, 개나 여유(여우)나 염소로. 그 변신할 수 있어요. 네. 그리고 가끔은 그 산모, 산모. 그 여자의 폐장을 훔치는. 네 그런. [조사자 1: 산모의 뭘 훔쳐요?] 폐, 폐요. 폐. 폐장이라고. 어떻게 하지. [조사자 1: 내장? 애기?] 폐요. 폐. [청자(사니아): 이렇게 숨 쉬는 거 폐.] [조사자 1: 아 폐, 아 애기를 가진 산모의.] 산모의 폐. 네. 산모의 폐를 훔치고.

그리고 밤에는 이렇게 말을 타는 것을 좋아하고. 말의 이렇게 그 털을 땋는 거 좋아하는. [조사자 1: 밤에 뭘 하면 좋아?] 말. [조사자 1: 말.] 말을 타는 거예요. [조사자 1: 응, 말 타는 걸 좋아하고.] 그리고 말의 털을 이렇게 땋는 거.

네. 그리고 카자흐스탄 사람들이 그 알바스트가, 알바스트의 종류는 세 개 있다고 믿었어요. 제일 끔찍하고 제일 그 독이 많은 알바스트는 카라 알바스트라고 해요. 카라는 카자흐스탄 말로 검은색이라고. 검은색. [청자(사니아): 블랙.] 네, 블랙. 카라 알바스트인데, 그 사람이 그 악마를 만나면 보통 그 죽어요.

그리고 또 다른 종류는 사라 알바스트라고 있어요. 사라, 사라는 노란색이라고 아시면 돼요. 색깔로. 네, 그래서, 그래서 그런지 보통 이렇게 밝은 머리를 가진 사람들을 좀 이렇게 아, 뭐라고 해야 되나요. 좀 교활하고 흉특한 사람이라고. 네. 왜냐면 그, 그 악마도 그런 그 특성을 가진, [조사자 1: 캐릭터가.] 네, 캐릭터가 좀 흉특. 이 중에서 어떤 게 '간특하다', '흉특하다', '교활하다', '가살지다'. 이 중에서 [조사자 1: '간특하다', '교활하다'는 같은 말이에요.] 같은 말이에요?

교활하다. 네. [조사자 3: 교활하다.] [조사자 1: 뭔가 진실 되지 않고, 막 이렇게 약은 생각만 하는 사람을 간특하다. 교활하다. 나한테 이익이 되는 것만. 남에게 피해를 주더라도.] 네, 맞아요, 맞아요.

[청자(사니아): 근데 알바스트는 그거, 엄마가 완전 혼낼 때, "알바스트"라고.] 알바스트라고. 오, 진짜예요. 진짜 어머니가 우리를 혼낼 때 '알바스트' 이렇게 해요. [청자(사니아): 진짜 근데 그거 알바스트라는거 진짜, 맘이 진짜 상해요.] 진짜 상해요. 이렇게 들으면은. 정말 나쁜 욕이라고. [청자(사니아): 저는 이거는 무슨 뜻인지 처음 들어봤는데, 몰랐어요. 왠지 느낌이 완전 안 좋아요.] [조사자 1: 엄마가 아이들한테 이제 혼내다가 화가 나면 엄마가.] 여자한테 그래요. [조사자 1: 여자인 딸인. 이런 알바스트 같은 년을 봤네! 이러는 거구나.] 네.네. 맞아요. (웃음) [조사자 1: 아 재밌다.] 네. [청자(사니아): 가장 억울한 거 같아요. 이런 것들.] 네. [조사자 2: 우리나라에는 자식이 아니라 웬수다, 뭐 이런 거.] 네. [조사자 1: 알바스트라고 이제 엄마가 딸한테.] 네. [청자(사니아): 네. 예를 들면, 어렸을 적 제가 물의를 일으켜 뭔가, 뭔가, 뭐죠? 행동을, 뭔가 바르지 않은 행동을 하면은.] [조사자 1: 하면. 어.] [청자(사니아): 네, 그런 말 하는 거 같아요.] [조사자 1: 어, 재밌다.]

그래서 그 사라 알바스트는 좀 간특하고 약간 음, 힘으로는 약해요. 약하고. 근데 대부분 전반적으로 못된 장난을 하거나, 그리고 이게 작은 추행? 추행이라고 해야 되나요. 추행을 하는 그 악만데. 보통, 예를 들면 어 뭐, 국에다가 좀, 그 양의 똥을 이렇게 넣거나 그런 식으로. 네. 이런 거 하는. 네. 나쁜 짓을 많이 하는 악마. [조사자 1: 왜 엄마가 알바스트라고 딸한테 그러는지 알 거 같다.] 네. (웃음)

그리고 이제 세 번째는 사슴 알바스트. (웃음) [조사자 1: 어 뭐라고?] 사슴 알바스트. (웃음) [조사자 1: 사슴? 알바스트?] 사슴은 '냄새가 나는'이라는 뜻이에요. 그래서 그 사슴 알바스트는 음, 그 우유나 고기를 상하게 만드는 알바스트. 그래서 사슴이라고, 냄새가 나잖아요. 상할 때. 네 그래서. (웃음) [조사자 1: 우유나 고기를 상하게 만드는.] 만드는, 네. [조사자 1: 아, 그런 악마구나.] 네.

[조사자 2: 얘네들이 정령 같은 거예요?] 정령이라는 게? [조사자 1:

악마.] 악마. 네 악마예요. 데몬? 데몬. [청자(사니아): 데몬.] [조사자 1: 데빌] 네. 데빌. 네. [조사자 1: 그러면, 왜 우리가 집에 와보니까 우유가 상해있어. 그러면은 '아, 사슴 알바스트가 왔네.'] 네, '사슴 알바스트가 왔네.' 네 맞아요, 네.

악귀 칸아약

● 구연정보

조사일시 : 2017. 05. 12(금) 오후

조사장소 : 서울특별시 광진구 화양동 건국대학교

제 보 자 : 아쑤바이에바 [카자흐스탄, 여, 1991년생, 유학생 3년차]

　　　　　 사니아 [카자흐스탄, 여, 1992년생, 유학생 6년차]

조 사 자 : 오정미, 이원영

● 개요

칸아약은 먼 길을 떠나는 남자들을 숨어 기다리면서, 일반 남자의 모습으로 변신하여 나타난 뒤 사람의 등에 올라서 다리로 몸을 감아 숨통을 옥죄어 죽인다. 카자흐어로 '칸'은 피를 뜻하고, '아약'은 다리를 뜻하므로 '칸아약'은 '피 흐르는 다리'라는 의미이다.

아쑤바이에바 : 그리고 보통, 그 먼 길을 가는 그 옛날에 그 스텝, 스텝.

사니아 : 스팁? 스팁?

아쑤바이에바 : 네, 플레인plain.

사니아 : 스팁?

아쑤바이에바 : 네, 네. 스텝.

사니아 : 그냥 스팁, 스텝, 스텝, 평.

조사자 1 : 평야? 평지?

아쑤바이에바 : 네네. 네네.

조사자 1 : 평지.

아쑤바이에바 : 평지에 가는. 먼 길을 나가는 사람들을 또 그 칸아약

이라는 존재가.

사니아 : 간아약?

아쑤바이에바 : 네, 칸아야크.

사니아 : 아 칸아약. 그 다리, 피 흐르는 다리?

조사자 1 : 피 흐르는 다리?

아쑤바이에바 : 네, 네. 그게 먼 길을 가는 남자들을 아 이렇게 일단 숨기고 이렇게 기다리고, 기다리면서. 네. 갑자기 그냥 일반 남자의 모습으로 나타나고. 음.

조사자 1 : 누가 일반 남자의 모습으로?

아쑤바이에바 : 그 존재가. 일반 남자로 변신해서.

조사자 1 : 소릴이? 소릴이?

아쑤바이에바 : 칸아약.

사니아 : 칸아약. 아, 그 새로운 거예요.

아쑤바이에바 : (준비해온 것을 보고 카자흐스탄 말로 읽은 후) 아, 등에 이렇게.

사니아 : 그 사람 남자, 남자의 등에, 다른 사람의 등에 이렇게 올라서.

아쑤바이에바 : 올라서 그 다리로, (웃음) 다리로 이렇게 업어서.

조사자 2 : 감아서?

아쑤바이에바 : 감아서 네. 네 네. 감아서. 죽도록 이렇게. 그 말을 타는 거처럼 이렇게.

조사자 1 : 사람, 사람의 등에 이렇게 딱 올라타서 다리로 약간 요즘으로 하면 그 격투기 뭐, 뭐 하여간 그렇게 다리를 꼬아서.

아쑤바이에바 : 꼬아서.

조사자 1 : 숨을 끊게 한다?

아쑤바이에바 : 숨을 끊게 하는 거예요.

조사자 2 : 아 그러니까 목을 다리로 조른다는 거예요?

아쑤바이에바 : 목, 목을 아니고.

조사자 2 : 목을 아니고 몸.

아쑤바이에바 : 몸을, 몸을, 몸 전체를. 네. 네.

조사자 2 : 그니까 그게.

조사자 1 : 간아약.

아쑤바이에바 : 칸아약. 아, '아약'은 다리라고 보시면 되고. 칸KAHqan,
　　피, 피라는 뜻이에요, 네.

조사자 2 : 피?

아쑤바이에바 : 네.

조사자 2 : 피.

조사자 2 : 칸아약이 그 소릴이랑 제스트라랑의 자식들인가요?

아쑤바이에바 : 아, 칸아약은 그 뭐였지? 아니야. 그 다른 거예요.

조사자 2 : 아, 완전 다른 거구나. 네네.

마녀 쟐마우스 김플

● 구연정보

조사일시 : 2017. 05. 12(금) 오후

조사장소 : 서울특별시 광진구 화양동 건국대학교

제 보 자 : 아쑤바이에바 [카자흐스탄, 여, 1991년생, 유학생 3년차]

　　　　　사니아 [카자흐스탄, 여, 1992년생, 유학생 6년차]

조 사 자 : 오정미, 이원영

● 개요

마녀인 쟐마우스 김플은 늙은 할머니의 모습으로 등이 굽고, 큰 입에 누런 이빨을 가졌다. 사람을 잡아 커다란 항아리 솥에 넣어 끓여 먹는다. 젊은 아가씨의 무릎에서 피를 빨아 마시기도 한다.

아쑤바이에바 : 그리고 또 하나가, 여자의 모습으로 나타나는. 아 여자 말고 약간, 음, 좀.

사니아 : 나이 많은. 할아버, 그 바바야가 느낌 조금, 바바야가 느낌으로 조금.

조사자 1 : 바바야?

사니아 : 바바야가.

조사자 2 : 괴물, 괴물 같은.

조사자 1 : 괴물 같은 모습?

아쑤바이에바 : 아니에요.

사니아 : 아니야? 그 할아, 할머니, 할머니. 좀 늙었지만 근데 악마 할머니. 네.

아쑤바이에바 : 마녀?

사니아 : 맞아요. 마녀 맞아요.

아쑤바이에바 : 쟐마우스 킴플이라고 해요.

조사자 1 : 이름이?

아쑤바이에바 : 네, 이름이. 킴플이라는 단어는 할머니라고 해요. 보
    시면 돼요. 좀 네.

조사자 2 : 무슨 킴플이요?

아쑤바이에바 : 킴플.

조사자 2 : 아, 그전에.

아쑤바이에바 : 쟐마우스.

조사자 2 : 쟐마우스?

아쑤바이에바 : 네. '킴플'은 근데 할머니라는 뜻인데, 좀 나쁘게 한,
    그러는 말이에요.

사니아 : 좀 늙은 여자.

아쑤바이에바 : 완전 네, 늙은 여자.

조사자 2 : 늙은, 늙은이.

아쑤바이에바 : 늙은이. 네. 보통 약간 음, 등이 이렇게.

조사자 1 : 굽었어.

아쑤바이에바 : 네. 뭐라고 해야 돼요?

조사자 1 : 등이 굽었어.

아쑤바이에바 : 네. 네. 굽었어요. 네, 네. 그리고 좀 입이 크고 이가,
    이빨이 좀 노란색 이빨. (웃음) 다 사람을 잡고 먹는, 네. 잡아먹
    는 존재.

사니아 : 사람만 먹어요.

아쑤바이에바 : 진짜 사람만 먹어요. 그리고 이렇게 큰.

사니아 : 카잔 같은 거 있잖아요. 그 큰 그릇. 카잔 몰라? 카잔.

조사자 1 : 큰 그릇?

사니아 : 그 끓여서, 끓이는 그릇 있잖아요. 이렇게. 국 같은 거. 근데
    우리나라에서 엄청 큰 것들이 있잖아요.

조사자 1 : 솥?

사니아 : 솥 같은 건데 솥은 작잖아요. 한국에서는.

조사자 2 : 아니 커다란 가마솥 같은.

사니아 : 아.

조사자 2 : 가마솥이 큰 그릇.

사니아 : 네. 네. 네. 네.

조사자 1 : 불 위에 올려놓고 끓이는.

아쑤바이에바 : 네. 네. 맞아요.

사니아 : 이런 거예요. (사진을 찾아 보여주며) 네.

조사자 2 : 항아리?

사니아 : 네.

조사자 1 : 가마솥이라 표현, 우리나라로 말하면 가마솥 같은.

사니아 : 맞아요. 그거에다가 이렇게 넣고 만드는 거죠. 국처럼.

조사자 1 : 사람을 넣고?

사니아 : 네, 사람을 넣고. 가끔은 좀 이렇게 젊은 아가씨에 이렇게
　　　　믿음을 갖고, 가끔씩 피를 먹는 경우도 있어요. 젊은 아가씨들의
　　　　피를. 무릎에서.

아쑤바이에바 : 네, 무릎에서.

사니아 : 먹는 거예요.

조사자 1 : 무릎에서?

사니아 : 네. 무릎, 무릎에서.

조사자 1 : 거기서 피를 빼서?

사니아 : 피를. 네.

조사자 1 : 아, 젊은 여자의 무릎에서 피를 빨아 먹어.

아쑤바이에바 : 네. 네.

아이들을 잡아가는 무스탄 김플

● 구연정보
조사일시 : 2017. 05. 12(금) 오후
조사장소 : 서울특별시 광진구 화양동 건국대학교
제 보 자 : 아쑤바이에바 [카자흐스탄, 여, 1991년생, 유학생 3년차]
　　　　　 사니아 [카자흐스탄, 여, 1992년생, 유학생 6년차]
조 사 자 : 오정미, 이원영

● 개요
무스탄 김플은 아이들만 잡아먹는 마녀다. 그리고 대회 같은 곳에 나가면 결과가 잘 나오지 않도록 방해하기도 한다. 부모님의 말을 잘 안 듣는 아이들은 무스탄 김플이 잡아간다.

아쑤바이에바 : 김플.

사니아 : 무스탄 김플도 비슷하지만 좀 마녀예요.

아쑤바이에바 : 근데 음, 아이들만 먹는 마녀예요. 음, 가끔.

조사자 : 또 다른 거예요? 지금?

아쑤바이에바 : 네, 다른 거예요. 네.

조사자 : 이름이 뭐라고?

아쑤바이에바 : 무스탄 김플.

조사자 : 무스탄.

아쑤바이에바 : 무스탄 김플.

조사자 : 김프루.

아쑤바이에바 : 네. 김플 아까 그 할머니처럼.

조사자 : 김플.

아쑤바이에바 : 네, 늙은이. 네, 무스탄. 그것도 좀 흉특한 뭐 마녀라고 보시면 돼요. 아이를 먹고. 그리고 뭐 대회나 이런 거 있는, 대회 같은 거 있잖아요. 대회. 이렇게 결과가 잘 나오지 않도록 이렇게 막 방해하는 그런 존재예요. 네.

사니아 : 그리고 애기들한테도, 애기들 부모님 잘, 말 잘 안 들을 때도. "어 무스탄 김플이 잡아간다." 막 이렇게.

조사자 : 아, 망태구나, 우리한테는.

아쑤바이에바 : 아, 그걸로 많이 네. 저도 이렇게

사니아 : 말 안 듣는 사람 무스탄 김플이 잡아간다, 잡아간다.

아쑤바이에바 : 말 안 들으면 무스탄 김플한테.

사니아 : 맞아요, 맞아, 맞아.

조사자 : 이게 전 세계에 다 있어.

아쑤바이에바 : 네. (웃음) 네.

물귀신 우베

● **구연정보**

조사일시 : 2017. 05. 12(금) 오후

조사장소 : 서울특별시 광진구 화양동 건국대학교

제 보 자 : 아쑤바이에바 [카자흐스탄, 여, 1991년생, 유학생 3년차]

　　　　　사니아 [카자흐스탄, 여, 1992년생, 유학생 6년차]

조 사 자 : 오정미, 이원영

● **개요**

일자 눈썹을 가진 우베는 강이나 호수에 사는 정령이다. 우베는 사람에게 수
수께끼를 내서 맞히지 못하면 물속으로 끌고 들어가 죽이는 물귀신이다.

아쑤바이에바 : 그리고 이렇게 강이나 이렇게 호수에 또 다른 존재
　　가 있는데, 우베라고 해요. 우베.

조사자 1 : 우베.

아쑤바이에바 : 네. 우베.

조사자 1 : 강이나 호수?

아쑤바이에바 : 네. 좀 이렇게.

사니아 : 좀 피부가 좀.

아쑤바이에바 : 까맣고.

사니아 : 까맣고, 근데 좀 그 좋게, 좋게.

아쑤바이에바 : 잘생긴 거예요.

사니아 : 잘생긴.

조사자 1 : 잘생기게.

아쑤바이에바 : 음, 좀, 이렇게 수염이 있고, 이렇게.

사니아 : 어, 여기 유니브로우unibrow 이거 있어요.

아쑤바이에바 : 네.

조사자 1 : 주름. 양 미간에 주름이?

아쑤바이에바 : 아, 아니에요.

사니아 : 이거, 이거. 이거 브로우.

아쑤바이에바 : 눈썹이 하나, 하나예요.

조사자 3 : 일자 눈썹.

아쑤바이에바 : 네, 일자 눈썹.

조사자 1 : 아, 일자 눈썹. 알아들었어. 일자 눈썹이요.

아쑤바이에바 : 네. (웃음) 일자 눈썹이고요. 아, 그리고 사람들한테
　　어떤 그 음.

사니아 : 수수께끼?

조사자 3 : 수수께끼?

아쑤바이에바 : 수수께끼, 네.

사니아 : 이상하고 좀 바보 같은, 바보스런 수수께끼를 이렇게 하는
　　걸 좋아해요. 사람들한테.

조사자 1 : 사람들한테?

사니아 : 네. 네. 네.

조사자 2 : 사람들한테 수수께끼를 내는 걸 좋아한다고요?

아쑤바이에바 : 네.

사니아 : 사람들한테.

아쑤바이에바 : 그리고 그 답변을 못 들으면 아 이렇게, 물에다가 이
　　렇게.

사니아 : 물을 이렇게 이렇게 잡아가서.

아쑤바이에바 : 잡아가서, 네. 죽이는 거죠, 네.

사니아 : 당황스러우면 안 되는 거예요.

아쑤바이에바 : 네, 네. 근데 잘 답변을 잘 맞추면은, 아, 그 존재가
　　이렇게 저 혼자서 이렇게 빠지고. (웃음) 그냥 빠지는 거예요.
　　네, 다시 네.

조사자 2 : 그니까 답을 잘하면 살 수 있다는 거예요?

아쑤바이에바 : 네. 답을 잘하면 살 수.

조사자 1 : 예를 들면 혹시 대표적인 무슨 수수께끼가 있어요?

아쑤바이에바 : 수수께끼는.

　　　(이쑤바이에바와 사니아가 카자흐어로 대화를 나눔.)

사니아 : 예를 들면 그, 추, 추위 있잖아요. 완전 추위에 대해서. 지금 생각이 안 나지만. 그 추위에 대해서. 그 너무 추우면 창 바깥에 그거, 뭔가 무늬가 나오잖아요.

조사자 1 : 아 서리. 서리가 이렇게.

사니아 : 네, 서리가. 네. 그래서 다리 없고, 다리가 다 없고, 손도 없고, 걷지도 못하지만 그림을 그린다. 막 그런, 그런 수수께끼 좀 많이.

조사자 1 : 아, 그게 추위구나. 아.

사니아 : 네, 추위.

조사자 1 : 아 서리, 서리가.

사니아 : 네. 네.

조사자 1 : 다리도 없고 손도 없는데 그림을 그릴 수 있는 것이 무엇이냐. 그게 추위. 혹은 서리. 추위 속에 서리.

사니아 : 그런 것들.

조사자 2 : 그러니까 손이 없는데 그림을 그릴 수 있는 게.

조사자 1 : 어, 왜 유리에 서리가 쫙 끼면서 무늬가 뜨니까. 아 그래서 그런 답변을 못 하면 살려, 아 못하면 이제 물속으로 잡아끌어 죽는구나.

사니아 : 근데 이건 어렸을 때부터 들었던 수수께끼예요. 아마 그 사람, 그 이상한 존재가 했던 거는.

조사자 1 : 다른 수수께끼다.

사니아 : 네.

조사자 1 : 그게. 알겠어요. 아, 그래도 그 수수께끼도 재밌네.

아쑤바이에바 : 네.

물귀신 굴드르그식

● **구연정보**

조사일시 : 2017. 05. 12(금) 오후

조사장소 : 서울특별시 광진구 화양동 건국대학교

제 보 자 : 아쑤바이에바 [카자흐스탄, 여, 1991년생, 유학생 3년차]

　　　　　 사니아 [카자흐스탄, 여, 1992년생, 유학생 6년차]

조 사 자 : 오정미, 이원영

● **개요**

굴드르그식은 예쁘고 활발한 여자 모습의 물귀신이다. 굴드르그식은 여럿이
모여 축제를 하는 척을 하며 홀로 있는 남자를 유혹하여 잡은 남자는 간지럼
을 태워 죽인다. 그런데 잡힌 남자가 도망가려고 하면 알몸으로 쫓아가면서
욕설과 야한 말을 퍼붓는다.

아쑤바이에바 : 그리고 또 이제 여자의 모습으로 나타나는 그 존재
　　　가 있는데, 굴드르그시라고 해요.

조사자 2 : 굴드르그시.

아쑤바이에바 : 굴드르그식. 네.

조사자 1 : 굴드르?

아쑤바이에바 : 네.

조사자 1 : 스식?

아쑤바이에바 : 굴드르그식.

조사자 2 : 그식.

아쑤바이에바 : 네.

조사자 1 : 굴드르그식.

아쑤바이에바 : 네. 굴드르그식, 네. 그 존재는 또 아, 또 다시 이렇게
　　간지러움으로 이렇게 사람을 죽이는 거죠. 그래서, 그래서

조사자 1 : 아까 소릴처럼.

아쑤바이에바 : 네, 소릴처럼. 근데 여자의 모습으로. 그러니까 보통
　　여자 몇 명이 있어요. 한 명 말고요. 몇 명 있고요. 아, 그리고.

사니아 : 예쁘고 좀 활발하고.

아쑤바이에바 : 밝고.

사니아 : 밝고 뭔가 무슨 이렇게 앉으면서 축제하는 척하면서 뭐를,
　　축제하는 척하면서 사람들을 이렇게 오게 하는 거예요.

아쑤바이에바 : 특히 남자를, 이렇게 홀로 있는 남자를 이렇게 유혹
　　하면서. 네.

사니아 : 그 머메이드처럼.

아쑤바이에바 : 네, 약간, 약간 네, 인어, 인어랑 비슷한.

사니아 : 인어공주.

아쑤바이에바 : 네. 그리고 근데 남자가.

사니아 : 근데 남자가 이렇게 잡혔잖아요? 근데 이렇게 나갈 수 있으
　　면은.

아쑤바이에바 : 에, 약간 다 알몸으로 이렇게 쫓기 시작하죠, 쫓기 시
　　작해요. 쫓는 거죠. 네.

사니아 : 아, 그 여자를.

아쑤바이에바 : 네, 네. 옷을 벗고. (웃음)

조사자 1 : 누가 옷을 벗어요?

아쑤바이에바 : 그 굴드르그식. 그 존재가.

조사자 1 : 아, 남자를 홀리려고?

아쑤바이에바 : 홀리려고. 네.

조사자 1 : 아, 남자를 홀리려고.

아쑤바이에바 : 네.

조사자 1 : 굴드르그식이 아까 그래서 인어공주 같다 그랬구나.

아쑤바이에바 : 네. 네.

조사자 1 : 홀라당 벗어갖고.

아쑤바이에바 : 벗어 갖고.

조사자 1 : 저기 남자를 유혹하고 있구나.

아쑤바이에바 : 유혹하는, 네.

(동석한 남성 조사자에게 옷부터 벗고 유혹하는 여자는 조심해
야 한다는 내용으로 잠시 농담 나누며 웃음.)

조사자 1 : 아 옷을, 옷을 벗어서?

아쑤바이에바 : 네. 네.

조사자 1 : 그래서 어떻게 해요? 옷을 벗어서.

아쑤바이에바 : (웃음) 근데 좀. (웃음)

사니아 : 좀, 좀, 좀 야한 거, 야한 거 소리치고. 좀, 좀 욕한다고 그러
더라고요.

조사자 1 : 야한 소리와 욕을 통해서.

사니아 : 네. 하는 거예요. (아쑤바이에바에게) 이런 거 진짜 있어?

아쑤바이에바 : 있었어. (웃음)

뱀파이어 제스트르낙과 소릴

● 구연정보

조사일시 : 2017. 05. 12(금) 오후

조사장소 : 서울특별시 광진구 화양동 건국대학교

제 보 자 : 아쑤바이에바 [카자흐스탄, 여, 1991년생, 유학생 3년차]

조 사 자 : 오정미, 이원영

● 개요

제스트르낙은 여성 악마로 뱀파이어와 비슷하다. 제스트르낙은 철로 된 손톱을 가졌는데, 이를 가리기 위해 옷을 길게 늘어뜨리고, 금은으로 된 치장을 많이 한다. 제스트르낙은 사람에게 최면을 걸어 의식을 잃게 한 후 긴 철 손톱으로 찔러 죽인 뒤 피를 빨아 마신다. 제스트르낙을 죽이면 그 남편인 소릴이라는 악마가 와서 복수를 한다. 소릴은 키가 크고 다리가 짧은 모습으로 사람을 간지럽혀 죽인 후 피를 먹고 난 후 몸도 먹는다. 만약 소릴까지 없애면 그 아이들이 복수한다.

그리고 또 고전문학의 이렇게 제일 그 위험한 그 캐릭터 하나 중에는 제스트르낙이라고 있어요. 제스트르낙이에요. [조사자 1: 제스트라.] 트르낙. 제스트르낙. [조사자 1: 제스트라낙.] 제스트르낙. 제스트르낙. [조사자 1: 제스트라낙.] 네.

그리고 약간 여자의 모습으로 나타나고 엄청 예쁘고, 좀 이렇게 말이 없는 여자로 나타나는, 네, 존잰데. 약간 그 뱀파이어랑 비슷한 거예요. 뱀파이어. 근데 서양에 뱀파이어 보다는 그 제스트르낙은 그 은을 이렇게 무서워하지 않고요. 보통 그, 그 존재 옷이 뭐 은이나 금 이렇게 액세서리랑, 많이 막 이렇게. [청자(사니아): 꾸몄어.] 꾸몄어. [조사자 1: 치장을 했어.] 네. [조사자 1: 꾸몄어.] 네.

그리고 보통 음, 손톱이 이렇게 길고, 음, 뭐라고 해야 되나. [청자(사니아): 아이런iron, 그 아이런으로 만든, 절, 철 손톱이에요.] [조사자 2: 줄, 줄.] [조사자 1: 아, 길어?] 철. 철. [조사자 2: 철. 철. 철 손톱.] [조사자 1: 철. 아 철, 철로 된 손톱이야.] [청자(사니아): 스트르낙이라는 말이 그 손톱을.] 손톱이라는. [청자(사니아): 트르낙, 손톱이고.]

네, 그래서 제스트르낙. 그리고 그 여자가 음, 그 이렇게, 그 손톱을 숨기기 위해서 보통 이렇게 옷을 이렇게 길게, 그 뭐라고 해야 하지. 그 [조사자 1: 길게 늘어뜨리는 거예요?] 길게 늘어트린. 네, 네. 숨기기 위해서. 네.

그래서 아 그리고 음, 최면을 잘하는 존재예요. 최면을, 이렇게 사람을 최면해서. 음, 사람이 이렇게 그 의식을 이렇게 잃고, 그 순간 제스트르낙이 그 손톱으로 이렇게. 음, (웃음) [조사자 1: 찔러.] 찌르고 네. 네. 그리고 피를 마시는 거예요. 네, 그래서 뱀파이어랑 비슷한데.

약간 그 이런 존재들은 좀 너무 이렇게 복수를 많이 하는 존재고. 음, 얘는 만약에 그 제스트르낙을 죽이면 그 제스트르낙의 남편, 소릴이라고 있어요. 제스트르낙의 남편 소릴. [조사자 1: 소릴.] 네. 네. 소릴. 소릴이 그 복수를 하기 시작해요.

아 근데 그 남편도 죽이면, 그 제스트르낙이랑 그 소릴의 아이들이. 그 복수하는 거죠. 대신. 네. 계속 막 이렇게 사람을. 그래서 그 남편 소릴. 소릴은 좀 키가 크고, 아, [청자(사니아): 다리 짧고, 다리가 짧고 좀. 네. 이렇지 않고 좀.] [조사자 1: 키는 큰데 다리가 짧아?] 네. [조사자 1: 못생겼구나.] 네. (웃음) [청자(사니아): 그런 뜻이에요.] 그리고 좀, 좀. [청자(사니아): 어, 좀 말랐어요.] 말랐어요.

죽이는 방법, 그 사람을 죽일 때, 이렇게 간질이고 싶어. [조사자 2: 간지럽혀요?] 간지럽게 해요. 네. [청자(사니아): 간지럼. 죽을 때까지.] 죽을 때까지. [청자(사니아): 죽도록.] 네, 죽도록. [조사자 1: 정말 잔인하다.] 네. (웃음) 이렇게 죽고 나서 또 이렇게 피를 마시기 시작하죠. 그리고 다 피를 다 마신 후에 그 사람의 몸을 먹기 시작해요. (웃음)

용이 된 100년 뱀 아이다 하르

● **구연정보**

조사일시 : 2017. 05. 12(금) 오후

조사장소 : 서울특별시 광진구 화양동 건국대학교

제 보 자 : 아쑤바이에바 [카자흐스탄, 여, 1991년생, 유학생 3년차]

조 사 자 : 오정미, 이원영

● **개요**

뱀이 100년을 살면 다리와 날개가 없는 '아이다 하르'라는 용으로 변하게 된다. 그리고 또 100년을 살면 다시 예쁜 여자로 변하는데 밤에 사람을 잡아먹는다. 정체가 용인 것을 알 수 있는 방법은 물을 많이 마시고, 배꼽이 없다는 것으로 알 수 있다.

이제 다른 것도 있는데, 용. 카자흐, 카자흐에도 용이 있었어요. 네. 아이다 할이라고요. 아이다 하르. [조사자 1: 할.] 하르, 하르. [조사자 1: 하르.] 네. 근데 다른 그 용들의 이렇게 종류, 용들에 비해서 그 다리가 없고, 아, 날개가 없어요.

그리고 이렇게 신앙, 신앙 믿으면 그냥 일반 뱀이 있잖아요. '뱀이 이렇게 백 년 동안 그 사람 눈에 안 보이게 이렇게 살면은, 그 사람이 안 보이는 데 살면은, 백 년 후에 이렇게 용으로, 그 아이다 하르로 이렇게 변신할 수 있다'라는 말이 있고요. '그리고 또 이렇게 백 년 지나면, 그 아이다할이 예쁜 여자로 이렇게 다시 변신할 수 있다'는 그 말이 있어요. [조사자 1: 다시 또 백 년 후에.] 네. 백 년 후에. 여자로 이렇게 변하고.

결혼하면 그 남편의 뭐 이렇게, 남편이 사는 마을에서 가끔 밤,

밤마다 사람을 먹는, 먹는 거예요. 네. 그리고 근데 그, 용인, 용인 걸 이렇게 알 수 있는 방법은 용이 그 계속 막 음, 그 물. 물 많이 마시고 네.

(사니아 제보자와 용어에 대해 카자흐어로 대화하고 웃음)

[청자(사니아): 여기에 있잖아요.] 아, 탯줄(배꼽)이 없는, 없는 거예요. 그래서 이렇게 알아볼 수 있어요. [조사자 1: 배꼽.] [조사자 2: 배꼽.] 배꼽. 네, 네. 배꼽을. (웃음) 네, 네. [조사자 1: 배꼽이 없고 물을 많이 마신다.] 네.

러시아

러시아의 신들

● 구연정보
조사일시 : 2018. 01. 29(월) 오전
조사장소 : 대구광역시 중구 남산동
제 보 자 : 나탈리아 [러시아, 여, 1983년생, 결혼이주 13년차]
조 사 자 : 김정은, 황승업, 강새미

● 개요
현재는 러시아는 기독교 이후에 신이 하나이지만, 옛날에는 여러 명이 있었
다. 먼저 각 계절마다 신이 있어서 사람들이 계절마다 하는 일이 달랐다. 겨울
이 가고 봄이 오는 시기에는 해처럼 생긴 동그란 전을 만들어 나눠먹었다. 또,
밭에 가서 발을 구르며 춤을 추어서 밭을 깨우기도 하고, 겨울을 상징하는 짚
인형을 태워 겨울을 보내기도 했다. 한편, 여름이 오는 7월에 여자들이 꽃 왕
관을 만들어 보내면, 건너편에서 남자들이 잡는 놀이를 했다. 남자가 왕관을
잡으면, 그 왕관을 만든 여자와 사귀기도 했다. 이외에도 숲, 물, 등의 자연물
에도 각각 신이 있었고, 집에도 다마보이라는 신이 있었다. 가족들이 사이좋
게 잘 지내면 다마보이가 좋은 일을 가져다주고, 그렇지 않으면 나쁜 일을 가
져다준다고 믿었다.

그러니까 이제 뭐라케야 되냐면은, 아까 내가 말하는 듯이 지금
은 우리 신이 하난데. 옛날에는 이제 농사 지시는 분은 이제 왜 계절
신도 있었고. 봄, 가을, 뭐 여름, 이런 신들이 이제 봄에는 신이 있으
니까, 봄 되기 전에 음식 만들고, 또 그 음식이 이렇게 전이에요, 전.
이렇게 동그랗게 햇님처럼 생겼는 전은 굽고. 그거는 여러 명이서
나눠 먹었었거든요.

그리고 이제 인형 만들었어요. 짚으로. 짚으로 인형 만들고, 다

같이 모여서 밭에 이제 이렇게 춤추면서 (발을 구르며) 밭 이렇게 깨우는 거예요. 이렇게 춤추면은 시끄럽잖아요. 그러면 밭 일어나는 거야. 겨울잠 자다가. 그래서 그 짚으로 만든 인형은 나중에 춤 다 추다가 태워버리는 거야. 그 인형이 뭐였냐면은 겨울이었어요.

'겨울이 이제 이렇게 태워버렸으니까 없다.'

이제,

'봄이 오라.'고.

'이제 자리 비어 있으니까 봄 오라.'고.

그래서 봄이 와서, 그때는 이제 땅도 깨우고 하니까, 한 번 땅을 이렇게 뒤집고 이제 감자, 옥수수, 뭐 보리, 밀 이렇게 심었죠.

그래가지고 이제 봄도 지나갈 무렵이 되잖아요. 한 6, 7월 달 되면은 러시아는 추운 지방이니까 여름이 원래 오는 월이 7월이거든요. 원래는 교과서로 6, 7, 8인데, 7월 달이 되어야 여름이 이제 올 때가 왔다. 그러면 그때는 사람들이 또 모여서 여자들이 뭐 하냐면은 꽃으로 만드는 왕관같이. 이제 만들 때에는 어떤 여자냐면은 젊은 여자, 결혼 안 한 여자들이 왕관 만들어서 이제 왜 자기 남자친구 생각하면서 했거든요. 그래 산에 가서 여자들이 여기 있으면, 반대쪽에는 남자들이 있는 거예요. 그러면 그 꽃 왕관은 이렇게 건네주면은 왕관이 뜨거든? 이제 그러면 그래 남자가 이제 잡으면 이제,

"나는 이것 잡았다."

그러면 누가,

"이거 만들었다.'"

그라면 둘이 이제 사귀고. (일동 웃음) 이렇게 놀았었어요. 그 옛날에. 아주 옛날에 그랬었는데. 그런 거 있었고.

그리고 이제 계절신도 있는 것처럼, 숲에. 숲에 신이 있었고, 물에 신이 있었고, 밭에도 신이 있었고 그랬는데. 자기 집에, 집도, 집은 러시아 말로 '돔Дом'. 돔에 사는 신이 '다마보이Домовой'. 그래서 이 다마보이가 가족이 아주 사이좋게 행복하게 살면은 다마보이도 행복해가지고 좋은 일 보내주는 거야. 그런데 가족끼리는 싸우고, 이렇게 좀 안 좋게 살면은, 욕심 부리고 시끄럽게 또 이제 이렇게 욕 쓰

거나, 소문 안 좋은 소문 하면은 이 다마보이가 일부러 또 일 꼬이게 하고. 안 좋게, 왜 그 동물 키우면 동물 죽게 하고 뭐 그런데.

그래서 그거는 다 미신인데, 그죠? 그래서 옛날 사람들이 우리 할머니들. 이제,

"애들을 엄마, 아빠 말 잘 듣고, 부모님도 애들한테 또 잘 하라."고.

"부부끼리도 사이좋게 살아라."고.

일부러. 내 생각에 이제 일부러, 일부러 잘 사이좋게 지내면 다마보이가 좋은 일 보내주고. 자꾸 싸우거나 부모님이 이제 애들한테 안 좋게 하면은 애들이 부모님을 이제 잘 안 모시면, 좀 나쁜 일이 생긴다. 그래서 다들 이 옛날부터 정 있게, 좀 사이좋게 지낼려고 했어요.

집의 신 다마보이의 특징과 종류

● 구연정보
조사일시 : 2018. 10. 11(목) 오후
조사장소 : 경기도 오산시 은계동
제 보 자 : 김알라 [러시아(고려인3세), 여, 1977년생, 결혼이주 5년차]
조 사 자 : 김정은, 강새미, 엄희수

● 개요
러시아에서는 눈에 보이지는 않지만 가신(家神) 다마보이가 있다고 믿는다. 다마보이는 하늘에서 떨어진 천사라고 하기도 하고, 죽은 조상이 미련이 남아 집에 있는 것이라고 믿기도 한다. 이사 올 때나 평소에 다마보이에게 잘하면 가족이 행복하게 살 수 있다고 한다. 다마보이는 발톱이 길고 털이 많아 괴물처럼 보이기도 한다. 주인의 머리카락 색과 닮았으며, 주인이 빈부에 따라 다마보이의 옷차림도 달라진다. 그리고 다마보이가 검정색 옷을 입고 있으면 그 집에 안 좋은 일이 생긴다. 또 다마보이의 아내는 집주인이 청소를 하지 않으면 몰래 냄비에 무언가를 넣어 복수를 하기도 하고, 다마보이의 딸은 집주인 총각을 유혹하기도 한다. 착한 다마보이는 가족을 돌봐주지만, 나쁜 다마보이는 물건을 몰래 숨긴다. 그래서 사람들이 물건을 잃어버리면 다마보이에게 돌려달라고 말한다.

그리고 다마보이Домовой*. 그때 얘기했었죠. 다마보이는 집에서 집마다 꼭 있어야 된대요. 꼭 있어요, 지금도 있대요. [조사자 1: 아, 네네. 믿는 신이군요, 집 신. 집에 있는.]

● 다마보이(Домовой)는 밤에 몰래 집안의 일을 도와준다는 작은 요정으로 가신 역할을 한다.

포춘텔러Fortune-Teller? 미래 보는 사람, 볼 수 있는 사람도 있어요. [청자: 점쟁이.] [조사자 1: 아, 점쟁이. (청자를 보면서) 너무 많은 도움이 되고 있어요. 미래를 보는 사람, 예언가. 점쟁이. 뭐 이렇게 하는구나.]

요즘도 여러 곳에서 그런 거 대회, 점쟁이 대회에서도 사람들이 다마보이 볼 수 있는 사람들이 나와요. 그래서 막,

"여기 있잖아! 안 보여?"

그러면 엠시가,

"응?"

그러고.

모르겠어요. 사실은 저 아는 사람들 중에, 학생들 중에도 한국 사람들. 다마보이 볼 수 있는 사람도 계세요. [조사자 1: 한국 사람이 다마보이 본다구요?] 네. 누군지 모른대요. 그냥 보인대요. 엄마랑, 학생이랑 엄마랑 보인대요. 근데 아빠랑 동생은 안 보인대요. 그래서 지금 믿어요. [조사자 1: 다마보이가 있다고?] 네. 귀신인지 뭔지 모르지만 뭐가 있는 것 같아요. 믿어요. 진짜 거짓말 못 해요. [조사자 1: 집안마다 신이 있는 것 같고] 네.

그래서 집에서 다마보이 있으면은, 이사. 특히 이사 올 때는 다마보이한테 뭔가 맛있는 거 줘야 돼요. 그 속이나, 뭐 사람마다, 근처마다, 시골마다 조금씩 달라요. 또는 야쿠지아Yakutia●, 러시아인데 북쪽에 이렇게 에이시안Asian처럼 생긴 사람들. 야쿠지아. 야쿠자 혹시 들어보셨어요? 야쿠지아. [청자(치카코): 야쿠자로 들려서. (웃음) 뭔가 싶어서] 저도 야쿠지아 얘기 나오면은 그래요. [청자: 야쿠지아 조폭이에요?] 아니요, 야쿠지아. [청자: 아, 전혀 다른 말이구나.] 그래서 야쿠지아인데, 그 맨 위에 되게 커요. 거기에서 사람들이 에이시안 사람들이에요. 근데 러시아사람들이지만, 에이시안처럼 생겼어요. 거기

● 제보자의 발음은 야쿠지아인데, 야쿠티아로 검색된다. 야쿠티아(Yakutia)는 사하(Sakha) 공화국 또는 러시아의 공화국이다. 극동 연방관구에 속하지만 지리적으로는 러시아 극동이 아닌 시베리아에 속한다. 러시아의 여러 행정 구역 중에서도 면적이 가장 넓은 행정 구역이기도 하다. 중심 도시는 야쿠츠크다.

서는 되게 옛날에,

"무슨 식으로 해야 된다."

"이사 갈 때 이렇게 해야 된다."

되게 심해요. [조사자 1: 음, 금기가 많구나.] 네. 젊은 사람들도 그래요.

[조사자 1: 우리나라도, 저희도 그래요.] 젊은 사람들도? 학생들도? [조사자 1: 이사하는 날에, '손 없는 날' 해가지고, 손이 안 오는 날. 이렇게 해가지고 하는 거예요.] 학생들도 그래요? [조사자 1: 음, 얘네들은 안 할 수도 있겠네요.]

그러니까 저도 되게 신기했어요. 왜냐하면 우리 그때는 기숙사에 왔는데, 야쿠지아 학생이랑 같이 같은 방에. 근데 그 야쿠지아 학생이,

"어, 여기 새로운 방이니까."

여기, 여기 막, 모르겠어요. 뭐 하고, 구석마다 이렇게 놓고. 또 뭐 무슨 나무에 가져왔어요. 아쿠지아 학생이. 나무에 잎? 모르겠어요, 태우고. [조사자 1: 하는구나, 그 의식을.] 네, 되게 심했었어요.

또는 꿈에 어떤, 돌아가신 오빠가 나왔는데 아무 말 못하고 가만히 있었고, 한숨 하고(쉬고) 갔대요. 막 이럴 때, 일어날 때는 되게 막 떨렸어요. 그래서 무슨 안 좋은 일 생길까 봐 그 또 다시 무슨 다른 이렇게 태우고. 자기를 이렇게 했는데 엄청, 음, 보조? 살려고? 세이프티safety. [조사자 2: 안전하게 하려고?] 네. [조사자 2: 보호할라고.] 보호.

그날 때 사고 날 뻔했어요. 부딪쳤는데 친구 옆에 있었는데 막 잡았어요. 팔만 다쳤어요. 그래서 아마 뭐가 있는 거 같아요. [조사자 1: 아, '보호하려고 그랬던 것 같다'라고 생각하게 된 거죠?] 그래서 이렇게 했으니까 아마 안 하면은 큰일도 날 수도 있고. 그런 거 있고.

그러니까 다마보이 집에 있으면은, 잘해주면은 가족이 이렇게 행복하게 살 수도 있고, 뭐 먹을 거 항상 있고. 다들 건강하고 이렇게 할 수 있어요. 뭐 사람들도, 동물도 혹시 집에 키우는, 키우면은 동물들까지 예반(애완) 동물들까지 잘 살 수 있대요. [조사자 1: 다마보이한테 못 해가지고 잘못된 사람들 이야기는 없어요?] 음, 있어요, 있어요.

좀 생각해볼게요.

　[청자(치카코): 이거 비슷한 개념으로 일본에도 있어요. 한국에도 있어요?] [조사자 1: 저희도 있죠. 〈신과 함께〉에 나오는. 영화 보셨어요? 항아리. 거기에 신주단지라고 집마다 있어가지고.] 고추장 그런 거 그릇 있잖아요. [조사자 1: 맞아요, 항아리에 그걸 모셔놔요.] [청자: 이름이 특별히 있는 게 아니고? 다마보이처럼 무슨.] [조사자 1: 있죠. 터줏대감이라고도 하고, 여러 가지 이름이 있죠. 그리고 부엌에는 조왕신이라고 해가지구, 부엌에도 신이 또 따로 있고. 변기에도, 화장실에도 신이 있어요.] [청자: 아, 그건 일본에도 있어요.] [조사자 1: 다 터주신이라고, 그 땅을 지켜주는.] [청자: 집을 지켜주는구나.] 네. [조사자 1: 네, 터거든요. 터의 주인 해가지고. 그런 게 있죠.

　일본은 뭐라 그러죠? 그런 귀신들을?] [청자(치카코): 자시키와라시(座敷童子)도 있고. 또 따로 무슨 요괴 종류에도 있기는 있어요. 뭐 누라리횬(滑瓢, ぬらりひょん)이나. 다양하네요. 진짜 일본에서도.] [조사자 1: 일본은 다양해서 요괴 이야기가 되게 신기해요.] [청자: 못생긴 아저씨 같이 생긴 거 누라리횬이라는 거 있고, 아까 여자아이(자시키와라시)도 있고. 그리고 흰색 뱀이나 그런 것도 그런 역할을 한다고 하지 않아요? 한국에서도 하지요?] [조사자 1: 되게 신이하다고 표현을 해요.] [청자: 집에 계속 그 천장 뒤에 있으면 좋다. 있을 리가 없지만. 그런 얘기가 있었던 거 같아요.] [조사자 1: 하얀 뱀은 실제로 보셨어요?] [청자: 안 봤어요.] [조사자 1: 그쵸? 실제로 저희가 보기에는.] [청자: 그렇죠.]

　저런 귀신들 믿으세요? [조사자 1: 네, 저는 없다고 하기에는 신기한 일들이 세상에 많으니까.] 뭐 신기한 거, 그런 거 아직 못 보셨어요? [조사자 1: 저는 그냥 꿈?] 아니요. 실제로 뭔지 설명할 수 없는 거. [조사자 1: 꿈에서 그러고. 그리고 실제로 그런 사람들이 얘기가 있으니까 없다고 할 수는 없겠구나.] 그렇죠. 저도 여러 가지 봤지만.

　그러니까 다마보이. 음, 러시아에서도 기독교 생기기 전에 생겼대요. 그래서 누군지, 어떤 사람들은 그냥 그건 귀신같은 거, 안 좋은 거 믿고. 어떤 사람들은 하나님이 천사들 나쁜 뜻 했고. 그래서 이렇게 땅에 던졌어요. 그래서 그 천사들, 예전에는 천사들이었는데 나쁜

뜻 하고, 뭐 하나님이 화나고 이렇게 쫓아냈어요. 그래서 그 천사들
이렇게 다마보이 됐어요. [조사자 1: 아, 그 천사들이 다마보이가 되었다
는 얘기가 있는 거예요?] 네. 이런 것도, 그런 얘기도 있고요.

예전에는, 처음에는 사람들이 안 좋아했어요, 다마보이 있으면
은. 근데 어떤 사람들은 반대, 잘해주면은 서로 또 잘해주고. 제 생각
에는 이게 좀 괜찮지 않을까요? 네, 그래서 여러 가지 또 이런 어떤,
세르비아. 세르비아하고 불가리아도 있었어요. 그런 믿음 있었어요.
생기는 거는, 아, 또 그런 믿음 있었어요. 혹시 가족끼리 누가 친척끼
리 누가 돌아가시면은, 그 돌아가신 분이 마음 있잖아요. 미련? 무슨
연? 다마보이 돼요. 그런 거 사실은 많이 들었어요.

누가 돌아가시면은 그 마음은 이렇게 보호도, 배려도, 도와주고.
또는, 생기는 거는 그러니까 혹시 돌아가신 친척들끼리 이렇게 생겼
고. 또는 좀 괴물 같은 거. 발톱도 길고, 이빨도 좀 그렇고. 털도 있
고. 근데 색깔은 집 주인이랑 똑같아요. 머리카락이. [조사자 1: 신기
하네요. 그럼 (주인이) 금발이면 (다마보이도) 금발이에요?] 네, 노란 머리
면 노란 머리고. [조사자 1: 까마면 까맣고요?] 네. 또는 귀는 이렇게,
[조사자 1: 삐죽하구나?] 네. 한쪽도 이렇게 할 수도 있고 두 쪽도 이렇
게 될 수도 있구요.

또는, 혹시 털 많으면은, 그럼 주인이 돈 많다. 부자, 부자예요.
혹시 주인이 좀 이렇게 거지 같으면은, 다마보이는 아무것도 없어요.
네이키드naked. (웃으며) 또는 옷이, 옷은 파란색이었어요. 옷도 따로
있었구요. 그러니까 파란색이고, 셔츠는 빨간색이고. 어, 혹시 만약
에 다마보이가 검정색 옷을 입으면은 무슨 안 좋은 일이 생긴다. [조
사자 1: 다마보이 옷을 보고 알 수 있군요?] 그런 거 있어요. '검정색 옷
을 입으면은 안 좋은 일이 생긴다.' 그런 믿음이 있었어요.

또는 변할, 모양 변해질 수도 있다. 혹시 가족끼리 누가 그 시간
에 누가 안 계시면은, 그의 친척 얼굴로 변해질 수 있대요. 아니면 동
물로도. 고양이, 아니면 개. 아니면 어, 닭? 근데 남자닭, 수탉. 아니
면 랫rat, 그냥 쥐 아니고. [조사자 2: 쥐인데 엄청 큰 쥐.] 네. 밖에 사는
쥐. 좀 크고 무서운 거. [조사자 1: 들쥐. 저희는 들쥐라고 하는데 아마 다

른 종류가 있을 거예요, 비슷하게.] 네, 좀 그렇게 크고 무서운 거.

또는 북쪽에는 다마보이 이름이 있었어요. 즈카르카. 그때 얘기
했었죠? 즈카르카도 동화책에서도 많이 나와요. 똑똑하고 귀엽고 그
런 주인공이에요. [조사자 1: 음, 그 얘기 이따 해주실 거죠?] 어, 찾아볼
게요. 또 농담도 잘 하고, 나쁜 뜻도 안 하고. 근데 턱수염 있대요. 턱
수염. 턱이 길고, 착하고, 귀는 작고. 이런 거고요. 또는 여자, 여자 다
마보이도 있었대요. 아, 어쩔 때는, 그거는 다마보이의 부인. 그러고
아니면 딸. 또는 다마이하, 다마보이의 부인. 그리고 다마비앙카 그
건 다마보이의 딸, 딸이에요.

아, 그건 얘기해도 되는지 모르겠어요. 자꾸 그런 얘기 나오는
데. 그러니까, 음, 다마위츠키. 그 다마보이의 딸 있잖아요. 그래서
혹시 집에서 결혼 안 했던 총각이 있으면은, 꼬셔요. [조사자 1: 다마
보이가 꼬셔요?] 다마보이의 딸. [조사자 1: 꼬시면 어떻게 돼요, 그다음
에?] 그냥 같이 살아요. 결혼 안 하고. [조사자 1: 혼자 사는 걸까? 같이
사는 걸까? 되게 애매하다.]

또는 다마보이의 부인, 착한데요. 애들도 보고, 어쨌든 깨우면은,
재우고. 또는 그 아플 때는 치료, 치료도 하고. 옛날에는 난로 있었잖
아요. 러시아에서 불 안 없어지게? [조사자 1: 다마보이가 불씨도 지켜
주는구나.] 네네. 지켜주는 거고요. 이 혹시 집에서 가족끼리 누가 좀
깨끗하지 않게 살면은 그 사람들 되게 싫어했어요. 다마보이의 부인
이 되게 미워했어요. 손 안 씻고, 되게 깨끗하게 안 살면은, 그 복수
도 했어요. 복수는 혹시 주인이 누가 밥 할 때는, 그 냄비에 뭐 넣었
어요. [조사자 1: 잘못하면 냄비에 넣는군요.] 네. 복수했어요. 깨끗하게
안 사니까. 그렇게 복수했어요.

그리고 사는 거는 집마다 난로 있었는데, 난로 구석에 있었잖아
요. 그 구석에, 구석. 난로의 구석에 거기에 살았어요. 자주 그 동물
집 있잖아요. 동물 집은 뭐예요, 한국말로? [조사자 1: 우리?] 시골 쪽
에 소, 양 따로 살잖아요. [조사자 1: 외양간이라고도 하고.] 거기서 자
주 본대요. [조사자 1: 응, 우리에서도 살고.] 음, 또는 착한 다마보이도
있고. 뭐 이렇게 동물들도 보고, 그다음에 집도 보고, 지키고.

근데 혹시 안 좋은, 안 착한 다마보이도 있어요. 물건이나 숨기거나. [조사자 1: 도깨비 같네요.] 네, 아니면 그 애완동물들 놀라거나 (놀라게 하거나), 괴롭히거나. 그런 것도 있었어요. 뭐, 또는 만화에서도 많이 나오고, 영화, 연극, 오페라, 시 되게 많이 나와요. [조사자 1: 이런 영감을 얻을 게 많네요. 그래서 러시아 문학이 되게 좋은가 보다.]

러시아에서 지금도 다마보이, 다마보이. 혹시 누가 뭐가 없어지면은 그런 옛날에 그런, 옛날부터 그런 말이 있었어요. 뭐,

"다마보이, 다마보이. 이것 좀 돌려줘라. 나 진짜 필요하다."

뭐 그런 말도 있었어요. 지금도 뭐가 잃어버리면은, 집에서. 어디 놨는지도 기억 안 나고. 여기 분명히, 여기 있었는데 없어졌어. 그래서 자기 어디 딴 데 놓거나, 다마보이 가져가거나.

"다마보이, 다마보이, 돌려줘, 돌려줘."

이렇게 그런 거 아직도 있어요. 네.

죽은 처녀들의 영혼이 변한 인어 로사올카

● **구연정보**

조사일시 : 2018. 10. 11(목) 오후

조사장소 : 경기도 오산시 은계동

제 보 자 : 김알라 [러시아(고려인3세), 여, 1977년생, 결혼이주 5년차]

조 사 자 : 김정은, 강새미, 엄희수

● **개요**

결혼하지 못하고 죽지 않은 여자나, 세례를 받지 않은 아이들은 반인반어의 여자 모습을 한 로사올카가 된다고 한다. 그래서 어떤 남자는 자신의 딸이 결혼을 못 한 채로 죽자 로사올카가 되지 못하게 나무에 묶기도 했다. 로사올카는 다른 동물들로 변신할 수도 있고, 사이렌처럼 남자들을 유혹해서 사람들이 무서워한다. 특히 시골의 할머니들은 누군가 나쁜 짓을 하면 로사올카가 된다는 등, 욕으로 사용하기도 한다. 그리고 로사올카는 러시아뿐만 아니라 우크라이나, 일본, 벨라루스 등 다양한 곳에 존재한다. 착한 로사올카는 아이를 구해주거나 물에 빠진 사람들을 구해주기도 하며, 풍년과 연관된 신으로 모셔진다. 이에 비해 나쁜 로사올카는 사람들을 물에 빠뜨리기도 한다. 로사올카는 러시아 작곡가 다르기미시스키의 오페라 작품에 나온다.

제가 이번에는 동화책보다는 주인공. 그러니까 옛날에는 되게 여러 가지 신보다는 뭐 예수 같은 거, 뭐 불교, 러시아에서는 기독교. 대부분 기독교였구요.

근데 뭐 시골 쪽에 여러 가지 뭐 로사올카^{Rusalka}●. 처음에는 로사

● 루살카라고도 한다. 슬라브족 신화에서 호수를 떠도는 세례 받지 못하고 죽은 아이나, 물에 빠져 죽은 처녀의 혼을 말한다.

올카. 로사올카는 음, 여자인데 근데 인어공주? [조사자 1: 로사올카
가요?] 네네. 비슷하게 생긴. 뭐 사람도 아니고, 물고기도 아니고. 반.
여자 반, 꼬리 있고. [조사자 1: 물고기? 밑에는?] 네네네.

그래서 그거는 원래는 옛날에 어떤 사람이 됐는지, 여자들 아니
면 태어나지 않은 아이들? 나중에는 이렇게 로사올카. 로사올카 된
다고. 또는 아가씨들, 결혼하지 않은, 못한 여자들. [조사자 1: 결혼하
지 못하고 죽으면 이렇게 되는 거예요?] 네네. 저도 읽을 때는 그게 좀
소름이었는데.

(웃으며) 그리고. 아, 태어나지 않은 아이들보다는, 그거 기독교,
그거 차례? 기독교 받는 거 있잖아요. [조사자 1: 세례.] 세례, 세례요.
세례 안 받는 아이들. [조사자 1: 왠지 세례 안 받으면 이렇게 된다고 얘
기했을 것 같아.] 교회에서 알면 어떻게 해.

"너 나중에 로사올카 돼."

그래서 아가씨들, 죽은 아가씨들, 결혼 못한 아가씨들. 이 얘기
도 있었어요.

옛날에 어떤 아저씨가, 할아버지? 딸은 결혼 못했는데 죽었어요.
그래서 로사올카 못 하게, 혹시 될까 봐, 안 되게, 그러니까. 나무랑
묶었어요. [조사자 1: 아, 딸을.] 되게 끔찍한 얘기 되게 많이 나와요,
옛날 거. [조사자 1: 그래서 안 됐어요?] 그거 잘 모르겠어요. 그런데 그
런 얘기 있었어요. [조사자 1: 그렇게 안 되게 하려고 노력했다는 그런 얘
기들이 있는 거죠?]

또는 그 로사올카들 변경할 수 있었어요. 다른 동물? 아니면 토
끼, 아니면 개구리, 새 이렇게 바꿀 수 있었어요. 모양. [조사자 2: 변
신할 수 있어요?] 네. 또는 좀 무서운 사람도 아니고 그 어떻게 말해야
되지? [조사자 1: 괴물이요?] 괴물인가요? [조사자 1: 도깨비도 아니고,
괴물도 아니고.] 무슨 응? 그러니까 음, 좀 사람들이 좀 무서워했어요.

또는 오페라, 혹시 클래식 음악에 관심 있는지 모르지만, 다르기
미시스키Alexander Dargimyzhsky*, 그건 러시아 작곡가 다르기미시스키.

● 안토닌 드보르자크(Antonín Dvořák)의 생몰연대는 1841년에서 1904년까지이다.

오페라도 있었어요. 로사올카. 되게 유명해요. 혹시 나중에 들어 보시면은 완전 감동이에요. 음악도 감동적이고, 이게 어떻게 그런 이야기를 이렇게 음악으로 하셨는지, 작곡하셨는지.

[조사자 1: 로사올카가 누구 잡아간 이야기는 없어요?] 아, 잡아간 것보다는 꼬시는? 남자들을 꼬시고, 이렇게 그런, 그런 거. 미국에서, 외국에서, 시리에나? [조사자 2: 사이렌siren.] 사이레나? 아, 그런 거. 그 비슷해요. (조사자 2를 칭찬하며) 역시 연구자! (웃음)

그래서 또는, 아, 그 러시아 크잖아요. 이 부분에서, 이 근처에서 이렇게 믿었어요. 여기는 또 다른 이야기 있었어요. 다른 부분, 오라오? 오라오에서 거기는 어떤 안 좋은, 나쁜? 아니고. 안 좋은 여자들, 여자분들 이렇게 됐다고, 된다고. 로사올카. 로사올카로 변했다고. 어, 그러니까 뭔가 무슨 안 좋은 듯하다가, 그런 거 있잖아요.

"너, 이제 지금부터 뭐 잘 못 살 거야."

이런 거 있잖아요. [조사자 1: 아, 저주를 하나요? 루사올카도?] 아니, 사람들이 이렇게 하고, 나중에 이 여자가 루사올카로 변해요. 그 한국말로 뭐지? 이렇게 말하는 거 있잖아요. [조사자 1: 예언?] 아, 그러니까 이런 거.

한국말로 잘 안 쓰니까 모르겠어요. 찾아볼게요. (스마트폰으로 단어를 검색하며) 그러니까 특히 할머니들이 그런 말 하면은 이런 거요? (제보자가 보여준 단어에 한국어 욕이 쓰여 있어서 조사자들이 웃음.)

[조사자 2: 아, 욕으로 쓰는구나.] 근데 이것보다 심해요. [조사자 1: 어떤 욕을 말씀하시는 거구나.] 욕이 아니고,

"너 이제부터 이렇게 될 거야. 못 살게 될 거야."

[조사자 1: 저주인 것 같아요.] 읽어야지. 이거(스마트폰) 보여드리기 전에 읽어야 되는데. 그런 거 있잖아요. 러시아말로는 욕 아니에요. (일동 웃음) [조사자 1: 번역을 했는데 그냥 욕으로 나오는 거구나. 러시아에서는 욕이 아닌데?] 네. 그냥 이렇게 안 좋은 말. [조사자 1: 우리나라 번역할 게 없으니까 이랬나봐.] 네. 이거 한국사전인데?

그러니까 어떤 여자, 뭐 부인인데.

'뭐 안 좋은 일했다. 그래서 누가, 누가 이렇게 말했다.'

"너 이제부터 잘 못 살 거야."

그래서 나중에 로사올카로 변경이 돼요. [조사자 1: 음, 그럼 그 여자가 어떤 할머니가 얘기를 하시면, 바바야가[●]는 아니고?] 아니요.

근데 옛날에는 할머니들 되게, 할머니들 더 무서워했어요. (웃음) [조사자 1: 음, 할머니들한테 뭔가가 있는 거 같아요?] 네. 왜냐하면 그 뿌리 같은 거 뭐, 그런 약 같은 거. [조사자 1: 뿌리로 약 만들고.] 뭐 바바야가처럼, 마녀처럼. 이렇게 할머니들 지금도 그런 거 있어요. 시골 저기 가시면은 되게 심해요, 사실은. [조사자 1: 할머니들이요?] 네. 어쩔 때는 얘기 와요. 들어요.

"뭐, 누가, 누가 누구한테 안 좋은 뜻 했다."

그래서 알고 계셔가지고 그런 말 해도 되는지 모르겠어요.

(웃으며) 아니면, 그러니까 혹시 러시아에 가시면은 어디 그, 시골 쪽에 빠닐^{●●}이나, 문 쪽에, 빠닐 찾으시면은 만지지 마세요. 아니면은 누가 이렇게 일부러, 보이잖아요. 일부러 끼면은 만지지 마세요. 또는 혹시 만약에 자기 옷이 어떤 사람의 옷에 있으면은 버려야 되고, 완전 빼든가 버려야 되고. 그런 거 아직도 있어요. [조사자 1: 아, 그게 저주인가보다. 그렇게 하면은.] 뭐, 수도 쪽에 가시면은 길로 이런 거. 근데 시골 쪽에는 이런 거 있어요.

아무튼 문화예요. 네, 또는 우크라이나에도 있었어요. 로사올카가 우크라이나에도 있고, 일본도 있고. 또는 안데르센 아시죠? 그 인어공주. 그전에 러시아에서 있었어요.

[조사자 1: 예, 그전에 있었던 이야기, 조금 얘기로 해 주시면 안 될까

● 바바야가(Baba Yaga, Baba-Jaga)는 러시아 민화에 나오는 마귀할멈이다. 어린이들을 훔쳐다 요리해 먹는다고 한다. 생명수의 샘을 지키는 이 마귀할멈은 숲속 오두막집에서 2~3명의 자매 바바야가와 함께 산다. 이 오두막집은 새의 다리 위에서 쉼 없이 돌아가고 울타리 꼭대기에는 사람 해골들이 걸려 있다. 바바야가는 쇠솥이나 절구를 타고 절굿공이를 저어 태풍을 일으키며 하늘을 날아다닌다. 또 죽음의 신을 따라다니며 갓 풀려난 영혼들을 먹어 치우곤 한다.

●● 문맥으로 봤을 때, 저주의 의미로 사용된 물건을 뜻하고 있다.

요?] 그러니까 옛날부터 음. 그런 것도 있었어요. 낮에는 로사올카가 뭘 먹었냐면은 그 생선이랑 아라크? 뭐라 그러지? 조개? 꽃게? 네, 그 거랑. 근데 밤에는 어떤 시골에 따로 동물들 있잖아요. 소 아니면 양 그런 거 있잖아요. 그런 거, 거기 들어가서 소의 젖을 이렇게 먹었어요. 그런 얘기도 있어요. [조사자 1: 아, 많이 돌아다니는군요.] (웃으며)

그러니까 되게 저도 조금씩 살짝 대충 알고 있었는데, 알아보니까 되게 여러 개 신기한 거 많아요. 빌라루시아(벨라루스Belarus)도 있었어요. 빌라루시아. 뭐 우크라이나식으로 비엘라루시아. [조사자 1: 걔는 뭐 하는 얘긴데요?] 벨라루시아, 나라예요. 어, 거기서도 로사올카가 있었어요.

뭐, 또는 항상 로사올카면은 꼭 머리를 풀어요. [조사자 1: 귀신이에요?] 묶지도 않고, 이렇게 하지도 않고 풀어요. [조사자 1: 무섭잖아요, 원래 그게.] 그런가요? 또 행사 있을 때 풀어요. 또는, 아, 혹시. 그러니까 사람들이 무서워했어요. 그래서 어떨 때는 로사올카가 이렇게 사람들이랑 만났으면은 간지럽혔어요. [조사자 1: 그거 괴로운데요.] 죽을 때까지. 죽을 때까지 간지럽히고 그다음에 물에 던졌어요.

[조사자 1: 되게 짓궂고 되게 광범위하네요. 남자도 꼬셨다가.] 네, 무서웠어요. [조사자 1: 그리고 소젖도 먹네요? 참 신기한, 광범위한 요괴군요.] 이렇게 아마 조금씩, 조금씩 나라 근처마다 조금씩 달라요. 좀 더 무섭게, 애들 말 듣게. [조사자 1: 무서운 존재군요, 네.]

또는, 푸시킨* 아시죠? 푸시킨에서도 이 나왔어요. 로사올카 나와요. 되게 음, 잘 아는 주인공? 동화 주인공? 전래동화 주인공. 아, 그리고 또, 기독교, 러시아에서 옛날에 기독교 믿었잖아요? 그래서 그 십자 있잖아요. 십자 있으면은 로사올카가 못(가요). [조사자 1: 드라큘라군요?] 비슷해요. [조사자 1: 그건 나는 기독교에서 만든 거 같아,

• Aleksandr (Sergeyevich) Pushkin, 1837. 2. 10(구력 1. 29), 상트페테르부르크에서 태어났다. 러시아에서 가장 위대한 시인으로 꼽히며 근대 러시아 문학의 창시자로 여겨진다. 1814년 〈베스트니크 예브로피〉에 운문편지를 발표하면서 문학계에 첫 걸음을 내디뎠다. 푸가초프 반란을 다룬 역사소설 〈대위의 딸〉과 그 반란을 역사적으로 검토한 〈푸가초프 이야기〉 등도 써냈다.

그쵸?]

그래서 로사올카가 아무렇지도 못하게 이렇게 될 수도 있고. 또 는 혹시 만약에 그래도 나쁜 짓 하려고 하면, 로사올카 십자 있을 때 도. 그러니까 아까, 뭐랄까? 바늘 이렇게 핀 같은 거 있잖아요. 그 핀 으로 찔러야 된대요. [조사자 1: 만만치 않네요.] 네, 저도 되게 신기해 요. [조사자 1: 그러면 공격을 안 하나 보죠?] 네, 그래서 십자도 도움이 없으면은, 있을 때에도 무슨 로사올카 만났을 때에는. 그래도 도움이 안 된다(싶으면) 찔러야 된대요.

근데 음, 착한 로사올카도 있었대요. 그러니까, 어린아이들 어떤 숲에서, 동물들이 나왔을 때는 살려줬어요. 구했어요, 애들. 그런 것 도 있었고요. 또는, 어쩔 때는 물에 누가 빠지면은 또 살려주고 사람. [조사자 1: 잡는 게 아니라? 오히려?] 누가 빠지면은 거의 다 살려줬어 요. 또는, 혹시 뭐, 그 뭐지? 그 추석, 추석 같은 날, 명절에 그런 것도 있었어요. 로사올카가 가을에 막 잘 나오게, 열매? 열매가 잘 나오게 할 수 있대요, 있었대요. [조사자 1: 또, 신이하기도 하네요.] 네.

되게 근데 뭐, 여자니까? 왔다갔다 이러고, 기분 따라서. 그리고 음. 그러니까 열매 이렇게 자랄 수 있으니까, 그래서 사람들이 혹시 로사올카가,

"이 근처에 로사올카가 있다."

이렇게 알고 있으면, 이런 거 알고 있으면은 거기에서 이렇게 뭐 파티 같은 거? 파티 같은 거 하고, 로사올카한테 잘 해주고. 이렇게. 또 나중에는 열매 많이 나올 수 있다. [조사자 1: 음, 거의 대지신처럼 했네요? 땅의 신처럼 이렇게.] 네, 맞아요.

그런, 그런 경우도 있었어요. 그러니까 동화책도 있고, 뭐 오페 라도 있고 여러 가지. 푸시킨에서도 시도 있고. 무슨, 노래도 있어요. 되게 여러 가지가 그러니까. 아주 유명한 주인공이에요.

[조사자 1: 그러면 알라님이 생각하기에 이 사람은 여신 같아요? 여자 신. 아니면, 귀신 그런 거.] 여자 신이지만, 신인지 귀신인지. 그거 좀. 왜냐하면 기분 따라서, 아니면 성격 따라서 나쁜 뜻도 할 수도 있고, 안 좋은 뜻도 할 수도 있고, 좋은 뜻도 할 수도 있어요. 이렇게. 그래

서 확실히 100프로(%) 말할 수 없어요.

[조사자 1: 음, 되게 재미있는, 복합적인.] 그거 혹시 그림 보시면은 그것도. 여성스럽지만 뭔가 음, 끔찍한 느낌? 그러니까 나중에는 혹시 일본 얘기도 있고요.

키르기스스탄

키르기스스탄의 삼신할머니 우마이에네

● **구연정보**

조사일시 : 2018. 01. 28(일) 오후

조사장소 : 경상북도 영덕군 병덕면

제 보 자 : 토레에바 아이자다(정수진) [키르기스스탄, 여, 1980년생, 결혼이주 16년차]

조 사 자 : 김정은, 황승업, 강새미

● **개요**

한국의 삼신할머니처럼, 키르기스스탄에는 우마이에네라는 존재가 있다. 우마이에네의 '에네'는 키르기스스탄어로 '어머니'라는 뜻을 가지고 있으며, 모습은 60대 정도이다. 키르기스스탄 사람들은 우마이에네가 아이를 보호하거나 점지해주는 역할을 한다. 그래서 아이를 갖고 싶으면 특정한 샘으로 가서 양을 잡아 피를 바치고 우마이에네에게 제사를 올린다.

[조사자: 제가 할멈에 관심이 많아요. 우리나라에는 삼신할머니.] 삼신. [청자(마두마로바): 삼신할머니는 좋은 그거 아니에요? 이미지 아니에요?] 예, 좋은 이미지. [조사자: 맞아요.] [청자: 애기 그거 할 때.]

저희는 그런 거 없어. 그자? 그런 할머니는 있나? [청자(마두마로바): 있어, 우마이에네.] 아. [청자: 있어, 우리도 있어요.] 그것도 삼신할머니네, 그렇게 보면. 애들 보호하는. 애들 보호하는. [청자: 애들 보호하는. 그리고 또 애들이 있잖아, 애기 갖고 싶을 때 그거 하는.] [조사자: 네, 그거 맞는 것 같네요.] 그 예. 삼신할머니처럼 그 사람한테 이렇게 직접 기도를. [청자: 기도하고 그런 거.]

[조사자: 삼신할머니 이름 뭐예요, 그 할머니는요?] 우마이에네. [조

사자: 어, 이름도요 되게.] '우마이'는 무슨 뜻인지 모르겠는데, '에네'는 [청자(마두마로바): '에네'는 '엄마'라는 말.] '엄마', '어머니'라는 뜻이에요. [조사자: 똑같네요, 저희랑.] [청자: 네, 삼신할머닌데 우리는.] 여기는 어머니, 아, 우리는 어머니고. [조사자: 그런 할머니가 엄마나 처녀의 이미지예요. 꼭 할머니는 아닐 수도 있어요.] [청자: 아, 그래요?] [조사자: 할머니 이미지인 그림도 있는데, 젊은.] 아!

[청자: 우리 쪽에는 그거.] [조사자: 완전히 엄마?] [청자: 아니요. 할머니처럼, 거기도. 일단 중녀.] '에네'는 '엄마'보다 '어머니'가 더 '에네'. [청자: 이제 나이 드신.] [조사자: 나이 드신 어머니.] 예 그렇죠, 나이 드신 어머니. [조사자: 비슷하네요.] [청자: 한 60대?] [조사자: 그러니까 할머니 그 느낌이네요, 우리랑.] [청자: 그러니까 삼신할머니.]

[조사자: 기도해주면 아이 낳게 해주시는?] 네. [조사자: 기도해주시고, 그다음에.] 뭐,

"애기 안 생기면 우마이에네한테 기도드려라."

하는 주변 분들이 그런 식으로 이야기해요. 그리고 또 미신적으로 뭐 이렇게 하는 거가 있겠죠?

(러시아어로 청자인 친구 마두마로바와 잠시 대화함.)

[청자: 있어요. 우리 쪽 그거, 그거, 아까 뭐라 했지? 물 나오는 데.] 아, 샘. 샘물 같은 데가 있어요. [청자: 그런 데 가서도 이제 하룻밤 자고.] 바치는 거. [청자: 빌고, 거기 가서 이제 양을 잡아가서 거기서 양 피를 흘리고 그런 것도 있어요.] 응. [조사자: 고사처럼 이렇게 하는구나, 우리나라.] [청자: 네, 그런 건 있어요. 그래가지고 거기서 애기 생기게 해달라고.]

여기도 그런 거 있잖아요? 비 안 오면, 뭐 그러니깐. [조사자: 기우제라고 해가지고.] 예, 약간 거기도 이 상황마다 하는 게 좀 있어. [조사자: 우리는 돼지머리 올려요.] [청자: 우리는 양.] 거기는 무조건 양 잡아. (웃음) [청자: 양 잡아서 양 머리를, 그 피를 흘려야 돼.] 양을 바치는 거지. 저희, 거기는 양을 바친다. [청자: 그러니까.]

사우디아라비아

손가락 귀신

● **구연정보**
조사일시 : 2016. 10. 28(금) 오전
조사장소 : 서울시 성북구 정릉동 국민대학교
제 보 자 : 압둘라 르만 [사우디, 남, 1990년생, 유학 6년차]
　　　　　 샤하드 [사우디, 여, 1992년생, 유학 2년차]
　　　　　 힌드 [사우디, 여, 1989년생, 유학 2년차]
조 사 자 : 오정미, 이원영, 이승민

● **개요**
사우디아라비아에서는 아이가 잠을 안 자면 손가락만 있는 귀신이 찾아온다.

압둘라 르만 : 손가락 한 개만 있는, 하나만 있는 사람이다. 하나만
　　있는 귀신이다. 안 자고 있으면 그 사람한테 간다.
힌드 : 너를 찾아올 거야.
조사자 : 조금 더 자세하게 이야기해줘.
　　(서로 사우디어로 이야기하면서 정보를 교류함.)
조사자 2 : 몸은 없고 손가락만 하나 있는 거예요?
힌드 : 네.
샤하드 : 밤에만 나와요.
힌드 : 우리 고모. 우리 어렸을 때 잠을 안 자요. 이렇게 보면
샤하드 : 밖에 나가. 우리 이모. 근데 우리 그때 나왔어요.
힌드 : 나왔어. 나왔어. 이렇게. 너무 무서웠어요.
샤하드 : 그리고 밖에 이렇게 무섭게 이야기하고.

옴 알 아바야 귀신

● 구연정보
조사일시 : 2016. 10. 28(금) 오전
조사장소 : 서울시 성북구 정릉동 국민대학교
제 보 자 : 압둘라 르만 [사우디, 남, 1990년생, 유학 6년차]
          아델 [사우디, 남, 1990년생, 유학 3년차]
조 사 자 : 오정미, 이원영, 이승민

● 개요
아이들이 말을 안 들으면 아랍 여성들이 입는 아바야를 입은 검은 사람이 찾
아온다. 그를 옴 알 아바야라고 부른다.

아델 : 여자는 보면 다 까만색 예 다. 눈 없고 다 없어요.

압둘라 르만 : 전체적으로 까맣게 생긴 사람이 찾아온다.

아델 : 네. 그다음에 저는 안 자면 이야기고. 이름 옴 알 아바야.

압둘라 르만 : 그 사람 이름은 옴 알 아바야라고 합니다. 아바야는
    뭔지는 아시죠?

조사자 1 : 몰라.

압둘라 르만 : 아바야는 무슬림 여자들이. 특히 아랍 여자들이 입는
    그런 원피스.

조사자 1 : 아. 검정 거 이런 거?

압둘라 르만 : 네. 너무 검은, 네 그렇죠. 없는 어머니다. 그러니까 아
    랍어로는. 예를 들어 저희 엄마 제 이름은 아바디고 그러면 사람
    들이 엄마를 뭐로 부르냐 하면 옴 아바디.

조사자 2 : 진아 엄마 이러는 것처럼?

압둘라 르만 : 그렇죠! 뭐 옴 샤하드, 옴 아델, 옴 힌드.

조사자 1 : 이를 옴이라고 한다고? 이거는 아바야, 옴은 어머니한테 부르는 이름.

아델 : 그냥 이말 다른 사람들 몰라요. 그냥 엄마만 나와요. 저희 엄마는, 저는 어렸을 때 이렇게 안자면 이렇게 이야기해요.

압둘라 르만 : 진짜 안 자고 있으면 옴 알 아바야가 올 거야 빨리자. 안 자고 있으면 나도 어쩔 수 없이 옴 알 아바야가 와가지고 너를 뭐를 할 거다. 너무 무섭게 이야기했다.

조사자 2 : 이름이, 다시 한번 정확하게.

압둘라 르만 : 옴 알 아바야. '알' 정말 많거든요. '알'라는 거. '알'라는 일이. 알, 알, 알.

조사자 2 : 아랍에서 많이 쓰는 말이죠?

압둘라 르만 : 진짜 많이 써요.

조사자 3 : 알은 무슨 뜻이죠?

압둘라 르만 : 알은 '~입니다. ~있습니다.' this is의 is.

조사자 2 : 아바야는 뭐예요?

아델 : 검은 옷.

조사자 2 : 그럼 그 귀신이 이 옷을 입고 오는 거예요?

압둘라 르만 : 네. 얼굴도 안 보이고 다 까맣게. 네.

터키

산모의 간을 빼먹는 아우카르스

● **구연정보**

조사일시 : 2019. 03. 07(목) 오후

조사장소 : 인천광역시 미추홀구 용현동

제 보 자 : 메르베에아한(한미성) [터키, 여, 1989년생, 유학 3년차]

조 사 자 : 박현숙, 유석

● **개요**

터키에서는 산모가 아기를 낳으면 40일 동안 산모의 머리에 빨간 띠를 두르는 풍습이 있다. 이는 산모와 아기를 해치려는 귀신으로부터 안전하게 보호하기 위해서인데, 신에게 벌을 받은 일릿이 산모와 아기에게 원한을 품었기 때문이라고 전해진다. 터키에서는 40일과 관련된 풍습이 또 있는데, 장례를 치를 때 세상을 떠난 지 40일이 지난 후 손님을 초대해서 음식을 대접하고, 손님은 망자를 기리는 풍습이 있다.

'아오카르스'라고 하는데, [조사자: 아오카르스?] 이거 터키, 투르크, 아나톨리아, 알타이 민족 믿음에 따라 그런 것이 있대요. 특히 아이를 낳은 후에, 아이를 낳은 여성들과 말을 잡는 존재래요.

이거 기원은 샤머니즘이래요. 이 존재는 믿음에 따라 아이를 낳은 여성들, 그리고 그 아이들의 간을 먹으면서 존재한다는 얘기예요. [조사자: 아오카르스라는 귀신이?] 네. [조사자: 산모의 간을 뽑아먹는다고요?] 산모, 그리고 아이. [조사자: 아이의 간을 뽑아 먹는다고요?] 그래서 산모를 혼자 두면 안 된다고. 그리고 불을 계속 켜야. [조사자: 불을 켜놔야 하고? 그러면 이 귀신은 밤에 나타나요?] 그리고 빨간색이 있어야 한다고. 아니면 빨간색 뭔가랑 가려야 된다고. [조사자: 빨간색 같은 걸

로 가려야 된다고.]

아, 이거 그런 이야기도 있는데, 아마 우리 아담Adam이라고 하는데, 첫 인간. 첫 인간의 아내 우리 하와Eve라고 하는데, 신은 하와를 창조할 때 하와뿐만 아니라 '일릿'●이라는 사람도 동시에 창조하셔서, 창조하셨는데, 일릿은 아담을 거부했어요. 그래서 저주를 당했다는 얘기예요. [조사자: 이것도 빨간색이랑 관계있어요? 관계는 없고?] 없어요.

[조사자: 일릿이.] 그래서 이렇게 아마 복수를 하고 싶어서. 계속. [조사자: 아, 아오카르스가 결국 일릿이 나중에 복수를 하고 싶어서 이렇게 아이 낳은 여성들이랑 아이를 해치러 다닌다는 거예요?] 네.

[조사자: 그래서 그걸 얼마 동안 하는지는 잘 모르시고, 그 빨간 머리띠를.] 근데 우리는 40일이 중요해요. [조사자: 40일?] 네, 40일이 지나면, 그럼 이제 아이도 안전해졌다고 얘기해요.

[조사자: 그럼 40일이 아이들 출산과도 관련이 있고 또 어떤 풍습들하고 관련이 있어요?] 어떤 사람이 돌아가시면 그 이후에 40일이 지나면 큰 자리를 만들어서 그냥 음식 대접하는 것이 있어요. 그냥 공짜로 모든 사람에게 이렇게 대접하는데, 그 사람들은 그냥 그 자리에 가서 돌아가신 사람을 위해 기도만 하면 된다는 그런 것이에요. [조사자: 그것도 40일 동안 대접해요?] 아니, 40일 동안 아니고 40일 지나면 해요. [조사자: 40일이 지나면 그렇게 대접을 해요.] 그리고 거기에서 기도도 하는 그런 곳이에요.

● 유대신화에 등장하는 인류 최초의 여자이자, 아담의 첫 번째 부인인 릴리스(Lilith)를 의미하는 것으로 보인다. 릴리스는 아담을 거부한 이유로 마녀로 인식되었으며 갓난아기의 내장을 먹거나 남자의 정기를 빨아먹는다고 알려져 있다.

인육을 먹는 귀신 굴야바니

● **구연정보**

조사일시 : 2019. 03. 07(목) 오후
조사장소 : 인천광역시 미추홀구 용현동
제 보 자 : 메르베에아한(한미성) [터키, 여, 1989년생, 유학 3년차]
조 사 자 : 박현숙, 유석

● **개요**

터키에는 인육을 먹는 굴야바니라는 귀신 이야기가 있다. 산속에서 사는데 사냥꾼에게 사람인 척 접근하여 씨름을 하자고 하고 사람이 이길 경우 돌아가지만, 자기가 이길 경우 그 사냥꾼은 오랫동안 병들어 아프게 한다. 큰 몸집에 온몸이 돌로 되어있고, 고약한 냄새와 긴 수염, 그리고 양 발이 반대로 되어 있다. 굴야바니는 집이 아닌 밖에서 자거나, 낡고 헌 집에서 자고 있는 사람을 보면 발바닥을 피가 날 때까지 핥아서 그 사람의 피를 마신다.

　　이거 제일 유명해요. '굴야바니' [조사자: 이름이 뭐라고요?] 굴야바니, [조사자: 굴야바니? 어떤 귀신이에요?] 특히 돌아다니는, 여행하는 사람들에 해를 끼친다는 것이 있고, 아나톨리아^{Anatolia}● 문화에서 비롯된 귀신이래요. 특히 그 인간을 먹는다는 그런 믿음이 있고.

　　그 존재는 이렇게 되게 크고, 큰 몸이 있고, 되게 긴 수염이 있고. [조사자: 그러니까 키가 엄청 크고, 수염이 긴 수염이] 온몸이 돌로 되어 있고, [조사자: 돌?] 네, 돌 있고, 되게 커다랗고, 냄새가 되게 나쁘

● 서남아시아의 한 지역으로 오늘날 터키 영토에 해당하는 반도를 말한다. 이전에는 '소아시아'라고 불렸다.

고, 그리고 발은 반대로 있대요. [조사자: 거꾸로 되어있다고요?] 네, 거
꾸로. 아침에는 그냥 묘에 들어가고 밤에는 그냥 묘에서 나오고, 몸
에는 노란색 돌로 되어 있다고. [조사자: 노란색 돌?] 네. [조사자: 여행
자를 잡아먹어요?] 인간은 잡아먹어요.

[조사자: 이 귀신이 터키에서 유명한가요? 그럼 밤에 사람들 돌아다니
다 보면 만날 수 있겠네요.] (웃음) 옛날에 드라마나 영화에 많이 나왔
어요.

[조사자: 그러면 이 굴야바니를 어쨌거나 우리는 안 만나야 되잖아요.
터키 사람들은 그러면 못 오게 하거나 안 만나기 위해서 하는 게 있어요?]
그런 건 없어요.

아, 그런데 그런 것도 있대요. 산속에 특히 많이 있다고, 특히 사
냥꾼을 보면 사냥꾼 옆에 가서 인간처럼 얘기(하)고 그리고 씨름하
자고. 만약 사냥꾼이 이기면 그냥 조용히 간다고. 그런데 만약에 굴
야바니가 이기면 사냥꾼은 오랫동안 병이 들어서 오랫동안 병이 들
어서 오랫동안 아플 거라는 그런 것이 있대요.

그리고 혼자 자고 있는 사람을 보면 발바닥을 핥아서 피가 날 때
까지 계속 이렇게 하고. 그 피를 마시면서, 그 사람이 죽을 때까지 그
피를 마신다는 그런 것이 있어요. [조사자: 밖에서 막 자면 안 되겠네요,
함부로 자면? 집안으로 들어오는 건 아니잖아요, 그죠?] 그런 건 아니고.
[조사자: 밖에서 자고 있는 사람 발바닥을 핥는다는 거죠?] 그 헌 곳에서,
그냥 낡은 곳에서 자고 있는 사람이면 그렇게 될 거예요.

꿈에서 가위 누르는 귀신 카라바산

● **구연정보**

조사일시 : 2019. 03. 07(목) 오후

조사장소 : 인천광역시 미추홀구 용현동

제 보 자 : 메르베에아한(한미성) [터키, 여, 1989년생, 유학 3년차]

조 사 자 : 박현숙, 유석

● **개요**

터키에도 '가위 눌린다'라는 말이 있다. 카라바산 귀신은 자는 사람 꿈속에 나타나 겁을 주고 숨을 쉬지 못하게 하여 죽게 만든다. 그리고 해가 뜨면 다시 돌아간다.

그리고 가위 눌리는, [조사자: 가위 눌린다고?] 그것도 있어요. 우리도. [조사자: 아, 가위에 눌린다는 말이 있어요?] 네, '카라바산'.

[조사자: 아, 카라바산, 그거는 또 어떤 거예요?] 그것도 아나톨리아 Anatolia[•] 믿음에 관련된 귀신이래요. 특히 꿈속에서 그 사람을 무섭게 하고, 겁을 주는 그런 존재예요. 그 어떤 모양이 없고, 그냥 사람을 잠 잘 때, 잡아서 가져간다는, 그 사람이 숨을 쉴 수 없고. 아, 근데 해가 들면 그때 그냥 나간다고. [조사자: 해가 뜨면.] 도망간다고.

● 서남아시아의 한 지역으로 오늘날 터키 영토에 해당하는 반도를 말한다. 이전에는 '소아시아'라고 불렸다.

도미니카공화국

여성을 잡아가는 악마 엘바카

● 구연정보

조사일시 : 2018. 11. 29(화) 오후

조사장소 : 서울시 동대문구 회기동

제 보 자 : 멜리사 [도미니카공화국, 여, 1999년생, 유학 2년차]

조 사 자 : 김정은, 박현숙, 한상효

● 개요

도미니카공화국에는 머리는 새 모양이고 몸은 개의 모습인 악마 엘바카라는 괴물이 있다. 이 괴물은 상황이라는 곳에서 산다. 엘바카는 사람의 모습을 하고 돌아다니다가 여자가 늦게 다닐 때 잡아간다. 엘바카한테 잡혀갔다가 살아 돌아온 여자는 없다.

그 우리나라에서 칠레처럼 그 무서운 모습 있는데 우리나라 이름, 엘바카. 그 엘바카는, 엘바카 모습은 개처럼 있는데 새 머리 있어요. [조사자: 머리는 새 머리고, 개고. 개와 새?] 네, 악마 모습처럼이에요. 악마 [조사자: 악마 같애? 근데?] 그 저, 산토도밍고, 도미니카 공화국 수도 있는데 그 무서운 모습을 다룬 시도 있어요. 그 시도 이름 상황 있어요, 입니다. 상황. [조사자: 상황?] 그 시도에서 엘바카 살아, 살았어요. [조사자: 상황이라는 곳에서. 엘바카가 살아요.]

그 엘바카는 왜냐하면 늦게 방 있는데, 방이 여자는 혼자 걸어 있으면, 그 엘바카 갑자기 생겼고. 그 먼저 엘바카는, 사람 모습 있는데, [조사자: 사람 모습인데?] 그 하지만 갑자기 악마처럼 모습 바꿔요. 그다음에 여자 걸어 있으면, 혼자 있으면, 나쁜 활동해요. [조사자: 또요? 여자 혼자 있을 때?] 칠레처럼.

[조사자: 그래서 잡혀 간 사람이 돌아왔다 이런 이야기 있나요?] 네?
[조사자: 여자가 잡혀갔다가 이렇게 돌아온 이야기 있나요? 어떻게 그런 이
야기 좀 해 주세요.] 아, 어떻게 설명하는지 잘 몰라요. [조사자: 엘바카
얘를 만났어요. 여자가 지나가다가] 그 왜냐하면, 여자 상황에서 혼자
걸어 있으면 늦게 밤에 갑자기, 먼저 갑자기 사람 모습 있는데 그 엘
바카는 여자한테 이야기하는데, 왜냐하면 여자는 그 엘바카에게,

"가, 가!"

하다가, 이야기하는데 엘바카는 갑자기 모습을 바꾸는데, 그 왜
나쁜 활동 해요. 이해해? 이해 못 해요? [조사자: 아니 알아요. 알겠어
요. 나쁜 행동 해가지고 다시 돌아온 사람은 있었어요?] 네? [조사자: 다시
살아온 사람은 있었어요?] 아 아니요. [조사자: 없어요?] 없어요. [조사자:
죽어요?] 죽어요.

[청자(브루노): 이거 사실 남미에서 거의 모든 나라들은 그 역사 있어
요. 그 전설 있어요. 왜냐하면 이거 문화, 관계가 있어요. 왜냐하면]

아, 우리 라틴 아메리카에서 '깜깜하다' 그 모습 있는데 아 나라
마다 달라요. [조사자: 비슷한 일은 있는데.]

[청자: 비슷한 일이 있는데 그 나라마다 조금 달라요. 하지만 생각은 나
는 그곳에서 고등학교 했거든요(다녔거든요). 우리는 사실 옛날에 여자들은
보통 남자들보다 힘이 없었어요. 칠레에서. 그래서 많은 활동은 할 수 없었
어요. 여자는. 그래서 사실 여자들은 엘타라우코는 생각은 만들었어요. 여
자들은 만들었어요.]

[조사자: 그렇게 생각하는구나.] [청자: 왜냐하면 여자들은 고생이 너
무 많아서 혼자 아니면 다른 친구들은 나쁜 활동 하고 싶어했어요. 하지만
이거 한 후에 남자들은 너무 화가 나고 나쁜 문제들이고 생길 수 있었어요.
그래서 여자들은, "아, 나는 이 나쁜 활동은 안 했어요. 엘타라우코 했어요."
그. 그 이유 때문에 엘타라우코 생겼어요. 이렇게 만들었어요. 아마 도미니
카공화국에서도 이렇게 만들었어요. 이렇게 했어요.] [조사자: 되게 재미있
게 만들었어요. 해석이 재미있는데요.]

그 라틴아메리카에서 역사 좀 비슷해는데(비슷한데) 우리는 약
간 좀 달라요. 칠레에서 엘타라우코 있는데 우리나라 엘바카에요.

[조사자: 엘바카] [청자: 하지만 거의 같아요. 정말 비슷해요.] [조사자: 비슷하네요. 이야기는.]

잠 안 자는 아이를 찾아오는 에르고구

● **구연정보**

조사일시 : 2018. 12. 4(화) 오후

조사장소 : 서울시 성동구 행당동

제 보 자 : 멜리사 [도미니카공화국, 여, 1999년, 유학 2년차]

　　　　　브루노 [칠레, 남, 1998년생, 유학 2년차]

조 사 자 : 김정은, 박현숙, 한상효

● **개요**

어린아이가 잠을 자지 않으려고 할 때 에르고구가 나타난다고 생각한다. 에르고구는 침대 밑에서 나타난다. 아이들이 잠을 잘 수 없는 이유가 에르고구이기도 하다.

멜리사 : 그 에르고구는 어린아이들을 잠을 자려고 하지 않을 때마다 에르고구가 나타납니다.

브루노 : 밤에.

멜리사 : 대부분 말을 듣지 않은 아이들에게 겁을 주기 위해 나타납니다. 그 에르고구는 특별한 모습이 없는데

조사자 1 : 어 특별한 모습은 없고.

멜리사 : 그냥 유령처럼.

조사자 1 : 유령

멜리사 : 그다음에

　　　　(브루노에게 스페인어로 물어봄.)

멜리사 : 아 네 그래서 아이들은 밤에 자면서 에르구고, 우리 침대 아래 나타날 수 있었어요.

조사자 1 : 아 밑에.

멜리사 : 네 밑에서 그래서 아이들은 갑자기 "에르고구 올 거예요."
　　　그래서 갑자기 이렇게 커버하고 그리고 계속 자고 있었어요.

조사자 1 : 이불 뒤집고.

멜리사 : 네, 이불 뒤집고 계속 자고 있었어요. 하지만 에르고구 나타
　　　날 수 있었어요. 생길 수 있어요. 그래서 보통 아 남미 사람들은
　　　옛날에 아이들은 아 잠을 잘 수 없는 이유 에르고구였어요.

조사자 1 : 오히려.

멜리사 : 네, 오히려.

조사자 1 : 에르고구가 무서워 가지고 잠을 자지 못하는 경우도 있
　　　는 거네요.

멜리사 : 무서, 무서우니까.

조사자 1 : 잠자라고 만들었는데.

멜리사 : 아이들은 잠을 잘 수 없었어요.

조사자 2 : 그러면 에르고구를 못 오게 하는 무슨 방법 같은 게 있어
　　　요?

브루노 : 음, 칠레에서 아마 남미⋯
　　　(멜리사와 스페인어로 물어보며 이야기함.)

브루노 : 아, 칠레서만, 도미니카 방법 없어요. 우리 그 아이들은 보
　　　통 방에서 부모님은 여기 빛이럼(빛처럼) 붙여요. 그래서 빛이
　　　있으면 에르고구 올 수 없어요.

조사자 1, 2 : 아, 빛이 있으면.

브루노 : 네.

멜리사 : 올 수 없어요.

브루노 : 빛이 있으면 에르고구 올 수 없어요.

조사자 1 : 칠레만 칠레만이라고 쓸 게요.

브루노 : 아마 다른 나라에서도 있을 거 같아요.

멜리사 : 우리나라 어린아이들은 잠을 안 자고 싶어 에르고구 생각
　　　해요.

조사자 1 : 에르고구 생기는구나. 만난 적 있어요? 어릴 적에?

멜리사 : 아니요.

칠레

바다의 정령 라핑코야

● **구연정보**

조사일시 : 2018. 12. 4(화) 오후

조사장소 : 서울시 성동구 행당동

제 보 자 : 브루노 [칠레, 남, 1998년생, 유학 2년차]

조 사 자 : 김정은, 박현숙, 한상효

● **개요**

칠레 남부섬 칠로에에 라핑코야라는 특별한 여자가 있다. 사랑하는 남자를 찾다가 바다에서 죽은 뒤 물로 변한 존재다. 라핑코야가 나타나면 낚시가 잘 된다고 해서, 남자들이 밤에 낚시를 많이 한다.

그래서 여기에서는 칠레 남쪽에서 칠로에⁕ 있어요. [조사자 1: 아 거기에 있었던 얘기구나. 그 섬에 뭐가 많네요.] 네 그래서 여기 칠로에에 서 특별한 여자 있었는데 사실 그 여자 사랑했던 사람 죽었어요. 그 래서 그 여자는 갑자기 바다에 갔어요. 바다에 가고 거기에서 너무 슬퍼지니까 슬프니까 죽었어요, 거기에서.

하지만 죽지 않았어요. 그냥 몸, 물로 바꿨어요. 그래서 그 여자, 여기 바다 있고 (그림을 그려서 보여주며) 그 여자 이렇게 이쪽으로 가고 그다음에 모양 이렇게 볼 수 있어요. 그다음에 물로 바꿨어요.

여기 있을 때 그래서 보통 낚시를, 남자는 낚시를 할 때 저녁에

⁕ 칠로에섬(Chiloé Island, Isla Grande de Chiloé)은 남쪽의 중앙 칠레 로스 라고스 지역에 있는 한 섬의 열도를 구성하는 섬 중 가장 크다. 이 섬은 북쪽에서 남쪽으로 180 킬로미터의 길이 50 킬로미터의 평균 폭을 갖는다.

라핑코야 보면 또 활발하게 낚시를 할 수 있는 생각이 나왔어요. 그래서 거의 모든 칠로에 사람들, 그런 거 믿었어요. 그 라핑코야 있으면 또 더 활발하게 낚시를 할 수 있어요. 그래서 거의 모든 남자들은 밤에 낚시를 했어요. 보통 라핑코야 덕분에. 네 그런 이야기예요.

여성을 잡아가는 나무유령 엘타라우코

● **구연정보**

조사일시 : 2018. 12. 4(화) 오후

조사장소 : 서울시 성동구 행당동

제 보 자 : 브루노 [칠레, 남, 1998년생, 유학 2년차]

조 사 자 : 김정은, 박현숙, 한상효

● **개요**

엘타라우코는 키가 작고 나무처럼 보이는 발 없는 남자로 이상한 언어를 사용해서 알아들을 수 없다. 엘타라우코는 밤에 혼자 있는 여자들에게 나타나서 함께 다닌다. 엘타라우코는 나무처럼 여성에게 다가가서 이상한 장소로 데리고 가서 아이를 가지게도 하는데, 여성은 엘타라우코를 기억하지 못한다.

아, 엘타라우코. 네 엘타라우코도 칠로에 있었는데 아, 엘타라우코는 아 나무에서 살았어요. 나무에서 살고 있었는데 여자들 너무 좋아해서 나쁜, 나쁜 활등이 많이 했어요. 네 칠로에에서. 그래서 우리 엘타라우코 밤에만 볼 수 있어요, 저녁에.

그래서 여자들은, 여자들은 보통 밤에 혼자 가면 엘타라우코 생길 수 있어요. 엘타라우코 만날 때 엘타라우코 이상한 거 이야기하고 나쁜 활등하고 9개월 후에 아이 나타날 수 있어요. 네 그런, 그런 얘기였어요.

[조사자 2: 엘타라우코 생김새가 좀 특별하다고 그랬잖아요.] 아, 네. 엘타라우코 이렇게 되었어요. (제보자가 그림을 그려서 보여주며) [조사자 1: 뭘 쓰고 있어요. 그죠?] 이렇게 하고 이거 또 [조사자 2: 지팡이?] 지팡이 덕분에 지팡이 덕분에 엘타라우코 매직 있었어요. [조사

자 1: 아 마법을 부릴 수 있었군요.] 네 마법처럼 이거 팔 없었어요. 이
거 이렇게였어요. 네 정말 이쁘지 않아요.

　[조사자 2: 발도 없지 않아요? 팔만 없어요?] 팔. 팔 없어요. [조사자
2: 발이 없죠? 발에.] 네. 팔 없었어요. [조사자 2: 발이 없이 다니고.] [조
사자 1: 발이 없고.] 발이 없고. [조사자 1: 팔은 지팡이가 있고.]

　그리고 이거 입, 이렇게 항상 웃고 있어요. 이렇게 여자들을 너
무 많이 좋아했어요. [조사자 1: 여자들 좋아하고.] (그림을 보여주며)
이렇게였어요. 이거 엘타라우코라고 해요.

돈을 불러오는 도깨비 배 엘칼레오체

● 구연정보
조사일시 : 2018. 12. 4(화) 오후
조사장소 : 서울시 성동구 행당동
제 보 자 : 브루노 [칠레, 남, 1998년생, 유학 2년차]
조 사 자 : 김정은, 박현숙, 한상효

● 개요
칠로에섬에는 엘칼레오체라는 배가 있다고 말해진다. 도깨비 배 같은 유람선
으로, 사람들은 그 배를 만나면 돈을 버는 등 혜택을 받을 수 있다고 생각해서
엘칼레오채를 만나 이야기를 하고 싶어한다. 그 배 안에 무엇이 있는지는 알
수 없다.

엘칼레오체라는 것은 이거 칠로에에서도 있었는데 그거 칠로에
서 섬 있기 때문에 여기 바다 다 있었어. 갈 수 있어요. [조사자 2: 바
다?] 네, 바다 다 갈 수 있어요. 그래서 엘칼레오체 이쪽으로 한 사람
가고 있었어요. 이렇게, 아니면 이렇게. 동그라미처럼 가고 있었어요.

그래서 보통 시장에서 일하는 사람들은 아 특별한 생각이 있었
어요. 우리 그 시장 가는 사람들은 밤에 엘칼레오체 보면 나중에 그
시장에서도 돈 받을 수 있고 좀 활발하게 일할 수 있는 생각은 나왔
어요. 네.

그래서 보통 그 시장에서 일하는 사람들은 바다에, 바다에 가고
있었어요. 항상 밤에. 왜냐하면 이렇게 하면 아마 엘칼레오체 볼 수
있어요. 엘칼레오체 귀신. 엘칼레오체 귀신 볼 수 있으면 엘칼레오체
랑 이야기하고 그다음에 흰색을 받을 수 있는 생각을 있었어요. 네.

그걸 엘칼레오체래요.

[조사자 1: 여자 남자?] 여자 남자, 뭐? [조사자 1: 귀신이?] 귀신?
[조사자 2: 얘가 남자인지 여잔지? 엘칼레오체가.] 아 엘칼레오체 그냥
배, 배예요. [조사자 1: 아, 배.] 아 지난번에 얘기했어요.

[조사자 1: 유람선을 보면.] [조사자 1: 이걸 보면 되니까 이걸 보러 일
부러 나갔다는 이야기인 거죠? 돈 많이 벌고?] [조사자 2: 그래서 왜 그 배
도 만들어 선물한다 그랬잖아.] 네 칠로에서 그 선물을 많이 만들어
요. 엘칼리오체 만들 때, 그래서 엘칼레오체, 이렇게 하고 처음 귀신
처럼 볼 수 있는데 예고치 않게 볼 수 있어요. 하지만 사람들은 엘칼
레오체 볼 때 좋은 느낌이 나와요. 하지만 사실 엘칼레오체하고 토
개피랑 그 이야기 있어요. 그래서 사람들은 혜택을 받을 때 엘칼레
오체 토개피랑 얘기하고 있어요.

[조사자 1: 토개피는 뭔데요?] (제보자가 그림을 그려서 보여주며)
이거? [조사자 1: 도깨비?] 도깨비. [조사자 1: 도깨비 이야기? 그런 게 있
어요?] 그 왜냐하면 사실 엘칼레오체하고 토개피(도깨비) 관계가 있
어요. 사실 나쁜 것이에요. 사실 하지만 칠로에 사람들은 혜택을 받을
수 있기 때문에 좋은 생각이 나왔어요. 하지만 사실 나쁜 것이에요.

[조사자 1: 여기 안에 도깨비가 있다고 생각하는 거예요? 배 안에?] 아
니요. 그 배 토개피(도깨비) 배였어요. [조사자 1: 아 배 주인이.] 토개
피(도깨비) 보냈어요. 네 그런 생각이 있었어요.

[조사자 2: 그러면 토개피(도깨비)는 항상 바다 같은 데서 볼 수가 있는
거예요?] 토개피(도깨비) 볼 수 없어요. 그냥 배만 볼 수 있어요. [조
사자 2: 배만 볼 수 있는 거예요?] [조사자 1: 이게 다 토개피(도깨비) 거라
고 생각을 하는 거예요?] 네.

그리고 칠로에 사람들은 아니 그 배 안에서 뭐 있는지 잘 모르겠
는데 그냥 혜택을 받을 수 있는 생각이 있어서 거기에서 가고 그다
음 날에 시장에서도 활발하게 갈 수 있는 생각이 있었어요.

파라과이

여자의 원령 뽀라 귀신

● **구연정보**

조사일시 : 2017. 02. 03(금) 오후

조사장소 : 서울시 광진구 화양동 건국대학교

제 보 자 : 패트리시아 [파라과이, 여, 1996년생, 유학생 2년차]

조 사 자 : 오정미, 이원영, 이승민

● **개요**

'뽀라'는 두 가지 의미를 가지고 있다. 하나가 못생긴 여자라는 의미이고, 다른 하나는 귀신의 의미이다. 뽀라는 세상을 여기저기 떠도는 영(靈)이다. 파라과이에는 사람들이 외출한 뒤 집이 엉망이 되면 '뽀라, 나가!'라고 말하는 풍습이 있다.

사실 '뽀라'라는 거는 우리나라에서 귀신 같은 거예요. 죽을 때 우리 소? [조사자 3: 혼?] 이 세상에서 남긴 거예요. 이거 뽀라. 그 사람들은 그 도깨비처럼 그런 귀신, 여기 다니는 귀신. [조사자 1: 아, 뭔지 알겠다. 그러니까 죽었는데 안 가고 여기 있는. 진짜 귀신이네. 영혼들.] [조사자 2: 그럼 사람이 죽은 영혼인 거예요?] 네. 맞아요, 맞아요.

이거 진짜 우리 아버지는 겪어 봤어요. 뽀라. 찾아다니는. [조사자 1: 이것도 아까 그 와라니이고?] 네! 뽀라. 뽀라는 영(靈)? [조사자 1: 맞아. 영(靈)이야.] 뽀라 떠나가면 영이에요. 그런데 웃기는 거는 만약에 파라과이에서 가면 그 여자나 남자도 마찬가지인 것 같아요. 보통 여자인데 뽀라라고 하면 되게 화를 낼 거예요. 왜냐하면 뽀라는 영인데 다른 뜻이 또 있어요. 못생긴 뜻이 또 있어요. 진짜 못생긴 사람이에요.

[조사자 1: 아, 이게 또 다른 뜻이 못생긴] 네, 다른 뜻이. 뽀라는 그냥 영(靈)? 여기 찾아다니는. 다니는 귀신들. [조사자 2: 그럼 어떻게 하면 뽀라가 되는 거예요? 죽을 때? 뭔가.] 뭔가 나도 모르겠는데 그런데 이런 이야기 들었어요. 그 만약에 뽀라, 우리 집에서 뽀라가 있으면 아마 죽음 전에 어떤 일을 발생했고 나쁜 일을, 아니면 아직 해야 할 일이 있으면 그 자리에서 계속 있어요.

우리 아버지는 그 옛날에 살던 집에서 그런 뽀라도 있었거든요. 그런데 이 뽀라는 밤에는, 낮에도 사람을 없을 때 그 아마 기침, 기침해서 그릇이나 그 떨어지고 그런 엉망이 계속 해요. 그런 뽀라. 그런데 우리 아버지는 그런 뽀라를 쫓아내고 싶으면 이야기해야 돼요.

"이 집에서 나가!"

그런 식으로. 이야기해야 돼요. 이야기 안 하면 계속 거기에서 있을 거예요. [조사자 2: 그걸 또 이야기만 하면 나가요?] 네. [조사자 2: 어, 착하네.]

그런데 어떤 사람들 이야기 안 하는 이유가 너무 무서워서 안 해요. 그냥 교회 가서 기도하고 그런 식으로 하는 거예요. 그런데 보통 그냥 이야기만 하면 가요. [조사자 2: 그 뽀라는 거기에 있으면서 사람들한테 일부러 장난치려고 막 부엌을 난장판으로 만드는 거예요?] 네.

[조사자 3: 부엌을 난장판으로 만드는 것 말고는 다른 행동은 안 하는 건가요?] 행동. 그거밖에? 아니면 밤에 그냥 따라가요. 만약에 그냥 걸어가고 있으면 그냥 뒤에 보통,

"딱 딱 딱 딱."

그런 소리가 나고.

아, 어떤 친구가 꿈속에서 있었어요. 그 귀신 뽀라. 무서워요. (웃음)

브라질

물건을 찾아주는 성 론지노

● 구연정보

조사일시 : 2018. 12. 26(수) 오후

조사장소 : 서울시 광진구 화양동 건국대학교

제 보 자 : 레오나르도 [브라질, 남, 1990년생, 유학 6년차]

조 사 자 : 신동흔, 황혜진, 김정은, 김민수

● 개요

브라질 사람들은 물건을 잃어버리면 성 론지노에게 찾을 수 있게 도와달라고 부탁한다. 손을 모으고 성 론지노를 부르며 잃어버린 물건을 찾게 해 주면 두 번을 뛰겠다고 기도한다. 그래서 실제로 물건을 찾게 되면 두 번 뛰어야 한다.

여기 이것도 좀 적어주세요. 성 론지노 있잖아요? 이 성 론지노 제가 잘 아는 거거든요. [조사자 3: 싸우롱] '성'은 성(聖). 성 베드로처럼 성이거든요? 그리고 론지노는 이름이고.

제가 한국어 찾아봤는데 론지노라고 하거든요, 한국어로 론지노. 그래서 성 론지노 한국어로 아마 이렇게 말할 것 같은데 그냥 어떤 물건 잊어버릴 때 사람들이 이렇게 요청해요.

"아, 내가 찾게 해줘."

그래서 잊어버린 물건을 찾게 도와주는 그런 성이라고 생각하시면 되고, 그래서 저도 어릴 때 부탁 많이 했었어요. 어떤 물건 잊어버렸는데 어떤 거 잊어버렸는데 그럼 그렇게 말해야 돼요. (손 모으고) 이렇게 손 해서,

"성 론지노, 성 론지노 내가 잊어버린 물건 찾게 해주면 내가 두 번 뛴다."

319

[조사자 3: 응?]

"내가 잊어버린 물건 찾게 해주면 내가 두 번 뛴다."

[조사자 3: 두 번 뛴다?] 두 번 뛴다, 뛴다. 그래서 내가 물건 찾으러 가고,

"어, 찾았다."

물건 찾았으면 두 번 뛰어야 된다. 이런 거 기억해요. 저도 그렇게 했었거든요.

불을 부리며 숲을 지키는 뱀 보이타타

● 구연정보

조사일시 : 2018. 12. 26(수) 오후

조사장소 : 서울시 광진구 화양동 건국대학교

제 보 자 : 레오나르도 [브라질, 남, 1990년생, 유학 6년차]

조 사 자 : 신동흔, 황혜진, 김정은, 김민수

● 개요

브라질은 아마존강을 비롯하여 천혜의 자연환경을 가진 나라라서 자연을 보
호하는 존재에 대한 이야기가 많다. 그중 숲을 지켜주며 불을 부릴 수 있는 뱀
보이타타가 있다. 보이타타는 물 밑에 살며, 숲을 파괴하러 오는 사람들을 죽
임으로써 숲의 보호자 역할을 한다.

보이타타, 보이타타 말 안했어요. 보이타타 뭐냐면 여기 네 번째
인데 여기 사진 있거든요? [청자(파드마): 드래곤인데?] 그 불이, 아니
요, 비슷한데 뱀이에요, 뱀. [청자: 아, 스네이크Snake.] 불로 부리는 뱀.
[조사자: 불 뱀] 불 뱀.

불 뱀인데 목적 마찬가지. 아마 브라질이 자연이 풍부한 나라고
자연도 아마존도 있고 그런 거니까 그래서 보호 지켜주는 그런 인물
이 많거든요. 그 보이타타 마찬가지 숲 지켜주는 보호자 생각하시면
될 것 같고.

[조사자: 그러면 그 숲을 파괴하러 오는 사람을 보이타타가 죽이나요?]
맞아요, 맞아요. 똑같은 이야기고 근데 이 이야기 제가 몰랐어요.

어디 사냐면 불이 있어도 물 밑에서 산다. 이렇게 모순이긴 한데
이렇게 써 있거든요. 저도 이거 몰랐어요. 그런데 보이타타 있다는
걸 알고 있었고 그 의도도 알고 있었어요. 보호자라는 그런 거였고.